SCHUTZ FÜR DAKOTA

SEALs of Protection, Buch Dreizehn

SUSAN STOKER

Copyright © 2021 Susan Stoker
Englischer Originaltitel: »Protecting Dakota (Sleeper SEALs Book 1)«
Deutsche Übersetzung: Stefan Preuss für Daniela Mansfield Translations 2021
Alle Rechte vorbehalten. Dies ist ein Werk der Fiktion. Namen, Darsteller, Orte und Handlung entspringen entweder der Fantasie der Autorin oder werden fiktiv eingesetzt. Jegliche Ähnlichkeit mit tatsächlichen Vorkommnissen, Schauplätzen oder Personen, lebend oder verstorben, ist rein zufällig.
Dieses Buch darf ohne die ausdrückliche schriftliche Genehmigung der Autorin weder in seiner Gesamtheit noch in Auszügen auf keinerlei Art mithilfe elektronischer oder mechanischer Mittel vervielfältigt oder weitergegeben werden.
Titelbild entworfen von: Chris Mackey, AURA Design Group
eBook: ISBN: 978-1-64499-204-3
Taschenbuch: ISBN: 978-1-64499-205-0

Besuchen Sie Susan im Netz!
www.stokeraces.com
facebook.com/authorsusanstoker
twitter.com/Susan_Stoker
bookbub.com/authors/susan-stoker
instagram.com/authorsusanstoker
Email: Susan@StokerAces.com

EBENFALLS VON SUSAN STOKER

SEALs of Protection:
Schutz für Caroline
Schutz für Alabama
Schutz für Fiona
Die Hochzeit von Caroline
Schutz für Summer
Schutz für Cheyenne
Schutz für Jessyka
Schutz für Julie
Schutz für Melody
Schutz für die Zukunft
Schutz für Kiera
Schutz für Alabamas Kinder
Schutz für Dakota

Die Delta Force Heroes:
Die Rettung von Rayne
Die Rettung von Emily

Die Rettung von Harley
Die Hochzeit von Emily
Die Rettung von Kassie
Die Rettung von Bryn
Die Rettung von Casey
Die Rettung von Wendy
Die Rettung von Sadie
Die Rettung von Mary
Die Rettung von Macie
Die Rettung von Annie (Feb 2022)

Ace Security Reihe:
Anspruch auf Grace
Anspruch auf Alexis
Anspruch auf Bailey
Anspruch auf Felicity
Anspruch auf Sarah

Mountain Mercenaries:
Die Befreiung von Allye
Die Befreiung von Chloe
Die Befreiung von Morgan
Die Befreiung von Harlow
Die Befreiung von Everly
Die Befreiung von Zara
Die Befreiung von Raven

Die SEALs von Hawaii:
Die Suche nach Elodie
Die Suche nach Lexie (10 Aug 2021)
Die Suche nach Kenna (19. Oktober 2021)

SCHUTZ FÜR DAKOTA

Die Suche nach Monica
Die Suche nach Carly
Die Suche nach Ashlyn
Die Suche nach Jodelle

PROLOG

Der pensionierte Navy-Kommandant Greg Lambert beugte sich über den Tisch, um den Haufen Spielchips einzukassieren, die ihm das Full House eingebracht hatte. Heute Abend würde er ihr wöchentliches Treffen nicht nur mit vollen Taschen verlassen, sondern auch mit erhobenem Haupt.

Die finsteren Blicke seiner Pokerfreunde über sein ungewöhnliches Glück waren ein zusätzlicher Bonus.

Sie waren zu sehr daran gewöhnt, dass er beim Stud Poker meistens das Pech auf seiner Seite hatte. Es war an der Zeit, dass er ihnen beibrachte, ihn niemals zu unterschätzen.

Vizepräsident Warren Angelo trank den letzten Schluck seines Bourbons und drückte seine kubanische Zigarre aus. »Sieht so aus, als hättest du heute Abend zur Abwechslung einmal das Glück auf deiner Seite, Kommandant.«

Nachdem er seine Spielchips ordentlich vor sich übereinandergestapelt hatte, sah Greg sich zu seinen

Freunden um. In diesem Moment kam ihm der Gedanke, dass sich diese wöchentlichen Treffen nicht besonders von ihren gemeinsamen Sitzungen im Pentagon während seiner letzten fünf Dienstjahre unterschieden.

Obwohl die Örtlichkeiten in den Keller des Außenministers verlegt worden waren, kamen immer noch hochrangige Angehörige des Militärs, Politiker und der Direktor der CIA, die ihn den ganzen Abend seltsam angestarrt hatten.

»Das wird aber verdammt noch mal auch Zeit, findest du nicht? Normalerweise gebe ich euch mein ganzes Geld und gehe mit leeren Händen nach Hause«, antwortete Greg mit einem scharfen Lachen und sah sich neidvoll in dem geräumigen Raum im Keller um, bevor sein Blick auf der Wanduhr hängen blieb.

Es war schon lange nach Mitternacht, der Zeit, zu der sie ihre Runde normalerweise auflösten. Er musste nach Hause. Aber was würde zu Hause auf ihn warten? Vier Wände und Karens gemeiner Chihuahua, der ihn hasste.

Greg stand auf, schob seinen Stuhl zurück und dehnte seine Schultern. Der Rest seiner Pokerfreunde verabschiedete sich schnell, mit Ausnahme von Vizepräsident Angelo, Benedict Hughes von der CIA und ihrem heutigen Gastgeber Außenminister Percy Long.

Greg nahm den letzten Schluck seines Bourbons und stellte das Glas auf den Tisch. Als er einen Schritt in Richtung Tür machte, um zu gehen, versperrten sie ihm den Weg. »Habt ihr etwas auf dem Herzen, meine Herren?«, fragte er. Bei dem kalten, nüchternen Ausdruck in ihren Blicken standen ihm die Nackenhaare zu Berge.

Es war kein angenehmes Gefühl, aber aus seiner Zeit als Navy SEAL war er vertraut damit. Dieses Gefühl deutete meistens auf nichts Gutes hin, genauso wenig wie die Gesichter dieser Männer.

Warren räusperte sich und lehnte sich gegen die Bar aus Mahagoni mit Lederbesätzen. »In letzter Zeit wurde verdammt viel geredet.« Er warf Ben einen Blick zu. »Wir machen uns Sorgen.«

Greg trat ein paar Schritte zurück, um etwas Abstand zwischen sich und die Männer zu bringen. »Warum erzählst du mir das? Ich bin schon eine Weile nicht mehr in diese Themen involviert.« Greg war im Ruhestand und gelangweilt, aber nicht so sehr, dass er sich um die Dinge kümmern würde, die im Moment in den Vereinigten Staaten falsch liefen. Und er würde sich nicht in die Politik einmischen, die sich um diese Dinge kümmern sollte.

Ben atmete scharf aus und kippte dann sein Glas Wasser herunter. Seufzend stellte er das leere Glas auf den Tresen und schaute Greg in die Augen. »Ich will nicht lange um den heißen Brei herumreden. Wir brauchen deine Hilfe«, sagte er und Gregs kurze Haare richteten sich förmlich auf.

Greg steckte die Hände in die Hosentaschen und klimperte mit dem Wechselgeld in der rechten Tasche und dem Autoschlüssel in der linken, während er darauf wartete zu erfahren, worum es ging. Nichts mehr in Washington, D.C. war schlicht und einfach. Nicht dass es jemals so gewesen wäre.

»Spuck es aus, Ben«, sagte er und musterte den jüngeren Mann. »Ich bin ganz Ohr.«

»Die Dinge in den USA haben sich verändert. Terroristen sind jetzt überall«, begann er und Greg lachte über diese Untertreibung des Jahrhunderts.

Er war in den Ruhestand gegangen, bevor die letzten inländischen Terrorangriffe begannen, aber am elften September war er noch im Dienst gewesen. An dem Tag, der Pearl Harbor als den Tag der Schande ersetzt hatte.

»Das sind keine Neuigkeiten, Ben«, sagte Greg und die Frustration in seinem Ton nahm zu. »Was hat das mit mir zu tun, außer dass ich ein besorgter Bürger sein sollte?«

»Jeden Tag werden weitere Terrorzellen identifiziert«, antwortete Ben. Sein Dreitagebart stand jetzt in starkem Kontrast zu seinem blassen Gesicht. »Die Stimmen über eine bevorstehende Bedrohung werden jeden Tag lauter. Bedeutende Dschihad-Ereignisse sind in Vorbereitung.«

»Du weißt, dass ich nicht mehr im aktiven Dienst bin, oder?« Greg zuckte die Achseln. »Ich verstehe nicht, wie ich da helfen kann.«

»Wir möchten, dass du die Leitung einer neuen Abteilung bei der CIA übernimmst«, warf Warren ein. »Ghost Ops, eine Schläferzelle der SEALs, die uns dabei helfen soll, die Terrorzellen in den USA zu bekämpfen ... und was zum Teufel noch auftauchen könnte.«

Greg lachte. »Und wo soll ich diese SEALs finden, die sich bei mir melden sollen? Die meisten sind im Einsatz in ...«

»Wir wollen SEALs im Ruhestand rekrutieren, wie dich. Wir haben Millionen ausgegeben, um diese Männer auszubilden, nur um sie jetzt im Leerlauf sitzen zu lassen, während wir diesen zum Scheitern verurteilten Kampf allein führen müssen. Das ist die reinste Verschwendung.« Ben schnappte nach Luft. »Ich weiß, dass sie dich respektieren würden, wenn du sie anheuerst, einem Team unter deiner Leitung beizutreten. Du hättest eine viel bessere Chance als wir, sie davon zu überzeugen zu helfen.«

»Die meisten dieser Männer sind, wie ich, bis auf die Knochen erschöpft oder sie wurden verwundet und sind deshalb aus dem Dienst ausgeschieden. Andernfalls wären sie noch aktiv. SEALs geben nicht einfach so auf.« *Es sei denn, ihre Frau ist an Krebs gestorben und die Kinder sind aus dem Haus und auf dem College. Was sie allein in einem viel zu großen Haus zurücklässt, obwohl sie gemeinsam reisen und das Leben genießen sollten.*

»Über welche Art von Bedrohung redet ihr?«, bohrte Greg nach und fragte sich, warum er überhaupt auf diese dumme Idee einging.

»Es gibt viele und es werden jeden Tag mehr. Es sind zu viele, als dass wir sie allein bekämpfen können«, begann Ben, aber Warren hielt seine Hand hoch.

»Der Präsident steht unter enormem Druck. Er hat noch dreieinhalb Jahre in seiner Amtszeit und es war eines seiner Wahlversprechen, diese Bedrohung auszuschalten. Er will, dass diese Terrorzellen identifiziert und die davon ausgehende Gefahr schnell beseitigt wird.«

Diese beiden Kerle und der Präsident saßen den ganzen Tag hinter ihren Schreibtischen. Sie waren noch nie zuvor auf einem realen Einsatz gewesen. Sie hatten keine Ahnung, welche Planung und welches Training es erforderte, bevor ein Team es jemals auf das Schlachtfeld schaffen würde. Ein Team ausgemusterter SEALs zu trainieren würde dazu das Doppelte der Zeit in Anspruch nehmen, da jeder einzelne besser als alle anderen wissen würde, wie die Dinge anzugehen wären. Ein »schnelles« Vorgehen würde es nicht geben.

»Das ist eine große Aufgabe. Ich kann unmöglich ein

Team von zwölf Mann in weniger als einem Jahr zusammenbringen. Selbst wenn ich so viele Männer auftreiben könnte.« Warum zum Teufel versetzte ihn der Gedanke dann so in Aufregung? »Die meisten von ihnen genießen wahrscheinlich irgendwo das Leben am Strand.« Genau dort, wo er mit Karen sein sollte, wenn sie nicht gestorben wäre, nachdem er vor vier Jahren in den Ruhestand gegangen war.

»Wir wollen kein Team, Greg«, korrigierte Percy Long ihn und breitete die Arme aus, als er auf ihn zuging. »Das muss alles im Verborgenen geschehen, weil wir die Öffentlichkeit nicht in Panik versetzen wollen. Wenn der Ernst der Lage bekannt würde, würden die Menschen ihre Häuser nicht mehr verlassen wollen. Die Presse würde es aufbauschen, bis eine Panik ausbricht. Du weißt, wie diese Dinge laufen.«

»Lass mich das mal klarstellen. Ihr möchtet, dass sich einzelne SEALs aus dem Untergrund dazu bereit erklären, geheime Operationen im Alleingang durchzuführen?«, fragte Greg und hob die Augenbrauen. »So funktioniert das normalerweise nicht.«

»Ungewöhnliche Zeiten erfordern ungewöhnliche Maßnahmen, Greg. Sie sind dazu in der Lage, Dinge schnell und leise zu erledigen«, antwortete Warren und Greg konnte es nicht abstreiten. Genauso arbeiteten SEALs. Sie taten alles, um die Aufgabe zu Ende zu bringen.

Ben näherte sich ihm und legte eine Hand auf seine Schulter. Es kam ihm vor, als würden die beiden sich in ihren Bemühungen, ihn zu überzeugen, regelrecht abwechseln. »Jede Terror- oder Möchtegern-Terrororganisation hat jetzt Wurzeln hier in den USA. Al-Qaida, die

Muslimbruderschaft, Isis oder die Taliban. Sie sind nicht hier, um Asyl zu suchen, sie rekrutieren aktiv Anhänger und planen, ein Kalifat auf unserem heimischen Grund und Boden zu gründen. Das können wir nicht zulassen, Greg, oder die USA wird nicht mehr dasselbe Land sein.«

»Du wirst als freier Mitarbeiter für die CIA im Auftrag der Regierung tätig sein und kannst selbst deinen Preis nennen«, fügte Warren hinzu und Greg richtete den Blick auf ihn. »Bei der Entscheidungsfindung bist du allein. Wenn irgendetwas schiefgeht, müssen wir eine plausible Ausrede haben und alles abstreiten können.«

»Natürlich«, antwortete Greg kopfschüttelnd. Wenn irgendetwas den Bach runterging, brauchten sie einen Sündenbock, und in diesem Fall wäre er das. Es war nicht viel anders als die geheimen Operationen, die die Teams unter seinem Kommando durchgeführt hatten, als er noch im aktiven Dienst gewesen war.

Gott, warum klang diese dumme Idee plötzlich so faszinierend? Warum glaubte er, dass er es schaffen könnte? Und warum zum Teufel dachte er plötzlich, es sei genau das, was er brauchte, um aus dem Loch herauszukommen, in dem er seit vier Jahren lebte?

»Ich kann dir eine Liste potenzieller Kandidaten und kürzlich pensionierter SEALs besorgen. Und der Präsident hat zugesichert, alles zu beschaffen, was du sonst noch brauchst«, fuhr Warren schnell fort. »Wir brauchen nur deine Zustimmung und dein volles Engagement.«

Es wurde still im Raum und Greg sah jedem der Männer tief in die Augen, als er über seine Entscheidung nachdachte. Was zum Teufel hatte er zu verlieren? Wenn er nicht einwilligte, würde er einen langsamen, qualvollen Tod zu Hause in seinem Sessel sterben. Er war erst siebenundvierzig und immer noch fit. Das könnte eine Menge Jahre auf diesem Sessel bedeuten.

»Besorg mir die Informationen, die Liste und den Vertrag«, sagte er. Er bekam einen Adrenalinschub und seine Knie wurden kurz weich.

Er war zurück im Spiel.

KAPITEL EINS

»Hey, Wolf, wie ist es gelaufen?«, fragte Slade »Cutter« Cutsinger den SEAL, als er das Büro auf dem Navy-Stützpunkt betrat.

»Ich würde es dir sagen, Cutter, aber dann müsste ich dich töten«, scherzte Wolf und lächelte Slade an.

Es war ein langjähriger Spaß zwischen den beiden Männern. Slade war ein SEAL im Ruhestand und arbeitete jetzt als freier Mitarbeiter für die Navy. Er stand direkt unter dem Kommando des Kommandanten Patrick Hurt. Slade wusste wahrscheinlich mehr über die Mission, auf der Wolf mit seinem Team war, als Wolf selbst.

»Der Kommandant wartet in seinem Büro auf die Nachbesprechung«, sagte Slade zu dem anderen Mann mit einem Nicken und deutete auf die Tür zu seiner Rechten. »Und zu Hause alles in Ordnung? Ist Caroline okay?«

»Es geht ihr gut«, antwortete Wolf. »Danke der Nachfrage. Und ich hätte mich schon längst bedanken sollen, aber ich schätze es sehr, dass du während der letzten Mission nach ihr gesehen hast. Sie ist an die Missionen gewöhnt, so sehr eine Frau daran gewöhnt sein kann, dass ihr Ehemann für wer weiß wie lange und wer weiß wohin verschwindet. Sie hat mir bestätigt, dass sie und die anderen Frauen sich dank dir besser gefühlt haben. Wenn du jemals etwas brauchst, musst du nur darum bitten.«

»Das weiß ich sehr zu schätzten«, gab Slade zurück.

Er war nie mit Wolf oder einem der Männer in seinem Team auf Mission gewesen, aber er hatte verdammt großen Respekt vor ihnen. Sie waren auf ihren Missionen stets äußerst erfolgreich, gingen keine absurden Risiken ein und, was für Slade sehr wichtig war, sie kümmerten sich alle um ihre Familien. Und mit »sich kümmern« meinte Slade, dass sie wussten, wie wertvoll ihre Frauen und Kinder waren. Sie rissen sich die Ärsche auf, um dafür zu sorgen, dass es ihnen an nichts fehlte. Wenn eine Mission einmal länger dauerte, sorgte Wolf immer dafür, dass Slade nach ihren Familien sah. Und für den Fall der Fälle hatten ihre Frauen immer GPS-Ortungsgeräte bei sich.

Slade hätte eigentlich nichts über die GPS-Geräte wissen sollen, aber seinem Freund Tex war dieses kleine Detail eines Abends bei einer lockeren Unterhaltung am Telefon herausgerutscht. Slade hatte mit Tex in einem Team gearbeitet, bevor er aus medizinischen Gründen pensioniert wurde. Vor keinem anderen Mann hatte er größeren Respekt als vor ihm. Als er erfahren hatte, dass Tex geheiratet und dann ein Kind aus dem Irak adoptiert hatte, hatte er sich so sehr für den Mann gefreut.

Eines Abends hatten sie telefoniert und Tex hatte ihm

erzählt, dass seine Frau Melody ein kleines Mädchen namens Hope zur Welt gebracht hatte. Dann hatte er Slade gesagt, dass er verdammt sein sollte, wenn jemals einer ihrer Feinde Hand an sein Baby legen sollte. Nach der Zustimmung und Ermutigung seiner Frau hatte er ein kleines Armband mit einem winzigen Ortungsgerät für seine Tochter anfertigen lassen. Dann hatte er die Katze aus dem Sack gelassen und erwähnt, dass die Frauen aller Männer in Wolfs Team ebenfalls freiwillig ähnlichen Schmuck trugen.

Slade war ein wenig melancholisch gewesen, weil er nie eine Frau gefunden hatte, die ihm so wichtig wäre, dass er sie auf diese Weise beschützen wollte … und die ihn lassen würde. Seine Ex-Frau Cynthia – nicht Cindy, Gott bewahre, dass jemand sie Cindy nannte – hatte kein großes Interesse an dem gehabt, was er tat. Am Ende ihrer vierjährigen Ehe hatte dieses Gefühl definitiv auf Gegenseitigkeit beruht.

Sein ganzes Leben lang hatte er eine besondere Verbindung zu einer Frau haben wollen. Aus irgendeinem Grund hatte er das Gefühl, dass er es sofort wissen würde, wenn er sie traf. In seinen Zwanzigern war er nicht sehr darauf bedacht gewesen, so eine Frau zu finden. Er war jung und zu sehr damit beschäftigt gewesen, Karriere in der Navy zu machen. In seinen Dreißigern war er bereit dazu gewesen, sich niederzulassen, obwohl er bis zum Hals in SEAL-Missionen steckte. Und jetzt, mit Ende vierzig, fühlte er sich zu alt, um noch eine ernsthafte Beziehung aufzubauen. Er dachte, er hätte seine Chance vertan.

Er war jetzt ein beständiger Junggeselle, der stattdessen die Familien der SEALs im Auge behielt, die für Kommandant Hurt arbeiteten.

Slade zuckte geistig die Schultern und versuchte, sich auf den Papierkram vor ihm zu konzentrieren. Er vermisste die Aufregung, in einem SEAL-Team zu arbeiten, aber er war definitiv zu alt dafür und überließ diese Aufgabe lieber den jüngeren Männern.

Das Telefon neben ihm klingelte und Slade nahm ab. »Cutsinger, wie kann ich Ihnen helfen?«

»Ich möchte mit Slade Cutsinger sprechen. Sind Sie das?«

Slade erkannte die Stimme nicht, aber er konnte definitiv den autoritären Ton hinter den Worten erkennen.

»Jawohl, ich bin Cutsinger.«

»Mein Name ist Greg Lambert, pensionierter Navy-Kommandant. Ist diese Leitung sicher?«

Slade war überrascht. Er konnte sich nicht erinnern, jemals mit einem Greg Lambert zusammengearbeitet zu haben, und er hatte ein sehr gutes Gedächtnis. »Nein, Sir, das ist sie nicht. Wenn Sie mit Kommandant Hurt sprechen wollen, empfehle ich ...«

»Ich möchte mit Ihnen sprechen«, unterbrach Greg ihn. »Ich werde Ihnen jetzt eine Telefonnummer geben und ich erwarte, dass Sie mich heute Abend von einer sicheren Leitung aus anrufen. Ich habe Ihnen einen Vorschlag zu unterbreiten.«

»Mit allem Respekt, Sir, aber ich kenne Sie nicht«, sagte Slade und hatte Probleme, einen professionellen Ton zu behalten. Es machte ihm nichts aus, Befehle anzunehmen, aber normalerweise kannte er die Person, die diese Befehle erteilte.

»Das stimmt, aber wir haben einen gemeinsamen Freund, der in den höchsten Tönen von Ihnen spricht.«

Als er nicht fortfuhr, fragte Slade: »Ein gemeinsamer Freund?«

»John Keegan.«

Tex, zum Teufel. Worin hatte dieser Mann ihn diesmal verwickelt? »Er ist einer der besten Männer, die ich je kennengelernt habe«, sagte Slade ehrlich zu Greg.

»Das geht mir genauso. Haben Sie einen Stift?«

»Ja.« Slade notierte pflichtbewusst die Nummer, die ihm gegeben wurde.

»Es handelt sich um eine hochsensible Angelegenheit. John hat mir versichert, dass Sie diskret und äußerst interessiert wären.«

»Das stimmt mindestens zur Hälfte«, murmelte Slade und ignorierte das leise Lachen am anderen Ende der Leitung. »Ich werde gegen neunzehnhundert anrufen, wenn das in Ordnung ist.«

»Ich werde warten.« Der ehemalige Kommandant beendete den Anruf ohne ein weiteres Wort.

Slade legte langsam und gedankenverloren den Hörer auf. Er versuchte, das Interesse zu unterdrücken, das tief in seinem Bauch aufflammte, aber es gelang ihm nicht ganz. Durch seine Arbeit als freier Mitarbeiter der US-Navy trieb er mit halbem Fuß noch in gefährlichen Gewässern, aber es war nicht mehr dasselbe wie früher. Irgendwie wusste er, dass das, was Lambert ihm heute Abend zu sagen hatte, sein Leben verändern würde. Ob es zum Besseren oder zum Schlechteren sein würde, blieb abzuwarten.

»Worin zum Teufel hast du mich diesmal verwickelt, Tex?«, fragte Slade, sobald sein Freund den Hörer abgenommen hatte.

»Ebenfalls hallo, Cutter. Wie ist das Wetter bei euch in Kalifornien? Lass mich raten, du sitzt auf dem Balkon, schaust auf den Ozean und wünschst dir, du würdest dich nicht so langweilen.«

»Arschloch«, sagte Slade mit einem Lächeln. Tex kannte ihn zu gut. Das passierte, wenn man Seite an Seite gearbeitet hatte, beschossen wurde und sich zu oft gegenseitig das Leben gerettet hatte, um es zählen zu können. »Ein gewisser ehemaliger Kommandant Lambert hat mich heute angerufen. Er hat behauptet, ihr habt über mich gesprochen.«

»Ich verstehe, du redest nicht lange um den heißen Brei herum«, sagte Tex.

»Ich soll ihn in dreißig Minuten auf einer sicheren Leitung zurückrufen«, sagte Slade zu seinem alten Teamkameraden.

»Verstanden. Lambert ist einer von den Guten. Ich habe ein paarmal mit ihm zusammengearbeitet. Er hat einen neuen, inoffiziellen Auftrag und hat nach den Namen der besten ehemaligen SEALs gefragt, die ich kenne. Du standst ganz oben auf meiner Liste.«

»Inoffizieller Auftrag?«, fragte Slade. »Ich bin mir nicht sicher, ob mir das gefällt.«

»Nichts, was wir nicht schon früher getan hätten«, beruhigte Tex ihn. »Hör dir an, was er zu sagen hat.«

»Du weißt, worum es bei diesem Auftrag geht?«

»Nein, Lambert wollte mich auch um Hilfe bitten, aber da Hope noch so klein ist und Akilah sich immer noch einlebt, möchte ich derzeit nichts tun, wobei ich reisen müsste«, sagte Tex zu ihm.

Das konnte Slade verstehen. Wenn er eine Frau und ein Baby hätte, ganz zu schweigen von einer kürzlich adoptierten Tochter im Teenageralter, würde er auch nicht das Haus verlassen wollen. Er war unruhig, stand auf und ging in seiner Wohnung auf und ab. »Du hast sowieso schon alle Hände voll zu tun mit den Teams, mit denen du zusammenarbeitest«, sagte Slade zu seinem alten Freund.

»Das stimmt, aber ich mag es. Ich bin gern in alle Aspekte unserer Streitkräfte involviert. Aber es ist mehr als das. Ich tue es, um die Männer zu beschützen, damit sie unversehrt zu ihren Familien nach Hause zurückkehren können.«

»Und das wird mehr geschätzt, als du dir jemals vorstellen kannst«, sagte Slade zu Tex.

Als wäre es ihm unangenehm, sich darüber zu unterhalten, antwortete Tex: »Abgesehen davon, dass ich nicht der richtige Mann für diesen Auftrag bin, kannst du mich jederzeit anrufen, wenn du irgendetwas brauchst. Du weißt, dass es niemanden gibt, der besser eine Nadel im Heuhaufen finden kann als ich.«

»Ich weiß nicht so genau, Mann. Ich habe gehört, dass es da eine Frau in Texas gibt, die dir Konkurrenz macht«, neckte Slade.

»Ich werde es später leugnen, sollte mich jemand danach fragen, aber da ist etwas Wahres dran«, sagte Tex sofort. »Beth ist unglaublich. Sie hat es geschafft, sich in einige Systeme zu hacken, an die ich mich nicht herangewagt hätte.«

Slade schaute auf die Uhr und sah, dass es Zeit

wurde. Widerwillig sagte er: »Ich muss jetzt auflegen. Danke für die Vorwarnung, was da auf mich zukommt.«

»Gern geschehen. Und ich habe es ernst gemeint, Cutter«, sagte Tex mit fester Stimme. »Wenn du irgendetwas brauchst, dann ruf mich an. Ich weiß nicht genau, was Lambert vorhat, aber da er es mir nicht erzählt hat und du im Ruhestand bist, vermute ich, dass es streng geheim ist und du allein arbeiten sollst. Aber niemand aus meinen Teams wird jemals allein sein.«

»Ich werde mir anhören, was er zu sagen hat, und dann eine Entscheidung treffen, ob jemand anderes mit hinzugezogen werden sollte oder nicht«, sagte Cutter zu Tex. »Aber ich weiß, was du meinst. Ich werde mich bei dir melden, sollte ich dich brauchen.«

»Gut, bis bald.«

»Bis bald«, wiederholte Slade und beendete das Gespräch. Er legte sein privates Handy auf die Armlehne des Stuhls, auf dem er saß, und holte tief Luft. Er atmete die salzige Meeresluft ein, die durch die offene Balkontür hereinwehte, und nahm sich einen Moment Zeit, um seinen Geist und Körper zu beruhigen. Es umtrieb ihn das unerbittliche Gefühl, dass sich sein Leben bald ändern würde.

Slade dachte über sein Leben nach. Er mochte es … größtenteils. Seine Wohnung am Meer war perfekt für ihn. Nicht zu groß und nicht zu klein. Während er aktiv im Dienst war, hatte er sein Geld gespart und über seine Pension konnte er sich nicht beschweren. Er hatte einen schicken hochauflösenden Fernseher im Wohnzimmer, gute Freunde, mit denen er zusammengearbeitet hatte und mit denen er ab und zu etwas trinken gehen konnte, und innerhalb von drei Minuten könnte er im Meer schwimmen gehen, wann immer er wollte.

Seiner Familie ging es gut. Seine Schwester Sabrina war verheiratet und hatte drei Kinder. Sein Bruder hatte auch eine Frau und zwei Kinder. Seine Geschwister waren beide jünger als er und lebten am anderen Ende des Landes. Seine Nichten und Neffen sah er nicht oft, aber wenn er es tat, war es, als wäre seit ihrer letzten Begegnung keine Zeit vergangen. Er vermisste seine Eltern, obwohl sie nie die Art von Beziehung hatten, wo sie regelmäßig Kontakt gehabt hätten.

Aber Slade musste ehrlich zu sich selbst sein. Er war einsam. Er hatte eine tolle Wohnung, einen guten Job, aber niemanden, mit dem er sein Leben teilen konnte. Er hatte es mit Online-Dating versucht, aber das war eine Katastrophe gewesen. Und für *Aces Bar and Grill*, dem berüchtigten Treffpunkt für aktive und ehemalige Navy SEALs, um Frauen abzuschleppen, war er zu alt. Seitdem der Laden Jessyka Sawyer gehörte, die mit einem der Männer in Wolfs Team verheiratet war, hatte sich dort einiges geändert. Aber eine Kneipe war immer noch eine Kneipe und es gab immer Frauen, die auf der Suche nach einem Soldaten waren, der auf einen One-Night-Stand aus war.

Um nicht noch mürrischer zu werden, als er es bereits war, nahm Slade das abhörsichere Handy, das ihm von der Navy gegeben worden war, um mit Kommandant Hurt und den SEALs unter seinem Kommando sprechen zu können, und ging wieder auf den Balkon. Er wählte die Nummer von Ex-Kommandant Lambert.

»Pünktlich auf die Minute«, sagte der Kommandant

zur Begrüßung. »Ein gutes Zeichen für unsere zukünftige Arbeitsbeziehung.«

»Ich bin mir noch nicht sicher, ob ich eine Arbeitsbeziehung mit Ihnen haben möchte«, sagte Slade ehrlich.

»Diese Leitung ist abhörsicher, richtig?«, fragte Greg.

Irritiert darüber, dass er auch nur für eine Sekunde annehmen würde, dass er nicht auf einer sicheren Leitung anrufen würde, obwohl der Mann deutlich gemacht hatte, dass er sonst nicht mit ihm reden würde, antwortete Slade bissig: »Ja.«

Greg lachte leise. »Ich musste fragen, es sollte keine Beleidigung sein. Haben Sie mit John gesprochen?«

»Ich habe gerade aufgelegt«, bestätigte Slade.

»Das dachte ich mir. Ich werde gleich zur Sache kommen, wenn es Ihnen nichts ausmacht.«

»Das würde ich sogar bevorzugen«, sagte Slade und spannte seine Muskeln an, in Erwartung dessen, was er gleich hören sollte.

»Ich bin verantwortlich für eine neue, geheime Initiative, um Terroristenzellen im ganzen Land aufzudecken, die im Untergrund agieren. Die Arschlöcher gewinnen langsam die Überhand, und das muss aufhören. Ich wurde autorisiert, meine eigene Untergrundeinheit zu mobilisieren ... SEALs im Ruhestand.«

Slade war sich nicht sicher, ob er das richtig verstanden hatte. »Und?«

»Und ich will Sie dabeihaben, Cutter. Ich habe Ihre Akte gelesen und ich kenne Ihre Stärken und Schwächen. Ich habe mit John und einigen Ihrer anderen Teamkameraden gesprochen. Sie sind besonnen und sammeln zuerst Informationen, bevor Sie sich auf irgendetwas einlassen. Sie sind entschlossen und lieben unser Vaterland, wie nicht viele es tun. Aber was noch wichtiger ist, Sie waren auch allein erfolgreich.«

»Ich war nie allein«, protestierte Slade. »Kein einziges Mal. Selbst wenn ich eine Geisel befreit habe, war mein Team immer dabei.«

»Ich weiß«, ruderte Greg ein bisschen zurück. »Ich meinte damit, dass Sie nicht in Panik geraten sind, wenn es mal hart auf hart kam. Sie sind einfach zu Plan B übergegangen ... oder C, D oder E. Ich brauche Sie.«

Slade holte tief Luft und atmete langsam aus. Er war verdammt neugierig. »Erzählen Sie mir mehr«, forderte er mürrisch.

»Vor sechs Monaten gab es am Flughafen von L.A. einen Bombenanschlag.«

Als der andere Mann nicht näher darauf einging, fragte Slade: »Ja und? Ich erinnere mich daran. Ein Bombenattentäter hat eine Handvoll Geiseln genommen und das Gebäude wurde gerade evakuiert, als das Arschloch sich zusammen mit allen Geiseln in die Luft gesprengt hat. Ansar al-Scharia hat sich damals zu dem Anschlag bekannt.«

»Richtig, so wurde es in den Nachrichten berichtet«, sagte Greg.

Slade standen die Nackenhaare zu Berge. »So wurde es in den Nachrichten berichtet?«, wiederholte er.

»Ja, Propaganda übers Internet ist äußerst wirksam. Der Attentäter war ein College-Student und wurde online angeheuert. Der Anführer heißt Aziz Fourati. Die Regierung nimmt an, dass er Tunesier ist. Aufgrund des erfolgreichen Anschlags in L.A. werden immer mehr Söldner rekrutiert. Er will seinen Erfolg wiederholen ... auf nationaler Ebene.«

»Jesus«, fluchte Slade. »Wenn wir dachten, dass der elfte September eine Katastrophe war, dann könnte der nächste Anschlag noch schlimmer werden. Sie könnten die Transportmittel im ganzen Land für Monate lahmlegen.«

»Genau. Aber das ist noch nicht alles.«

»Scheiße, was noch?«

»Er war da«, sagte Greg geradeheraus.

»Wo?«

»Bei dem Bombenanschlag. Er war eine der sogenannten Geiseln. Er hat eine Rede gehalten, bevor der Junge den Abzug drückte und alle in die Luft gejagt hat.«

»Woher wissen Sie das?«, bohrte Slade nach.

»Alle Überwachungskameras am Flughafen wurden gestört, kurz bevor alles ausfiel. Es gibt also kein öffentliches Video davon, was drinnen passiert ist. Es hat aber jemand ein Video seiner Rede im Dark Web veröffentlicht und es wird als Rekrutierungsinstrument verwendet.«

Slade wusste, dass noch mehr dahintersteckte. »Und? Jesus, jetzt spucken Sie es schon aus.«

»Neben Fourati, der sich kurz vor der Explosion aus dem Staub gemacht hat, gab es noch eine weitere Überlebende.«

Die Worte schienen über die Telefonleitung widerzuhallen. »Was? Wen?«

»Sie heißt Dakota James. Sie sollte an diesem Tag zu einer Konferenz nach Orlando fliegen.«

»Davon stand nichts in der Zeitung«, protestierte Slade. »Wie können Sie sich dessen sicher sein?«

»Ich habe Kopien der Propagandavideos, die Fourati an seine Schergen gesendet hat. Darauf ist sie zu sehen, aber sie war nicht unter den Leichen, die in diesem Abschnitt des Flughafens gefunden wurden. Und siehe da, eine Woche später ist sie mit gebrochenem Arm bei der Arbeit aufgetaucht. Sie hat ihren Kollegen erzählt, dass sie die Treppe heruntergefallen ist.«

»Also, was ist da los? Was hat sie zu dem Bombenanschlag gesagt?«

»Das ist das Problem«, sagte Greg zu Slade. »Sie ist verschwunden.«

»Sie ist weg? Was ist mit ihrem Job?«

»Gekündigt.«

»Einfach so?«, fragte Slade.

»Einfach so«, bestätigte Greg.

»Denken Sie, sie war involviert? Dafür brauchen Sie mich?«

»Nein, wir glauben nicht, dass sie involviert war, aber wir haben nichts über Fourati. Wir haben keine Fotos, keine Videos, die sein Gesicht zeigen. Nichts. Nada. Niente.«

»Aber Dakota James hat ihn gesehen«, schlussfolgerte Slade.

»Genau, und wir brauchen sie. Fourati muss aufgehalten werden, bevor er seinen Plan umsetzen kann. Soweit wir das beurteilen können, hat er derzeit nur eine Handvoll Männer rekrutiert, aber je mehr er anwerben kann, desto schneller kann er seinen Plan umsetzen.«

»Sie wollen, dass ich sie finde.«

»Ja, Sie spüren sie auf, holen sich eine Beschreibung von Fourati und dann suchen wir dieses Arschloch und schalten die Bedrohung aus.«

Ah, darum ging es also.

Slade hatte auf die Bestätigung gewartet, dass der

ehemalige Kommandant wollte, dass er erneut für sein Land töten sollte. Der Gedanke hätte abstoßend sein sollen. Er hatte diesen Teil seines Lebens hinter sich gelassen. Aber dann erinnerte Slade sich an die Bilder des zerstörten Flughafens. Er erinnerte sich an die Bilder und Videos der Opfer. Eine Mutter, die mit ihrem drei Monate alten Baby verreist war. Ein Paar, das seinen fünfzigsten Hochzeitstag auf Hawaii feiern wollte. Die Geschäftsleute, die ins Fadenkreuz des Terroristen geraten waren.

Der Entschluss, das dafür verantwortliche Arschloch auszuschalten, festigte sich in ihm.

Er öffnete den Mund, um zuzustimmen, den Auftrag anzunehmen, als Greg erneut das Wort ergriff. »Da gibt es noch eine Sache ...«

Ah, scheiße.

»Fourati hat beschlossen, dass Dakota James ihm gehört.« Lamberts Stimme war sachlich.

»Was? Woher kennt er sie überhaupt?«

»Anscheinend hat er sie in der Menschenmenge am Flughafen gesehen und was auch immer zwischen ihnen passiert ist, hat ihn offenbar dazu gebracht, sie für sich haben zu wollen. Wir glauben, dass sie deshalb weggelaufen ist.«

»Verdammter Mist«, fluchte Slade. »Offensichtlich wollte sie nicht als Spielzeug für einen Terroristen enden.«

»Scheinbar nicht. Den Informationen nach zu urteilen, die wir abfangen und entschlüsseln konnten, ist er ihr auf der Spur.«

»Wo ist sie?«, fragte Slade. Der Gedanke daran, dass diese arme Frau einen Terroranschlag überlebt hatte, nur um jetzt auf der Flucht zu sein, weil der Terrorist sie für sich haben wollte, war zu viel für seine Nerven. Seine Teamkameraden hatten ihm mehr als einmal gesagt, dass er einen Ritter-in-glänzender-Rüstung-Komplex hatte, aber das war Slade egal. Frauen waren ihm wichtig. Alle Frauen, kleine, große, dicke, dünne, egal. Wenn es bei einer Mission um eine Frau ging, gab Slade alles. Er tat alles, um Frauen und Kinder zu beschützen.

»Das ist leider das Problem. Wir wissen es nicht.«

»Was wissen Sie überhaupt?«, brachte er ungeduldig heraus. »Aus meiner Sicht verdammt wenig. Sie wissen, dass es eine Frau ist, Sie kennen ihren Namen und dass sie ihren Job gekündigt hat, aber das war es auch schon.«

Greg klang kein bisschen verärgert. »Deshalb brauchen wir Sie. Finden Sie Dakota! Lassen Sie sich von ihr erzählen, was Fourati gesagt hat, bevor sein Söldner sich in die Luft gesprengt hat. Finden Sie heraus, wie dieses Arschloch aussieht, damit wir ihn aufspüren, seinen Internetauftritt lahmlegen und schließlich einen weiteren Terroristen ausschalten können. In Ordnung?«

»Welche Unterstützung kann ich erwarten?«, fragte Slade. Er hatte sich schon entschieden zuzusagen, aber er wollte so viele Details wie möglich bekommen, bevor er es tat.

»Keine«, war Gregs Antwort. »Jedenfalls nicht offiziell. Sie können mich anrufen und ich kann Ihnen Informationen geben, aber was die Mission angeht, sind Sie auf sich allein gestellt. Es handelt sich um eine inoffizielle Operation. Wenn Sie in Schwierigkeiten geraten, werden Sie ebenfalls auf sich allein gestellt sein. Die US-Regierung wird Sie nicht rausholen und auf Anfrage jegliche Verantwortung abstreiten.«

Slade war nicht im Geringsten überrascht. Das hatte er erwartet. »Vergütung?«

Greg nannte ihm eine Zahl und Slade hob überrascht die Augenbrauen. Anscheinend machte die Regierung keine Scherze.

»Ich bin dabei«, bestätigte Slade. Er machte sich keine Sorgen darüber zu scheitern. Er würde Miss James finden, eine Beschreibung von Fourati erhalten, ihn töten und dann sein Leben fortsetzen. Er freute sich schon auf den Auftrag. Nicht jemanden zu töten, das hatte er noch nie genossen, aber darauf, wieder im Einsatz zu sein und seine Fähigkeiten einzusetzen, um eine Bedrohung zu beseitigen.

Einmal ein SEAL, immer ein SEAL.

»Gut, ich habe bereits mit Kommandant Hurt geklärt, dass Sie sich eine Auszeit nehmen und morgen anfangen können. Ein relativ neuer, aber erfahrener Mitarbeiter kann sofort für Sie einspringen. Er verfügt nicht über dieselben Vollmachten wie Sie, aber er kann Hurt dabei helfen, den Kopf über Wasser zu halten, bis Sie zurück sind. Ihre Vertretung wurde bereits informiert und Ihr Arbeitsplatz ist sicher, bis Sie zurückkommen.«

»Wow«, rief Slade aus. »Ich sollte nicht überrascht sein, aber ich bin es trotzdem. Woher wussten Sie, dass ich zusagen würde?«

»John hat es mir gesagt. Ich vertraue ihm.«

Slade nickte geistig. Ja, er vertraute Tex auch.

»Morgen früh um null achthundert wird eine Akte mit allen Informationen, die ich über die Terroristengruppe rund um Fourati und natürlich über Miss James habe, zu Ihrer Wohnung geliefert. Finden Sie sie, beschaffen Sie die Informationen und schalten Sie Aziz Fourati ein für alle Mal aus.«

»Gibt es ein Zeitlimit?«, fragte Slade.

»Nicht per se, aber Zeit ist immer von entscheidender Bedeutung. Derzeit scheint Fourati noch nicht genügend Anhänger zu haben, um eine Bedrohung zu sein. Aber je mehr Söldner er rekrutieren kann, desto größer ist die Wahrscheinlichkeit, dass jemand seinen Platz einnehmen und für ihn übernehmen kann, wenn er getötet wird.«

Slade verstand, was Greg meinte. Es gab zwar kein zeitliches Limit, aber die Zeit drängte.

»Oh, und noch etwas, Fourati hat gesagt, dass er seine neue Frau noch vor Jahresende an seiner Seite haben will.«

»Scheiße«, fluchte Slade leise. Es war fast Ende November. Das bedeutete, dass Fourati ungeduldig wurde und vielleicht einen Hinweis hatte, wo Dakota sich versteckte. Die Dringlichkeit des Falles hatte sich soeben noch verstärkt. »Ich werde auf diese Akte warten«, informierte Slade ihn.

»Danke Cutter«, entgegnete Greg und benutzte erneut Slades SEAL-Spitznamen, um zu beweisen, dass er wirklich viel über ihn wusste. »Ihr Land wird nie davon erfahren, aber wir alle stehen in Ihrer Schuld.«

»Ist das die Nummer, unter der ich Sie kontaktieren kann, wenn ich Fragen habe?«, fragte Slade. Er kannte die Regeln. Niemand sollte jemals erfahren, wie oft er aus Gründen der nationalen Sicherheit getötet hatte. Darüber war er längst hinweg.

»Ja, ich werde auf Neuigkeiten von Ihnen warten.« Damit legte Greg auf.

Slade legte das Telefon zur Seite und ließ den Kopf gegen die Stuhllehne zurückfallen. Eine Million Gedanken rasten durch sein Gehirn. Details zu den Waffen, die er brauchen würde, wie man Fourati am besten ausschalten könnte, ohne eine Panik auszulösen, und wie in aller Welt er das alles allein schaffen sollte.

Aber was ihn am meisten beschäftigte, war Dakota James. Wo war sie?

KAPITEL ZWEI

»Hallo, Mr. James, mein Name ist Slade Cutsinger. Kann ich Sie für einen Moment stören?«

Slade wartete geduldig und mit respektvollem Abstand vor der Tür. Er hatte die Akte am Morgen nach seinem Telefonat mit dem ehemaligen Kommandanten erhalten und jedes Wort zweimal gelesen.

Es gab nicht viele Informationen. Es war also kein Wunder, dass Greg ihn um Hilfe gebeten hatte. Aber als er das Bild von Dakota James gesehen hatte, hatte er die Zähne zusammengebissen und die Hände zu Fäusten geballt.

Er hatte noch nie in seinem Leben so auf das Bild eines Menschen reagiert, wie er es in dem Moment getan hatte, in dem er in ihre grünen Augen geblickt hatte. Sie schienen ihm vom Papier aus die Luft abzuschnüren. Sie war nicht schön im klassischen Sinne. Die Symmetrie ihres Gesichts war ein bisschen unausgeglichen. Aber der Ausdruck von Glück und Freude, den er in ihren

Augen gesehen hatte, brachte ihn dazu, alles über sie erfahren zu wollen.

Das Bild stammte aus dem letzten Jahrbuch der Sunset-Heights-Grundschule, wo sie als Schulleiterin tätig war ... beziehungsweise gewesen war. Sie trug eine weiße Bluse und einen dunkelblauen Blazer, dazu apfelförmige Ohrringe. Ihr dunkelblondes Haar hatte sie zu einem Zopf zusammengebunden. Sie hatte nur sehr wenig Make-up aufgetragen und ihre Augen waren eindeutig ihr bestes Merkmal, auch ohne Schminke.

Slade hatte ihr Bild ganze zehn Minuten lang angestarrt und sich jeden ihrer Gesichtszüge eingeprägt. Er wollte mehr von ihr sehen. Er wollte ihren Körper sehen, wie groß sie war, wenn sie neben ihm stand. Er wollte mit ihr reden. Wäre ihre Stimme hoch oder tief? Und er wollte sie berühren. Seine Reaktion auf das Foto war plötzlich und unverkennbar gewesen. Wie würde es sein, sie tatsächlich zu treffen?

Als er darüber nachdachte, was Dakota durchgemacht hatte, entwich ihm ein tiefes Knurren aus der Kehle, wobei er sich wieder darauf besann, wo er war und was er tat.

Er wollte sie. Es war nicht rational und keineswegs normal, aber so war es. Slade wollte sehen, wie sie ihn anlächelte. Er wollte sehen, wie ihre Augen vor Freude strahlten, wenn sie ihn anschaute. Er wollte sehen, wie sie ihn von der gegenüberliegenden Seite des Tisches beim Abendessen ansah, und er wollte auf jeden Fall erfahren, wie es wäre, wenn sie ihn mit ihren grünen Augen schläfrig von der anderen Seite seines Bettes ansah.

Slade hatte Hunderte solcher Akten studiert und an

Hunderten solcher Missionen teilgenommen, aber noch nie hatte ihn jemand so beeinflusst wie Dakota James. Er würde sie in Sicherheit bringen, und wenn es das Letzte war, was er tat.

In der Akte, die er von Lambert erhalten hatte, standen Informationen über Dakotas Vater. Er war Ende siebzig und lebte in einem Haus nördlich von San Diego. Er war sich nicht sicher, ob der Mann ihm irgendwelche Informationen über seine Tochter geben würde. Er hoffte sogar, dass er es nicht tun würde und dass er Dakotas Aufenthaltsort nicht leichtfertig verraten würde. Slade hatte die Seitentaschen seiner Harley gepackt und war losgefahren.

Er hatte das Gefühl, dass Dakota die Zeit davonlief und sie in extremer Gefahr war. Sein einziges Ziel war es, sie so schnell wie möglich zu finden. Er konnte das Gefühl nicht erklären. Er wusste, es klang verrückt, wenn er es versuchte. Aber Slades Intuition hatte ihm während seiner Karriere immer gute Dienste geleistet. Er würde sich auch diesmal darauf verlassen.

»Was wollen Sie mir denn andrehen?«, bellte Dakotas Vater hinter der Fliegengittertür hervor. »Ich brauche keine Kekse, ich bin schon fett genug, die Wahlen sind vorbei und mein Rasen muss auch nicht gemäht werden.«

»Ich bin ein Freund von Dakota«, sagte Slade.

»Blödsinn«, antwortete er sofort. »Sie sind auf keinen Fall ein Freund von Dakota.«

Beleidigt, aber auch etwas amüsiert, fragte Slade: »Warum nicht?«

»Sie sehen zu gut aus«, sagte ihr Vater. »Ihre Freunde tragen verdammte Pullover und Cargohosen. Auf keinen

Fall würden sie eine Harley fahren wie die, die Sie in meiner Einfahrt geparkt haben.«

»Meine Lederjacke hat es Ihnen verraten, oder?«, fragte Slade und versuchte, einen ernsten Gesichtsausdruck zu behalten. Er respektierte diesen Mann. Er sagte offen heraus, was er dachte.

»Nur ein wenig. Also, wollen Sie noch einmal versuchen, mir zu sagen, warum Sie hier sind und nach meiner Dakota fragen?«

»Ihre Tochter ist in Gefahr und ich bin wahrscheinlich der einzige Mensch, der sie da rausholen kann.«

Der ältere Mann schwieg einen langen Moment, aber Slade blieb stehen und ließ ihn überlegen. Schließlich, nach einer gefühlten Ewigkeit, öffnete Mr. James die Fliegengittertür und sagte: »Es ist kalt draußen. Ich weiß nicht, was Sie sich dabei denken, bei diesem Wetter auf einem Motorrad herumzufahren. Kommen Sie herein.«

Slade atmete erleichtert aus und folgte dem grauhaarigen Mann ins Haus, nachdem er die Haustür geschlossen und verriegelt hatte. Langsam schlurfte er in das kleine Wohnzimmer zu einem abgenutzten schokobraunen Sessel, der schon bessere Tage gesehen hatte. Der Fernseher war an und es lief eine Krimiserie. Dakotas Vater drehte die Lautstärke herunter, schaltete den Ton aber nicht komplett aus. Dann deutete er auf das Sofa. »Setzen Sie sich. Ich habe leider nichts im Haus, was ich Ihnen anbieten könnte. Ich esse nicht viel und mein Mittag auf Rädern wurde noch nicht geliefert. Ich hatte gedacht, Sie wären die Frau, die es mir sonst bringt. Sie möchten also wissen, wo meine Dakota steckt, oder?«

»Warum sagen Sie das so?«

»Weil ich alt bin, aber nicht dumm«, war seine

Antwort. »Sie sind nicht der Erste, der an meine Tür klopft und fragt, ob ich weiß, wo meine Tochter ist. Ich werde Ihnen dasselbe sagen, was ich den anderen auch gesagt habe: Ich weiß nicht, wo sie ist. Und ich würde es Ihnen nicht sagen, selbst wenn ich es wüsste.«

»Wer hat noch nach ihr gefragt?«, erkundigte sich Slade und zog besorgt die Augenbrauen hoch.

Der ältere Mann winkte mit der Hand ab. »Regierungstypen, Polizisten, Leute von der Arbeit … Sie wissen schon, die üblichen Verdächtigen.«

Slade war sich da nicht so sicher, aber er fragte nicht weiter nach. »Mr. James, ich …«

»Finnegan.«

»Wie bitte?«

»Mein Name ist Finnegan. Finn.«

»In Ordnung, Finn, ich denke, Sie wissen, dass Dakota in Gefahr ist.«

Slade saß still, obwohl Finn die Augen zusammenkniff und ihn einen langen Moment anstarrte, bevor er fragte: »Woher sollte ich das wissen?«

Slade versuchte sein Glück und ging davon aus, dass Dakota und ihr Vater sich nahestanden, und versuchte, es zu erklären, so gut er konnte. »Wir wissen beide, dass sie die einzige Überlebende dieses Bombenanschlags am Flughafen von L.A. war. Sie hat nicht nur Dinge gesehen, die sie nicht hätte sehen sollen, wahrscheinlich hat sie auch Dinge gehört. Wenn ich ein Terrorist wäre, der sicherstellen wollte, dass meine Zukunftspläne reibungslos verlaufen, würde ich dafür sorgen, dass es keine undichten Stellen gibt.«

Die Stille im Raum war ohrenbetäubend.

Schließlich fragte Finn leise: »Was hatten Sie gesagt, wer Sie sind?«

»Mein Name ist Slade Cutsinger. Ich bin pensionierter Navy SEAL. Ich weiß, dass Dakota Angst haben muss. Ich mache ihr keine Vorwürfe, Finn. Sie hat allen Grund dazu. Darüber mache ich keine Scherze. Ich kann Ihnen nicht viel sagen, aber ich kann Ihnen versichern, dass Dakota von mir nichts zu befürchten hat. Mein einziges Ziel ist es, ihr dabei zu helfen, diesen Mist hinter sich zu lassen, damit sie mit ihrem Leben weitermachen kann – in Sicherheit.«

»Haben Sie einen Ausweis?«

Seine Lippen zuckten. Er wäre verdammt, wenn er diesen alten Mann nicht mögen würde. Slade griff langsam nach seiner Brieftasche. Er holte seinen Personalausweis und seinen Regierungsausweis heraus und beugte sich vor, um sie Finn zu geben.

Nach einigen Augenblicken der Prüfung gab Finn sie zurück und lehnte sich in seinem Sessel zurück. »Sehen Sie diese Schachtel auf dem Boden neben dem Fernseher?«

Slade drehte den Kopf und nickte, als er den kaputten alten Schuhkarton unter einem Stapel alter Zeitungen sah.

»Holen Sie sie her.«

Slade tat, wie geheißen, holte den Karton und gab ihn Finn.

Der alte Mann strich liebevoll über den Deckel und sagte: »Dakota ist alles, was ich habe. Meine Frau ist vor zehn Jahren gestorben und ich und mein Mädchen haben aufeinander aufgepasst. Sie bezahlt dafür, dass jeden Tag jemand kommt, um nach mir zu sehen, und für das Mittag auf Rädern. Sie sorgt sogar dafür, dass meine Rechnungen und meine Hypothek bezahlt werden. Sie ist ein gutes Mädchen und hat so etwas nicht verdient. Sie war lediglich zur falschen Zeit am falschen Ort und ist in eine Situation geraten, die keiner von uns versteht.«

»Ich weiß«, sagte Slade leise.

»Sie ist nicht hier«, fuhr Finn fort. »Nicht in San Diego oder in L.A. und wahrscheinlich nicht einmal in Kalifornien. Sie war wirklich erschüttert nach dieser Sache am Flughafen. Sie hat nicht viel darüber gesprochen, aber es hat gereicht, dass ich eins und eins zusammenzählen konnte. Dann ist etwas in ihrer Schule vorgefallen, aber sie hat mir nicht gesagt was. Ein paar Tage später ist ihr Apartmentgebäude niedergebrannt. In den Zeitungen stand, dass das Feuer durch Kerzen in einer der Wohnungen verursacht wurde, aber ich bin mir nicht sicher, was ich glauben soll.«

»Wann war das?«, fragte Slade.

»Im September. Sie hatte sich so sehr auf das neue Schuljahr gefreut, sagte aber, dass sie kündigen müsse. Jemand folgte ihr und sie wollte die Kinder in der Schule nicht in Gefahr bringen.«

»Seitdem haben Sie nichts von ihr gehört?«, fragte Slade zweifelnd. Eine Tochter, die ihren Vater offensichtlich so sehr liebte, dass sie sich darum kümmerte, dass er gut versorgt war, würde die Kommunikation nicht einfach vollständig abbrechen.

»Sie schickt Postkarten«, sagte Finn zu Slade, als er mit seiner faltigen Handfläche noch einmal über die Schachtel fuhr. »Nicht oft, aber manchmal.«

»Kann ich sie sehen?«, fragte Slade und wollte den

Karton vom Schoß des alten Mannes nehmen und sich an die Arbeit machen, Dakota zu finden.

»Wenn Sie ihr wehtun, werde ich Sie töten, das schwöre ich bei Gott«, drohte Finn.

»Ich werde ihr nicht wehtun.«

Dakotas Vater fuhr fort, als Slade nichts weiter sagte. »Es ist mir egal, wer Sie sind oder wo Sie sich verstecken. Ich werde Sie finden und Ihnen eine Kugel ins Herz jagen. Es ist mir egal, wenn ich dafür ins Gefängnis gehe. Ich bin alt, ich werde sowieso bald sterben. Aber sollten Sie es wagen, meinem Baby etwas anzutun, wird es sich lohnen, Sie vorher zu töten.«

»Ich habe mein ganzes Leben damit verbracht, für Außenseiter zu kämpfen. Ich bin dorthin gegangen, wo ich hingeschickt wurde, und ich habe Dinge gesehen und getan, die niemand jemals sehen oder tun sollte«, sagte Slade zu Finn und sah ihm direkt in die Augen. »Aber ein Blick auf das Bild Ihrer Tochter genügte, und ich wusste, dass ich alles tun werde, um sie in Sicherheit zu bringen.«

Finn erwiderte seinen Blick für einen Moment und sah dann nach unten. Er räusperte sich zweimal, als müsste er die Fassung wiedererlangen, und reichte ihm dann die Schachtel. »Sie sind nicht unterschrieben, aber ich weiß, dass sie von Dakota sind.«

Slade nahm Finn den Schuhkarton ab und lehnte sich auf der Couch zurück. Er nahm den Deckel ab und zog die erste Postkarte heraus. Sie war aus Australien mit einem Känguru auf der Vorderseite. Er drehte die Karte um und sah Finns Adresse in weiblicher Schreibschrift. Wie der Mann gesagt hatte, war die Karte nicht unter-

schrieben und es stand nur ein Wort darauf: »Frieden.«
Der Poststempel war aus Las Vegas.

Er nahm eine weitere Karte heraus. Diese hatte ein Bild der Freiheitsstatue und Finns Adresse war mit derselben Handschrift geschrieben wie auf der ersten. Auf dieser stand »Liebe« auf der Rückseite. Der Stempel war passend aus New York City.

Slade blätterte durch den Rest der Karten. Es waren nicht viele, ungefähr zehn oder so. Jede hatte einen anderen Poststempel und es stand immer nur ein Wort darauf.

»Glauben Sie, sie reist wirklich durch das ganze Land?« Slade sah auf die Karten in seiner Hand hinunter. »Von New York nach Florida nach Seattle?«

»Nein«, sagte Finn, ohne zu zögern. »Sie wird andere Leute bitten, sie für sie zu verschicken.«

»Aber es könnte sein«, beharrte Slade.

»Wir haben immer zusammen ferngesehen, wenn sie zu Besuch kam«, sagte Finn und deutete auf den Fernseher, der älter war als Slade. »Der Sender heißt Investigation Discovery, dort werden Mystery-, Forensik- und Krimiserien gezeigt. Wir haben uns oft darüber unterhalten, wie Menschen jahrelang mit einem Mord davonkommen können, ohne es wirklich zu versuchen, bevor sie gefasst werden. Nicht lange nach der Sache am Flughafen war sie hier und wir haben eine dieser Krimiserien gesehen. Ich wusste, dass etwas nicht stimmte, wollte aber nicht zu neugierig sein. Sie hat mir geradeheraus gesagt, dass sie vielleicht für eine Weile untertauchen muss. Ich sagte ihr, dass sie bei mir bleiben könne, aber sie schüttelte nur den Kopf und sagte, dass sie ihren Vater nicht in Gefahr bringen würde.«

Slade saß geduldig da und wartete darauf, dass der ältere Mann seine Fassung wiedererlangte.

Schließlich räusperte er sich und sagte: »Sie hat mir gesagt, dass sie nicht wüsste, ob es sicher wäre anzurufen. Sie war außerdem besorgt gewesen, dass Briefe mit zu vielen Informationen jemanden zu ihr führen könnten.«

»Postkarten«, sagte Slade leise.

Finn nickte. »Postkarten«, bestätigte er. »Ich weiß nicht, wo sie ist. Sie hat sich diese Postkarten von überall her besorgt und sie dann von anderen Leuten verschicken lassen, wenn sie nach Hause kamen, nachdem sie sich wo auch immer mit ihr getroffen haben.«

»Und die Nachrichten auf den Karten? Bedeuten sie etwas?«, fragte Slade.

»Es ist kein Code, wenn Sie das meinen«, sagte Finn. »Es ist nur Dakotas Art, mich wissen zu lassen, dass es ihr gut geht. Liebe, Frieden, Zufriedenheit, Glück, sie versucht mir zu versichern, dass es ihr gut geht. Aber es geht ihr nicht gut«, sagte Finn. »Schauen Sie sich die letzte Karte an. Die mit dem Grand Canyon.«

Slade zog sie heraus und drehte sie um.

»Die verdammte Tinte ist verlaufen. Sie hat geweint, als sie geschrieben hat. Mein Baby hat geweint und ich kann nichts dagegen tun«, sagte Finn bitter.

»Diese wurde in Las Vegas abgestempelt«, überlegte Slade. »Es gab noch eine aus Vegas.«

Finn zuckte nur die Achseln. »Ich habe ihr gesagt, dass ihr Vater instinktiv wissen würde, ob sein kleines Mädchen lebt. Was für ein Idiot ich doch war.« Der alte Mann fixierte Slade mit seinem Blick. »Ich weiß nicht, ob sie lebt, ob sie Schmerzen hat, ob die Person, von der sie annahm, dass sie ihr folgt, sie gefunden hat, oder ob sie verletzt ist. Sie könnte hungern oder frieren und ich sitze hier gemütlich und glücklich in meinem Haus und kann nichts dagegen tun.«

»Aber ich kann«, sagte Slade entschlossen.

»Wenn sie in Gefahr ist, bringen Sie sie nicht hierher zurück«, antwortete Finn. »Lasse Sie sie einfach wissen, dass ihr alter Herr sie liebt und an sie denkt.«

»Das werde ich, aber ich habe das Gefühl, dass sie das schon weiß.« Slade legte die Karten zurück in die Schachtel und fuhr mit dem Finger über den Abdruck von Dakotas Träne, die auf die letzte Postkarte gefallen war und die Tinte verschmiert hatte. Allein dasselbe Stück Papier zu berühren wie sie, machte sie für ihn umso realer. Er hatte sich auf den ersten Blick in die Frau auf dem Foto verliebt, aber nachdem er erfahren hatte, wie sehr sie ihren Vater liebte und von ihm geliebt wurde, war er umso beeindruckter.

Er legte den Deckel zurück auf die Schachtel und stand auf. Er stellte den Schuhkarton wieder neben den Fernseher und legte die Zeitungen darauf.

Finn erhob sich ebenfalls und die beiden Männer standen sich gegenüber. Slade war mindestens zwölf bis fünfzehn Zentimeter größer, aber Finn ließ sich von Slades Größe nicht einschüchtern. »Denken Sie daran, was ich Ihnen gesagt habe«, ermahnte er ihn schroff.

»Ich werde mich daran erinnern«, erwiderte Slade. »Aber ich werde es noch einmal sagen, Sie und Ihre Tochter haben von mir nichts zu befürchten.«

Es klopfte an der Tür und Slade drehte sich sofort um und starrte die Haustür an.

»Mittagessen auf Rädern«, erinnerte Finn ihn. »Immer pünktlich.«

Slade nickte, blieb aber für alle Fälle in Finns Nähe, als er die Tür öffnete. Wie er gesagt hatte, stand eine Frau mit seinem Mittagessen vor der Tür. »Hallo, Mr. James, es ist schön, Sie zu sehen.«

»Gleichfalls, Eve«, entgegnete Finn und ließ die Frau eintreten. »Ich bin gleich bei Ihnen, geben Sie mir einen Moment, um mich von meinem Gast zu verabschieden.«

»Kein Problem. Ich werde das Essen auftun«, sagte Eve, als sie an ihnen vorbeiging. Es war offensichtlich, dass sie sich im Haus auskannte.

Finn legte seine Hand auf den Ärmel von Slades Lederjacke. »Sie bedeutet mir die Welt«, sagte er ernst.

»Ich kenne sie nicht einmal und ich glaube, sie bedeutet mir auch die Welt«, antwortete Slade trocken.

Finn gab ein trockenes, raues Lachen von sich, das sich anhörte, als würde es wehtun. »Das ist meine Dakota«, sagte er lächelnd.

Slade verzog die Lippen zu einem leichten Grinsen und nickte dem Mann zu. Er wollte gerade gehen, als Finn leise sagte: »Sie wird Ihnen nicht vertrauen. Sie müssen beweisen, dass Sie mit mir gesprochen haben und dass ich Ihnen vertraue.«

Finn hatte jetzt seine ungeteilte Aufmerksamkeit. Slade presste die Lippen zusammen und wartete.

»Dakota liebt Starbucks. Pfefferminzmokka war zu dieser Jahreszeit immer ihre bevorzugte Wahl. Und Donuts, glasiert mit diesem Ahorn-Zuckerguss-Mist. Andere Sorten wollte sie nie essen. Wenn Sie sie finden, bringen Sie sie ihr mit und sagen ihr, dass ich Ihnen verraten habe, dass es ihre Lieblingssorte ist. Und dann liegt es bei Ihnen.«

Er wusste, dass der alte Mann recht hatte, und nickte

anerkennend. Er musste Dakota dazu bringen, ihn zumindest anzuhören, bevor sie weglief. »Vielen Dank, ich werde mich daran erinnern. Darf ich Sie etwas fragen?«

»Sicher.«

»Warum haben Sie mich reingelassen und mir das alles über Dakota erzählt?«

Finn sah Slade lange an, bevor er antwortete: »Meine Tochter hat mich davor gewarnt, dass böse Leute hierherkommen und sich als Gute ausgeben könnten. Sie hat mich gebeten, niemandem zu vertrauen, egal wie er aussieht.« Der alte Mann machte eine Pause. »Es haben schon einige versucht, mich zum Reden zu bringen. Reporter, die vorgaben, Dakotas Freunde zu sein, oder behaupteten, sie seien Regierungsangestellte, die nur ihr Bestes wollten. Alles Lügner. Aber Sie … Sie haben mich nicht angelogen.«

Slade zuckte mit den Lippen. Seine ehemaligen Teammitglieder würden bei Finns Einschätzung vermutlich lachen, wenn man bedenkt, dass er immer der beste Lügner in der Gruppe gewesen war.

»Ein Mann, der auf einer Harley herumfährt, mit Lederjacke und vollgepackten Satteltaschen … man kann eine Frau nicht auf einem Motorrad entführen. Außerdem … haben Ihre Augen alles verraten, was ich wissen musste.«

»Meine Augen?«

»Ja, Sie haben sich das Bild von meiner Dakota nur einmal angesehen und es war um Sie geschehen.« Finn nickte. »Liebe ist eine seltsame Sache. Wenn sie einen trifft, dann trifft sie einen. Als ich meine verstorbene Frau zum ersten Mal gesehen habe, wusste ich, dass ich den

Rest meines Lebens mit ihr verbringen wollte. Passen Sie auf mein Mädchen auf, Slade. Ich mache mir Sorgen um sie, seit sie geboren wurde. Ich möchte nur, dass sie in Sicherheit und gut versorgt ist, wenn ich einmal nicht mehr bin. Ich weiß, dass sie auf sich selbst aufpassen kann, aber so selbstständig sie auch ist, sie braucht jemanden, der dafür sorgt, dass sie richtig isst, wenn sie zu beschäftigt ist, der für sie da ist, wenn sie einen harten Tag hatte, und ihr zuhört, wenn sie jemanden zum Reden braucht.«

Finns Worte trafen Slade hart. Ja, das wollte er schon sein ganzes Leben lang. Eine Frau an seiner Seite haben, die sich auf ihn verlassen könnte.

»Liege ich falsch?«

»Sie liegen nicht falsch«, antwortete Slade. »Ich werde nicht hier stehen und Ihnen sagen, dass Ihre Tochter und ich heiraten werden und alle Ihre Sorgen vorbei sind, aber ich verspreche Ihnen, dass ich alles in meiner Macht Stehende tun werde, um sie in Sicherheit zu bringen, sodass sie zu ihrem normalen Leben zurückkehren kann. Und danach?« Er zuckte mit den Schultern. »Das liegt an ihr. Aber wenn meine Reaktion auf ihr Bild eins bedeutet hat, dann, dass ich alles tun werde, um sie davon zu überzeugen, mich ein Teil ihres Lebens sein zu lassen.«

»Deshalb habe ich Sie reingelassen und Ihnen das alles erzählt«, sagte Finn und streckte die Hand aus. »Viel Glück! Bringen Sie mein Baby in Sicherheit.«

Nach einem festen Händedruck ging Slade die Einfahrt hinunter zu seiner Harley. Er wusste, dass Mr. James ihn beobachtete. Er schwang ein Bein über den Ledersitz und griff nach seinem Helm.

Er befestigte gerade den Riemen, als Finn von der Tür

herüberrief: »Ich hoffe, Sie haben zwei davon! Denn wenn Sie vorhaben, jemanden mitzunehmen, erwarte ich, dass deren Kopf geschützt ist.«

Slade grinste trotz der Ernsthaftigkeit der Situation. Ohne ein weiteres Wort drehte er sich um, öffnete eine der Seitentaschen und zog einen identischen Helm heraus, der nur etwas kleiner war, und hielt ihn in Finns Richtung.

»Gut«, war alles, was Finn sagte, bevor er ins Haus zurückkehrte und die Tür schloss.

Slade verstaute den zusätzlichen Helm wieder, den er speziell mit der Absicht gekauft hatte, Dakota James auf seinem Motorrad mitzunehmen. Er drehte sich nach vorn und fuhr aus der Einfahrt in Richtung Schnellstraße. Sobald er die Gelegenheit hatte, würde er Tex anrufen, um ihn wissen zu lassen, dass er auf dem Weg nach Las Vegas war. Aber zuerst musste er den Verkehr in und um L.A. überwinden. Die Schnellstraße 15 bis zur Grenze nach Nevada war zu dieser Jahreszeit immer eine Katastrophe. Selbstverständlich würde er seine Suche in Las Vegas beginnen. Schließlich hatte es zwei Postkarten mit einem Stempel von dort gegeben.

Er war sich nicht ganz sicher, ob Dakota dort war, aber eines war klar … Slade war entschlossener denn je, sie zu finden und in Sicherheit zu bringen. Eine Frau, die sich so sehr um ihren Vater sorgte, dass sie ihn selbst auf ihrer Flucht vor Terroristen wissen lassen wollte, dass es ihr gut ging, war jemand, den er kennenlernen wollte. Aber in Dakotas Fall waren alle seine Zweifel schon jetzt wie weggeblasen. Er würde sie finden, sie in Sicherheit bringen und sie dann hoffentlich davon überzeugen, einem alten SEAL im Ruhestand eine Chance zu geben.

KAPITEL DREI

»Hast du jemals einen Außerirdischen hier draußen gesehen?«

Dakota James zwang sich zu einem Lächeln und drehte sich zu dem Touristen um. Sie arbeitete in der Nachmittagsschicht im Little A'Le'Inn in Rachel, Nevada, und mindestens einmal am Tag wurde ihr genau dieselbe Frage gestellt. Aber sie konnte es ihnen nicht wirklich verübeln. Sie befanden sich schließlich direkt vor der Area 51 in der Wüste von Nevada und das kleine Restaurant, in dem sie arbeitete, setzte alles daran, jedes noch so kitschige Stück Alien-Mist zum Verkauf anzubieten, das zu finden war.

»Nein, nur viele hungrige Touristen«, sagte sie zu dem Teenager, zuckte dann mit den Schultern und entschuldigte sich für die lahme Antwort. Sie beeilte sich, der Gruppe an einem kleinen runden Tisch in der Mitte des Raumes drei Teller mit Hamburgern und Pommes zu bringen.

SCHUTZ FÜR DAKOTA

Sie lächelte kurz und überließ sie dann ihren Speisen.

Als Kellnerin und Verkäuferin zu arbeiten war nicht das, was sie sich für ihr Leben vorgestellt hatte, als sie ihren Master im Lehramt gemacht hatte. Aber das Leben hatte eine merkwürdige Art, dafür zu sorgen, dass sie nicht größenwahnsinnig wurde.

Dakota wischte sich die Hände an der Schürze ab und kassierte dann ein T-Shirt mit dem Kopf eines Außerirdischen darauf, einen Autoaufkleber und einen Becher mit dem A'Le'Inn-Logo sowie einen aufblasbaren grünen Außerirdischen ab. Sie nahm das Geld von den Kunden und legte es in die Kasse.

Sie arbeitete schon eine ganze Weile in dem kleinen Restaurant und wusste, dass es an der Zeit war weiterzuziehen. Sie war dankbar, dass Pat und deren Tochter Connie sie eingestellt hatten. Sie hatten offensichtlich die Verzweiflung in ihren Augen gesehen, als sie vor Wochen hier aufgetaucht war.

Rachel, Nevada mit rund vierundfünfzig Einwohnern, war nicht gerade die Gegend, in die sich jemand versehentlich verirrte. Dakota war da keine Ausnahme. Sie hatte sich eine Woche lang in Las Vegas versteckt, aber es hatte ihr nicht gefallen, wie schmutzig die Stadt war. Sie hatte immer das Gefühl gehabt, beobachtet zu werden ... und da es so viele Menschen gab, konnte sie nicht sicher sein, ob sie wirklich beobachtet wurde oder ob sie es sich nur eingebildet hatte.

Also hatte sie sich entschlossen, sich auf den Weg durch die USA zu machen, weg von Kalifornien und von *ihm*. Sie hatte östlich von Las Vegas angehalten, um zu tanken, und mit einer Gruppe Touristen aus Indiana geplaudert. Sie hatten ihr erzählt, dass sie Geocacher auf dem Weg zum ET Highway waren. Dakota hatte keine Ahnung gehabt, wovon sie sprachen, aber bevor sie sichs versah, hatte sie einen Crashkurs bekommen.

Anscheinend war Geocaching eine Art Schatzsuche mit GPS. Die Teilnehmer luden GPS-Koordinaten von einer Webseite herunter und folgten ihnen dann zum »Schatz«. Dabei konnte es sich um eine Plastikschale, die Dose einer Filmrolle oder sogar eine große Munitionskiste handeln. Manchmal waren Spielsachen drin und manchmal nur ein Logbuch, das die Spieler unterschreiben mussten.

Die Gruppe war auf dem Weg zum ET Highway, weil sich Tausende von Geocaching-Zielen entlang der einhundertsiebenundfünfzig Kilometer langen Straße befanden. Sie hatten über die Black Mailbox, Area 51, die Stadt Rachel und das kleine A'Le'Inn gesprochen, als würde jemand, der diese Dinge nicht gesehen hatte, in seinem Leben etwas verpassen.

Also war sie dorthin gefahren. Anstatt Nevada über die Schnellstraße 15 zu verlassen, bog sie nach Norden auf die Route 93 Richtung Highway 375 ab, der auch als ET Highway bekannt war.

Es hatte wirklich Spaß gemacht. Sie hatte an der Black Mailbox angehalten, die jetzt weiß gestrichen war, hatte die Wüstenlandschaft und die vereinzelt muhenden Rinder genossen und einigen Menschengruppen zugewinkt, von denen sie jetzt wusste, dass es Geocacher waren, die angehalten hatten, um nach den schwer zu findenden kleinen Containern zu suchen.

Rachel war sicherlich nicht das, was sie erwartet

hatte. Sie hatte eine dieser typischen Kleinstädte mit Tankstelle, Hotel und Fast-Food-Restaurant erwartet ... aber das war es nicht. Es war tatsächlich nur ein kleiner Boxenstopp mitten im Nirgendwo. Außer dem A'Le'Inn Restaurant gab es keine weiteren Geschäfte oder Restaurants und vor allem keine Tankstelle.

Sie hatte geplant, sich Rachel anzusehen und dann weiter in Richtung Norden nach Reno und anschließend nach Idaho zu fahren. Da sie mit leerem Tank in der Stadt angekommen war, steckte sie vorübergehend fest. Aber als sie die winzige Stadt gesehen hatte, war ihr der Gedanke gekommen, dass es tatsächlich ein guter Ort wäre, um sich eine Weile zu verstecken.

Pat und Connie, die Eigentümerinnen des Little A'Le'Inn, hatten ihr Arbeit als Zimmermädchen und als Kellnerin im Restaurant gegeben. Die Zimmer in den Wohnwagen hinter dem Restaurant wurden hauptsächlich an Geocacher vermietet, die auf der Durchreise waren. Die Bezahlung war nicht üppig, aber es reichte aus, um ihre mageren Bargeldreserven etwas aufzustocken, bevor sie ihre Reise fortsetzen würde.

Sie hatte ein kleines Zimmer in dem Haus einer der Anwohner gemietet, war aber nicht oft dort gewesen. Der Besitzer war Raucher und ging nicht oft vor die Tür. Die meisten Nächte hatte Dakota es vorgezogen, in ihrem Wagen zu schlafen, anstatt in einem nach Rauch stinkenden kleinen Zimmer eingesperrt zu sein. Pat hatte sie eines Morgens gesehen und angeboten, in einem ihrer Wohnwagen unterzukommen, wenn sie nicht ausgebucht waren, nachdem sie erfahren hatte, warum sie in ihrem Fahrzeug schlief.

Die Arbeit im Restaurant erlaubte es ihr außerdem zu

sehen, wer in die Stadt kam. Es war nicht narrensicher, denn wenn er sie finden würde, würde er nicht zögern, auch andere zu verletzen, die ihr vielleicht zu Hilfe kämen, aber die kleine Stadt passte zu ihr. Sie zog die aufrichtige Fürsorge der meisten Einwohner von Rachel den Stadtbewohnern vor, mit denen sie in Las Vegas in Kontakt gekommen war.

Sie hatte ihren Namen zu Dallas geändert. Sie hatte geglaubt, dass das ihrem Namen ähnlich genug war, um sich daran erinnern zu können, darauf zu reagieren, wenn jemand sie ansprach. Die Arbeit war eintönig, aber die Leute, die sie kennenlernte, sorgten dafür, dass es nicht langweilig wurde.

Sie hatte Connie gegenüber auch zugegeben, dass ihr das Benzin ausgegangen war, und die andere Frau hatte sich freiwillig bereit erklärt, einen Kanister für sie mitzubringen, damit sie entweder bis nach Tonopah oder nach Warm Springs fahren könnte. Dakota hatte das Angebot angenommen und fühlte sich gut, dass sie nicht mehr in der kleinen Stadt gefangen war. Sie könnte jederzeit verschwinden.

Bis jetzt hatte sie es genossen, für Bargeld zu arbeiten. Das hielt sie davon ab, Kreditkarten zu benutzen, durch die man sie verfolgen könnte. Obwohl sie seit Kurzem trotzdem wieder das Gefühl hatte, beobachtet zu werden. So sehr sie es hasste, einfach zu packen und die schrullige kleine Stadt verlassen zu müssen, es sah so aus, als wäre die Zeit gekommen, genau das tun zu müssen.

»Hey, Dallas, die Bestellung ist fertig«, rief George von hinten. Er war einer der Köche, der von eins bis sieben arbeitete. Pat oder Connie übernahmen normalerweise die Morgenschicht für das Frühstück und frühes Mittagessen. Nach sieben boten sie für Touristen nur noch abgepackte Snacks und Getränke an.

Dakota schüttelte sich und lächelte den älteren Mann an. Rachel in Nevada mochte buchstäblich mitten im Nirgendwo sein, aber die Menschen, die dort lebten und arbeiteten, gehörten zu den freundlichsten, die sie jemals getroffen hatte. Es war schade, dass sie bald gehen würde.

»Hey, Tex«, sagte Slade, als sein alter Freund den Hörer abnahm.

»Wird auch Zeit, dass du anrufst, Cutter«, beschwerte sich Tex. »Ich dachte schon, du kannst dich nicht von den Spielautomaten lösen oder so. Mir eine Nachricht zu hinterlassen, wohin du fährst, ist nicht dasselbe, wie mit mir zu reden, weißt du.«

»Ja, ich war ein bisschen beschäftigt«, sagte Slade zu ihm. Er hatte vor zwei Tagen angerufen, als er Primm erreicht hatte, die Grenzstadt zwischen Kalifornien und Nevada. Tex hatte nicht abgenommen, also hatte er auf den Anrufbeantworter gesprochen, was er herausgefunden hatte und wohin er unterwegs war. Er hatte bis jetzt mit dem nächsten Anruf gewartet, weil er konkrete Informationen haben wollte, nicht nur Vermutungen.

»Ich habe einige Nachforschungen angestellt, während ich auf deinen Rückruf gewartet habe. Im Internet wurde viel darüber gechattet, ein bestimmtes Paket abzuholen und sich auf eine Zeremonie vorzubereiten«, sagte Tex zu ihm.

»Scheiße«, murmelte Slade.

»Hast du eine Idee, wo sie sein könnte?«, fragte Tex.

»Ich habe in den letzten Tagen die ganze Stadt abgesucht und überall ihr Bild herumgezeigt. Vielleicht habe ich eine Spur.«

»Ja?«

»Ja, warst du jemals in Area 51?«, fragte Slade.

»Nein, gibt es da draußen etwas außer Wüste?«

»Nicht viel, aber ich war an einer Tankstelle nordöstlich von Las Vegas und eine Angestellte sagte, dass sie glaubt, sich an eine Frau erinnern zu können, auf die Dakotas Beschreibung passt. Sie hat vor ein paar Monaten nach dem berüchtigten ET Highway gefragt. Sie konnte sich noch an sie erinnern, weil sie nach Pfefferminzsirup für ihren Kaffee gefragt hätte. Auf dem Weg nach draußen hat sie einen Flyer über diesen Highway mitgenommen. Ich könnte deine Hilfe gebrauchen, um die Verkehrskameras auf neuere Aufnahmen von ihr in der Stadt zu überprüfen, falls es eine falsche Fährte ist. Auf halber Strecke zum ET Highway liegt Rachel, Nevada. Ich werde dieses Nest überprüfen und nachsehen, ob sie vielleicht dort war.«

»Bin schon dran«, sagte Tex zu ihm. »Ich habe meine Suche bereits gestartet, nachdem du die Nachricht hinterlassen hattest. In den Aufzeichnungen der letzten anderthalb Tage habe ich bisher nichts gefunden, aber ich werde weitersuchen. Wenn ich Anzeichen dafür finde, dass sie kürzlich in Vegas war, werde ich es dich wissen lassen.«

»Danke.«

»Sei vorsichtig«, mahnte Tex. »Das zunehmende

Gerede im Internet klingt danach, dass Fourati Informationen darüber hat, wo Dakota sich aufhalten könnte.«

»Werde ich.«

»Sei auf der Hut, Cutter«, sagte Tex zu ihm. »Wenn sich etwas nicht richtig anfühlt, dann verschwinde sofort, verdammt noch mal. Zögere nicht, deinem Spitznamen gerecht zu werden, verstanden? Ich werde dich decken, wenn es darauf ankommen sollte.«

»Verstanden.« Slade gefiel die Tatsache nicht, dass Tex nervös war. Wenn er glaubte, dass Fourati eine Spur hatte und Dakota einige seiner Schergen auf den Hals gehetzt hatte, dann hatte er wahrscheinlich recht. Und Tex sagte ihm, er solle nicht zögern, jemandem die Kehle durchzuschneiden.

Es war Tex gewesen, der sich bei einer ihrer ersten gemeinsamen Missionen den Spitznamen für ihn ausgedacht hatte. Slade hatte einem Terroristen die Kehle durchgeschnitten, der keine Ahnung gehabt hatte, dass sein Standort kompromittiert worden war. Er war nicht der erste Mensch, den er auf diese Weise getötet hatte, und sicherlich nicht der letzte. Tex hatte ihm gratuliert, und das war alles. Die Geschichte, die Slade den Leuten normalerweise erzählte, war jedoch, dass der Spitzname von seinem Nachnamen abgeleitet worden war. Das war ein bisschen politisch korrekter, als mit seinen Tötungen als SEAL an die Gesellschaft zu treten.

»Ich werde anrufen, wenn ich kann«, sagte Slade zu Tex.

»Tu das. Bis bald.«

»Bis bald.« Slade legte auf und seufzte frustriert. Die Tatsache, dass Fourati dicht hinter ihm folgte, war nicht tröstlich, aber zumindest war er einen Schritt hinter ihm und nicht davor.

Slade steckte das Telefon wieder in seine Tasche und ging zur Tankstelle. Wenn er in die Wüste fuhr, wollte er das mit vollem Tank tun. Seine Harley hatte eine großartige Reichweite mit einer Tankfüllung, aber er hatte keine Ahnung, was er in der Area 51 vorfinden würde, und er wollte auf alles vorbereitet sein.

Eine Stunde später bog Slade auf den ET Highway ab und verzog das Gesicht. Er war plötzlich sehr froh, dass der Tankwart ihn zu einem Kanister mit zusätzlichen fünfzehn Litern Treibstoff überredet hatte, den er auf dem Sitz hinter sich festgeschnallt hatte. Es war kalt, aber er wusste, dass er Glück mit dem Wetter hatte. Es könnte viel schlimmer sein und er hoffte, dass das Wetter so lange anhalten würde, bis er es bis nach Rachel geschafft und mit etwas Glück Dakota gefunden hatte.

Der geschwätzige Tankwart hatte ihm alles darüber erzählt, dass Rachel die einzige Stadt am ET Highway war und dass es dort außer einem Restaurant keine Läden gab, was Slade komisch vorkam, aber wer fragte ihn schon. Diese lange Straße durch die Wüste war sicher nicht der richtige Ort, um betrunken zu fahren. Es wäre nicht nur extrem gefährlich, von der Straße abzukommen, die Gegend war auch Weideland für Hunderte von Rindern. Der Angestellte hatte ihm freudestrahlend von zwei blutigen Autounfällen mit Rindern erzählt, die mitten in der Nacht auf die Straße gelaufen waren.

Slade holte tief Luft und gab Gas, als er den langen Highway-Abschnitt entlangfuhr. Je schneller er Dakota fand und sie in Sicherheit brachte, desto besser.

Dakota verzog das Gesicht, als die Glocke über der Eingangstür klingelte. Sie war müde und bereit, Feierabend zu machen. Sie spielte jetzt schon eine Weile den Barkeeper. Die Brüder Doug und Alex, die auf dem Tonopah Testflughafen arbeiteten, waren kurz vor Ladenschluss gekommen und hatten ein paar Bier bestellt. Sie hatten nichts zu essen gewollt, weil sie sich zu Hause Sandwiches gemacht hatten, bevor sie in die Kneipe gekommen waren. Das war nun schon Stunden her und es sah nicht so aus, als wollten sie bald gehen.

Es lag in Dakotas Verantwortung, dafür zu sorgen, dass die Leute das bekamen, was sie zu trinken bestellten, und bezahlten, und wenn sie nicht aus der Stadt waren, müsste sie versuchen, sie davon abzubringen, in ihren Wagen zu steigen. Sie hatte eine Weile mit den Brüdern über alles Mögliche geredet, aber sie war gelangweilt, müde und wollte nichts weiter, als es sich für die Nacht in einem der unbelegten Wohnwagen gemütlich zu machen. Zum Glück hatte es an diesem Tag eine Absage gegeben, was bedeutete, dass sie in einem richtigen Bett schlafen konnte.

Der Stress, ständig auf der Hut zu sein, machte ihr zu schaffen. Es war definitiv Zeit, sich auf den Weg zu machen und ein neues Versteck zu finden. Diesmal eine Stadt mit ein paar mehr Einwohnern als Rachel. Sie würde morgen mit Pat und Connie sprechen und sie wissen lassen, dass sie weiterziehen würde.

Sie lächelte in Richtung Tür und erstarrte, als sie den Mann sah, der gerade eingetreten war. Er war wahrscheinlich ein paar Jahre älter als sie. Sein schwarzes

Haar wurde bereits grau, aber anstatt ihn alt aussehen zu lassen, machte es ihn nur attraktiver. Er hatte einen kurzen, ordentlich geschnittenen Bart, der die Aufmerksamkeit auf seine vollen Lippen lenkte. Er trug eine Lederjacke und eine alte, abgenutzte Jeans mit schwarzen Stiefeln. Seine Nase sah aus, als wäre sie mindestens einmal gebrochen worden, und seine Wangen waren rosa von der kalten, trockenen Luft.

Er war groß, wirklich sehr groß, mindestens fünfzehn Zentimeter größer als sie mit ihren ein Meter zweiundsiebzig. Er war nicht dünn, aber er war auch nicht dick. Er war ... gut bepackt – muskulös.

Sie hätte Angst haben sollen. Er könnte sie leicht überwältigen und verletzen, aber irgendwie wusste sie, dass er das nicht tun würde. Dakota hatte keine Ahnung, woher sie das wusste, aber für einen Moment schoss ihr der Gedanke durch den Kopf, dass sie ihn kennen könnte.

Das war verrückt. Sie hatte diesen Mann noch nie in ihrem Leben gesehen, daran hätte sie sich auf jeden Fall erinnert. Trotzdem war da ein Funke Wiedererkennung vorhanden.

Der Mann hob grüßend sein Kinn und Dakota wurden die Knie weich. Wie zum Teufel er das nur mit einem Nicken angestellt hatte, war ihr ein Rätsel, aber plötzlich kam es ihr wie die beste Idee vor, die sie jemals gehabt hatte, sich auf ein wildes Abenteuer mit einem Fremden einzulassen. Es war lange her, dass sie sexuelle Gefühle für irgendjemanden gehabt hatte, besonders in den letzten paar Monaten. Aber all ihre Sorgen schienen sich in Luft aufzulösen, wenn sie in seine dunklen Augen sah.

»Willkommen im Little A'Le'Inn«, sagte sie automatisch. Geschäft war Geschäft und sie wollte nicht der Grund sein, warum die Kneipe online eine schlechte Bewertung bekam. »Die Küche ist bereits geschlossen, aber wir haben Snacks und Getränke. Wenn Sie Ihren Weg nach Tonopah fortsetzen wollen, empfehle ich Ihnen, etwas ohne Alkohol zu trinken. Es wäre sonst gefährlich.« Dakota lächelte bei ihrem letzten Satz, um freundlich zu erscheinen, anstatt eine Standpauke zu halten. Es wäre eine absolute Schande, wenn dieser Mann Schaden nehmen würde, so viel stand fest.

Die Augen des Mannes schienen direkt in ihre Seele zu sehen, als ob er mit einem Blick alle ihre Geheimnisse erkannte. Das Schreckliche daran war, dass es eigentlich kein unangenehmer Gedanke war. Sie hatte noch nie jemanden gehabt, auf den sie sich hätte stützen können, der ihr bei den Problemen in ihrem Leben geholfen hätte. Sie war damit einverstanden, eine moderne Frau zu sein, aber in diesem Moment konnte sie nur noch daran denken, wie dieser Mann sie beschützen könnte. Er würde niemals zulassen, dass ihr jemand Schaden zufügte.

Dakota drehte ihm den Rücken zu und tat so, als würde sie die Theke abwischen, um zu versuchen, ihre Fassung wiederzugewinnen.

Aus dem Augenwinkel sah sie, wie der Mann durch den schwach beleuchteten Raum ging und sich umsah. Sie hatte bei Touristen viele Reaktionen beobachtet, wenn sie die vielseitige Kneipe betraten, aber dieser Mann zeigte überhaupt keine Reaktion. Es war ... seltsam.

»Schöner Ort«, sagte er und Dakota kräuselten sich

die Zehen in ihren Turnschuhen. Seine Stimme war leise und tief und sie spürte sie bis in ihren Bauch. Sie hatte keine Ahnung, warum sie so offensichtlich auf seine Männlichkeit reagierte, aber sie tat es.

»Ja, die Eigentümer haben hart daran gearbeitet, um es hier ... einzigartig zu machen.«

»Slade«, sagte der Mann und streckte ihr zur Begrüßung die Hand entgegen.

»Oh ... äh ... ich bin Dallas«, sagte Dakota zitternd. Sie hätte fast ihren falschen Namen vergessen und legte vorsichtig ihre Hand in seine.

Sie hatte fast Angst, dass er sie mit seiner rohen Kraft zerquetschen würde, aber er lächelte nur und schüttelte ihre Hand mit einem festen, aber nicht schmerzvollen Händegriff. »Es ist schön, dich kennenzulernen.«

Dakota lächelte ihn an. »Gleichfalls.«

Eine Weile standen sie sich still gegenüber und sahen sich an, ohne zu blinzeln, bevor Dakota widerwillig ihre Hand zurückzog. Ohne Beschwerde ließ er los, aber sie schwor, dass sie seine Berührung noch spüren konnte, lange nachdem er ihre Hand losgelassen hatte. Er hatte Schwielen an den Händen und sie musste daran denken, wie sie sich auf ihrer nackten Haut anfühlen würden. Verdammt, sie musste sich zusammenreißen.

»Also, was darf es sein?«, fragte Dakota.

»Nur eine Coke, denke ich«, sagte Slade.

»Welche Art?«

»Welche Art von Coke?«

Dakota kicherte und schüttelte selbstironisch den Kopf. »Tut mir leid. Die Macht der Gewohnheit. Ich nenne alle diese Cola-Getränke ›Coke‹. Ich benutze das Wort generisch. Ich hole dir sofort eine«, beendete sie schnell den Satz und wusste, dass sie vor Verlegenheit rot wurde.

»Wenn also jemand nach einer Coke fragt und du fragst welche Art, dann antwortet derjenige Pepsi, Dr. Pepper oder etwas anderes?«, fragte Slade mit einem freundlichen Lächeln. Er stützte sich mit seinen Unterarmen auf der zerkratzten Holzstange vor sich ab.

Für einen Moment wünschte Dakota sich, dass es Sommer wäre und Slade ein kurzärmeliges T-Shirt tragen würde. Sie hätte fast dafür bezahlt, seinen Bizeps und seine Unterarme zu sehen. Sie wettete, dass er höllisch muskulös war. Als er den Kopf neigte und seine Augenbrauen hob, als sie ihn weiter anstarrte, wurde sie noch röter. »Tut mir leid. Ja, genauso funktioniert das. Also, du willst aber wirklich eine Coca-Cola, oder?«

»Ja bitte, wenn es nicht zu viel Mühe macht«, sagte Slade mit einem Lächeln.

»Natürlich nicht, das ist mein Job«, sagte Dakota und war froh, einen Grund zu haben, für einen Moment ins Hinterzimmer zu gehen. Es gab ein paar Dosen Cola unter dem Tresen, aber sie wollte ihm eine kalte Dose aus dem Kühlschrank holen.

Sie nutzte die wenigen Momente allein, um sich selbst zu ermahnen. *Er ist nur auf der Durchreise, Dakota. Dich auf einen Mann einzulassen ist das Letzte, was du jetzt brauchst, auch wenn es nur für eine Nacht ist. Egal wie sexy er ist und wie sehr du ihn willst. Reiß dich zusammen.*

Zufrieden, dass sie sich den Kopf zurechtgerückt hatte, ging Dakota mit einem Lächeln im Gesicht zurück in den Kneipenbereich und hielt die Dose hoch. »Gefunden!« Anstatt weiter dieses feine Exemplar eines Mannes an der Theke anzuhimmeln, schnappte sie sich ein Glas und füllte es mit Eiswürfeln. Sie goss die Cola in das Glas und konzentrierte sich auf das, was sie tat. Plötzlich erschreckte sie, als Doug auf den Tresen neben der Kasse klopfte.

»Wir werden dich für heute in Ruhe lassen, Dallas.«

Dakota blickte auf, nickte und stellte die halb leere Dose ab, weil ihre Hände zu stark zitterten, um fertig einzugießen. Sie sah sich um und begegnete Slades besorgtem Blick.

»Bist du okay?«, fragte er leise.

Dakota nickte schnell und schob das Glas und die Dose zu ihm hinüber. »Hier, bitte schön. Entschuldige mich bitte.«

Er nickte und sie machte ein paar Schritte hinüber zur Kasse. Sie unterhielt sich kurz mit Doug und Alex, während sie ihre Getränke abkassierte. Nachdem sie gegangen waren, schien der Raum geschrumpft zu sein. Mit Slade allein zu sein machte sie aus irgendeinem Grund extrem nervös. Sie steckte sich eine lose Haarsträhne hinters Ohr und lächelte ihn unsicher an.

»Arbeitest du schon lange hier?«, fragte er.

Dakota zuckte die Achseln. Sie hatte gelernt, ihre Antworten vage zu halten. »Nicht wirklich.«

»Es ist ein langer Weg von der Zivilisation bis hier raus, nicht wahr?«

Sie zuckte erneut die Achseln. »Es ist, was es ist. Ich habe hier einige sehr nette Leute kennengelernt. Bist du auf dem Weg nach Norden oder Süden?«

Jetzt war er an der Reihe, mit den Achseln zu zucken. »Ich bin aus Crystal Springs gekommen, aber ich bin mir nicht sicher, ob ich diesen Weg zurück oder weiterfahren werde. Gibt es etwas, das es wert ist, sich anzuschauen, wenn ich nach Tonopah fahre?«

»Kommt darauf an, was du dir gern anschaust«, sagte Dakota zu ihm. »Ich habe gehört, dass Goldfield wirklich interessant sein soll. Es soll dort spuken. Aber wenn ich ehrlich bin, gibt es hier draußen nicht viel, in keiner der beiden Richtungen.«

»Hmmm. Gibt es hier einen Ort, wo man übernachten kann?«, fragte Slade.

Dakota schluckte schwer. Verdammt, da ging ihr Bett für die Nacht dahin. Aber sie lächelte strahlend und sagte ihm die Wahrheit. »Du hast Glück, es gab eine Stornierung für heute Abend, sodass ein Zimmer frei ist. Es ist nicht schick. Tatsächlich handelt es sich um einen Wohnwagen, den du dir mit einem anderen Paar teilen musst. Sie haben vor ungefähr einer Stunde eingecheckt und ich glaube, sie wollen früh aufstehen. Du wirst sie kaum bemerken. Die Schlafzimmer befinden sich an den Außenseiten und sind durch einen Gemeinschaftsraum in der Mitte voneinander getrennt. Die Türen sind abschließbar. Es ist wirklich privat.«

Dakota wusste, dass sie zu viel redete, konnte aber nicht aufhören. »Es sind nur fünfundvierzig Dollar für die Nacht, was wirklich sehr günstig ist. Es gibt heißes Wasser und du kannst das WLAN hier im Restaurant kostenlos benutzen. Frühstück ist auch inklusive. Nichts Besonderes, nur Zimtschnecken und Saft, aber es ist sicherer hierzubleiben, als zu versuchen, im Dunkeln bis nach Tonopah zu fahren.«

Slade lachte leise und Dakota zogen sich ihre intimsten Körperteile bei dem Geräusch zusammen. Jesus, er war wunderschön.

»Ich nehme es. Wie könnte ich es nach diesem wunderbaren Verkaufsgespräch ablehnen?«

»Tut mir leid. Die Leute neigen dazu, das Gesicht zu verziehen, wenn sie hören, dass es sich um einen Wohnwagen handelt, den sie auch noch teilen müssen. Aber ich verspreche, dass er sauber und sicher und das Geld absolut wert ist.«

Slade trank den Rest seiner Cola aus, holte einen Fünfdollarschein heraus und schob ihn zu ihr hinüber. »Klingt gut. Ich bin müde.«

»Lass mich dir das Wechselgeld bringen.«

Slade winkte ab. »Stimmt so.«

»Oh, okay, danke. Wenn du so weit bist, kann ich dir dein Zimmer zeigen.«

Er schaute auf die Uhr. »Schließt ihr schon?«

Dakota nickte. »Ja, wir erwarten heute Abend niemanden mehr und es ist dunkel. Die Einheimischen wissen, dass wir jetzt schließen.«

»Ihr möchtet wohl nicht, dass die Außerirdischen nach Einbruch der Dunkelheit hereinkommen, oder?«, scherzte Slade.

Dakota kicherte, obwohl sie diesen Witz schon oft gehört hatte. »Genau, so oder so ähnlich. Wenn du willst, können wir uns in ungefähr fünf Minuten draußen treffen. Ich muss hier nur fertig machen.« Eigentlich musste sie sich nur noch einmal selbst zur Vernunft ermahnen, aber das musste er nicht wissen.

»Sicher, ich werde bei meinem Motorrad warten.«

Dakota nickte. Ihre Blicke klebten an seinem Hintern, als er durch die Tür ging. Er war definitiv ein schönes Exemplar eines Mannes. Und die Tatsache, dass er ein Motorrad hatte, machte ihn noch anziehender für sie. Sie war noch nie auf einem mitgefahren, aber vor langer Zeit, bevor sie viele ihrer Träume aufgegeben hatte, hatte sie sich vorgestellt, wie es wäre, hinter einem Mann auf einem Motorrad zu sitzen, ihre Arme um ihn und ihr Kinn auf seine Schulter zu legen, während ihr auf dem Highway der Wind durch die Haare wehte.

Sie schüttelte den Kopf und murmelte: »Reiß dich zusammen. Jesus, du bist auf der Flucht vor einem psychisch gestörten Terroristen. Du hast keine Zeit, dir über einen Mann Gedanken zu machen. Egal wie sexy er ist oder wie sehr du wissen willst, ob sein Bart weich oder kratzig ist.«

Dakota war mit ihrem Gespräch zufrieden, wusch schnell die schmutzigen Gläser ab und schloss die alte Kasse zu. In Rachel gab es keine Bank, zu der man das Geld bringen könnte, und die meisten Leute zahlten sowieso mit Kreditkarte.

Sie hängte ihre Schürze an, strich ihr Haar glatt, band es wieder zu einem festen Zopf und ging zur Tür hinaus.

Slade lehnte an seiner Harley, wobei er die Füße übereinandergeschlagen hatte. Die Arme hatte er vor der Brust verschränkt und er runzelte die Stirn. Dakota drehte sich schnell um, schloss die Tür ab und stellte sicher, dass das Geschlossen-Schild für jeden sichtbar war, der später vorfahren könnte. Sie holte tief Luft und wandte sich an Slade. »Alles okay?«

Er schüttelte den Kopf. »Ich habe keinen Handyempfang.«

»Ja, entschuldige. Die Anwohner haben bei den großen Telefongesellschaften einmal beantragt, hier draußen einen Sendeturm zu errichten, aber es war nicht lukrativ genug. Und wenn du mich fragst, hat die Regierung auch etwas damit zu tun. Es ist in ihrem Interesse, die Dinge hier draußen ruhig zu halten, wenn du weißt, was ich meine. Area 51 und so. Wenn es dich beruhigt, in Warm Springs wirst du wieder Empfang haben, sobald du an dem großen Berg vorbei bist. Wenn du wirklich jemanden anrufen musst, kann ich Pat fragen. Sie und ihre Tochter sind die Eigentümerinnen des Restaurants. Einige der Anwohner haben Satellitentelefone.«

Slade schüttelte den Kopf. »Nein, schon in Ordnung. Ich kann warten. Ich hatte nur gehofft, meinen Freund zu erreichen, um ihn wissen zu lassen, dass ich sicher angekommen bin und dass ich die Nacht hier verbringen werde.«

»Das tut mir leid«, entschuldigte sich Dakota erneut. »Du könntest ihm später eine E-Mail schicken, wenn du willst. Ich werde dir das WLAN-Passwort geben. Bist du bereit, zu deinem Zimmer zu gehen?«

»Muss ich nicht für das Zimmer bezahlen?«, fragte er.

Sie winkte ab. »Mach dir keine Sorgen. Du kannst morgen früh bei Pat oder Connie bezahlen. Sie arbeiten im Restaurant, bis ich nachmittags komme.«

»Vertrauensvoll«, bemerkte Slade.

Dakota lächelte. »Ja, das sind sie. Komm schon, es ist um die Ecke.«

Er richtete sich auf und griff nach dem Lenker seines Motorrads. Lautlos schob er es um das legendäre Restaurant herum, bis sie einen der Wohnwagen auf dem Parkplatz an der Seite des Gebäudes erreicht hatten. Auf dem Weg kamen sie an einem riesigen Metallraumschiff vorbei, das jedem signalisierte, dass sie das A'Le'Inn erreicht hatten.

»Hier ist es. Ich weiß, dass es nicht besonders einladend aussieht, aber ich verspreche dir, dass es sauber ist.«

»Ich glaube dir«, sagte Slade und streckte seine Hand nach dem Schlüssel aus, mit dem Dakota gespielt hatte.

»Oh ja, hier, bitte schön.« Sie atmete tief ein, als sie mit den Fingerspitzen Slades Handfläche berührte. Er war warm und ihr wurde in der kalten Wüstenluft immer schnell kalt. »Richtig, da ist also der Eingang. Dein Zimmer ist auf der rechten Seite. Schlaf gut.«

»Bis bald«, sagte Slade und nickte ihr zu.

»Ja, okay«, murmelte Dakota, wohl wissend, dass sie sich nicht wiedersehen würden. Sie versuchte, das Restaurant in den Morgenstunden zu meiden. Sie wollte nicht mit den Leuten interagieren, die über Nacht blieben. Außerdem brauchte sie die Zeit für sich. Connie ließ sie morgens ihren Computer benutzen und Dakota nutzte die Zeit, um im Internet zu recherchieren, ob ihr Name irgendwo erwähnt wurde. Außerdem versuchte sie, den Namen des Arschlochs herauszufinden, das sie verfolgte. Bisher hatte sie kein Glück gehabt, aber es war nicht wirklich wichtig. Sie wusste, dass sie in Schwierigkeiten war. Der Typ hatte ihr praktisch auf den Kopf zugesagt, dass sie ihm gehören würde. Sie schauderte bei der Erinnerung daran.

Dakota drehte sich um und ging zu ihrem Wagen, der sich hinter Pats Wohnwagen befand. Sie erinnerte sich noch einmal daran, bald mit der anderen Frau reden zu müssen. Es war an der Zeit, von hier zu verschwinden.

Drei Stunden später ging Slade schweigend an den Wohnwagen vorbei, die an die Touristen vermietet wurden. Er ging dorthin, wo er Dakota zuletzt gesehen hatte. Sie sah genauso aus wie auf dem Bild, bis hin zu dem Zopf an ihrem Hinterkopf. Zumindest hatte sie ihren Namen ein wenig verändert. Es war nicht viel, aber es war wenigstens etwas. Sie hatte nicht einmal versucht, sich zu verkleiden.

Aber warum sollte sie glauben, dass jemand ihr nach Rachel in Nevada folgen würde?

Die Stadt schien am Ende der Welt zu sein. Fremde würden hier sofort auffallen und sie wusste genau, wer wo jede Nacht schlief. Slade hatte das WLAN benutzt, um die Zeit totzuschlagen und mehr Informationen über die kleine Stadt herauszufinden. Er wusste, dass Dakota nicht vor ihm davonlaufen würde. Sie schien ihm gegenüber überhaupt nicht misstrauisch zu sein.

Und wenn er sich nicht täuschte, hatte es sie genauso erwischt wie ihn, als er sie das erste Mal gesehen hatte. Slade hatte den Ausdruck von Interesse und Lust in ihren Augen erkannt, weil er wusste, dass er denselben Ausdruck auf seinem Gesicht gehabt hatte, als er ihr Foto zum ersten Mal gesehen hatte. Und wie er es sich gedacht hatte, war sie in echt noch schöner. Sie war kurvig und er schätzte, dass sie ungefähr eins zweiundsiebzig oder fünfundsiebzig groß war. Ihr Kopf reichte ihm gerade bis ans Kinn. Slade wusste, dass sie perfekt zu ihm passen würde.

Sie war lustig und liebenswert, wenn sie nervös wurde. Er konnte sie sich absolut als Grundschullehrerin und Schulleiterin vorstellen. Es waren aber die Unsicherheit und das Unbehagen in ihren Augen, die ihn wirklich beeindruckten. Er hasste es, dass sie Angst hatte, und wollte sie festhalten und ihr versichern, dass er dafür sorgen würde, dass Aziz Fourati nicht in ihre Nähe kam. Er musste schlau vorgehen, hatte aber nicht so viel Zeit, dass sie sich erst lange mit ihm vertraut machen könnte. Er musste mit ihr über ihre Situation sprechen, sie dazu bringen, ihm zu vertrauen, und dann mit ihr aus Rachel verschwinden.

Das Fazit war, dass Dakota James nicht mehr nur ein Gesicht auf einem Stück Papier war. Sie war eine Frau aus Fleisch und Blut und Slade wollte sie mehr als seinen nächsten Atemzug. Aber er wollte sie mehr beschützen, als dass er sie im Bett haben wollte ... für den Moment.

Er hatte vorgehabt, in der Kneipe den Köder für sie auszulegen, den er in Las Vegas für sie besorgt hatte, aber sie schien sich in seiner Gegenwart zu unwohl gefühlt zu haben. Und er wollte nicht, dass sie durchdrehte, falls er sie erschrecken sollte. Also hielt er sich zurück und würde auf den nächsten Morgen warten.

Slade wünschte sich wirklich, er könnte Tex erreichen und herausfinden, ob er mehr darüber in Erfahrung bringen konnte, ob Fourati oder einer seiner Handlanger auf dem Weg nach Rachel war. Aber im Moment musste er ohne seine Hilfe auskommen. Er vertraute nicht darauf, dass E-Mails sicher waren, also beschloss er zu warten.

Nachdem genügend Zeit vergangen war, hatte Slade das einfache Zimmer in dem Wohnwagen verlassen und suchte nun nach Dakota.

Der Wind kam von Norden und er zitterte in der kühlen Nachtluft. Der Winter nahte definitiv und Slade wäre nicht überrascht, wenn die Wettervorhersage stimmte und es bald schneien würde. Er schaute um einen der Wohnwagen herum und grinste. Bingo!

Tex hatte ihm die Details zu Dakotas Wagen übermittelt ... einem grauen Subaru Impreza, Baujahr zweitausendacht. Er stand direkt vor ihm. Sie hatte noch nicht einmal ihre kalifornischen Kennzeichen abgenommen. Slade verzog innerlich das Gesicht. Sie hatte nicht die leiseste Ahnung davon, wie sie sich verstecken sollte. Es war gleichzeitig liebenswert und beängstigend. Es war gut, dass er es war, der hier war und nach ihr suchte, und nicht Fourati.

Slade ging schweigend zum Wagen und sah hinein, ohne zu wissen, was ihn erwartete. Er blieb stehen und starrte überrascht durch das Fenster.

Dakota lag eingewickelt in eine Decke auf dem Fahrersitz. Nur die Oberseite ihres Kopfes und ihr blondes Haar waren zu sehen. Sie schlief in ihrem Wagen.

Sie schlief in ihrem verdammten Wagen.

Slade wollte auf etwas einschlagen. Er wollte gegen das Glas klopfen, sie aufwecken und ihr die Leviten lesen. Es war kalt draußen, aber ehrlich gesagt war das ihre geringste Sorge. Was, wenn er Fourati gewesen wäre? Oder ein betrunkener Anwohner, der entschieden hatte, dass sie eine leichte Beute wäre? Ja, Dakota war groß, aber einem betrunkenen, notgeilen Kerl würde sie nicht gewachsen sein.

Slade fluchte leise über die gesamte Situation und hasste sich dafür, dass er sie an diesem Abend nicht früher konfrontiert hatte. Er drehte sich um und ging zurück in sein Zimmer. Wenn er auf eine gewisse Miss

Dakota James aufpassen wollte, brauchte er wärmere Kleidung.

Sie hatte vielleicht nicht darum gebeten, aber ab jetzt hatte sie einen Beschützer. Als er sie schlafen sah, verletzlich und wahrscheinlich frierend, war sein Interesse für sie von warm zu glühend heiß gewechselt. Dakota musste beschützt werden, und er würde der Mann sein, der es tat.

Und wenn sie keinen Schutz mehr brauchte, würde er immer noch der Mann in ihrem Leben sein.

KAPITEL VIER

Dakota wurde langsam wach. Die Sonne ging gerade auf und tauchte das Tal in ein violettes Licht. Sie rutschte auf ihrem Sitz herum und verzog das Gesicht. Jeder Muskel in ihrem Körper war steif und ihr war kalt. Überrascht, dass ihre Windschutzscheibe nicht zugefroren war, drehte sie den Kopf nach links und dann nach rechts, um sich zu strecken.

Aus dem Augenwinkel nahm sie eine Bewegung wahr. Sie schaute zur Seite und schrie erschrocken auf.

Direkt neben ihr im Wagen saß der Mann vom Abend zuvor.

Slade.

Er war gegen die Beifahrertür gelehnt und hatte die Arme vor der Brust verschränkt. Ein Bein hatte er angewinkelt und es ruhte auf dem Sitz. Er schaute sie finster an.

»Was zum Teufel?« Dakota schnappte nach Luft und langte sofort nach dem Türgriff. Sie atmete schnell und in der kalten Luft war deutlich zu sehen, wie aufgeregt sie war.

»Du schläfst in deinem Wagen«, sagte Slade in einem flachen Tonfall.

Dakota nickte und fluchte leise. Sie wollte den Blick nicht von Slade abwenden, aber sie konnte den dummen Griff nicht finden.

»Ich wollte es dir schon gestern Abend sagen. Ich heiße Slade Cutsinger. Ich bin ein pensionierter Navy SEAL und ich bin hier, um dich zu beschützen.«

»Aha«, murmelte Dakota. Sie hatte nur mit halbem Ohr zugehört. Endlich fand sie den Griff und öffnete die Tür, um den tödlichen Blicken des riesigen Mannes zu entkommen, der sie gerade anstarrte.

»Ich habe vor Kurzem mit deinem Vater gesprochen. Ich habe die Postkarten gesehen. So habe ich dich gefunden.«

Dakota erstarrte, als sie einen Fuß auf den harten Boden neben ihrem Wagen setzte, und wirbelte herum, um Slade anzusehen. »Er hat nichts damit zu tun. Lass ihn in Ruhe«, flüsterte sie zitternd.

»Ich weiß«, beruhigte Slade sie. »Die Postkarten waren übrigens eine gute Idee. Dein Vater war sich sicher, dass es dir gut ging, genau wie es deine Absicht gewesen war. Leider müssen ein paar deiner Freunde faul geworden sein und haben die Karten aus Las Vegas abgeschickt, anstatt zu warten, bis sie nach Hause kamen.«

»Verdammt«, sagte Dakota. Sie dachte, jetzt könnte sie sich auch zu Ende anhören, was Slade zu sagen hatte. Da er von den Postkarten wusste, hatte er höchstwahrscheinlich ihren Vater gesehen. Vielleicht war es naiv, aber sie bildete sich ein, dass von Slade keine Gefahr ausging. Ihr

Vater war also hoffentlich sicher in seinem Haus und ging davon aus, dass es seiner Tochter gut ging, auch wenn sie auf der Flucht vor einem Terroristen war.

»Ich weiß alles über die Bombenanschläge auf dem Flughafen, Dakota«, sagte Slade leise und riss sie aus ihren Gedanken.

Dakotas Magen verkrampfte sich. Er hatte ihren richtigen Namen benutzt.

Natürlich hatte er das. Wenn er ihren Vater gesehen hatte, musste er wissen, wer sie wirklich war.

»Ich weiß, dass du die einzige Überlebende warst. Ich weiß, dass du Aziz Fourati gesehen hast, und ich weiß auch, dass du derzeit der einzige Mensch auf der Welt bist, der ihn identifizieren kann. Er weiß das auch und will dafür sorgen, dass du diese Informationen für dich behältst. Außerdem will er dich für sich habe – als seine Frau.«

Dakota schloss die Wagentür und zitterte. Verdammt, es war kalt. Sie versuchte, einen klaren Kopf zu bekommen. Ihr Gehirn funktionierte früh am Morgen nie besonders gut, bevor sie eine Tasse Kaffee getrunken hatte. »Sein Name ist Aziz?«

Diese Frage überraschte ihn. Slade hob die Augenbrauen und neigte den Kopf, als er fragte: »Du kanntest seinen Namen nicht?«

»Nein, er hat ihn nicht erwähnt. Wie lautet sein Nachname noch mal?« Sie bemühte sich wirklich, nicht auszuflippen. Oh, sie würde heute mit Sicherheit von hier verschwinden, aber sie musste wissen, was Slade wusste, bevor sie davonlief. Informationen bedeuteten Macht.

»Fourati.«

»Das klingt ausländisch«, bemerkte Dakota, stolz auf sich selbst, wie ruhig sie klang.

»Ist es. Er ist vermutlich Tunesier.«

»Tunesier?«, fragte sie, jetzt wirklich verwirrt.

»Ja, Tunesier. Das Land zwischen Algerien und Libyen in Nordafrika.«

»Ich weiß, wo Tunesien ist«, antwortete Dakota mürrisch. »Ich habe nur ...« Sie hielt einen Moment inne und bemerkte, dass sie definitiv nicht mit Slade über irgendetwas reden sollte. Sie kannte ihn nicht. Er könnte einer von Aziz Fouratis Schlägern sein. Sie war froh, endlich einen Namen für den Kerl zu haben, der ihr das Leben zur Hölle machte, aber sie musste schlau sein ... egal wie sehr ihre Intuition danach schrie, dem Mann neben ihr vertrauen zu wollen.

Slade beugte sich vor und hob etwas vom Boden auf. Es war ein Thermos-Kaffeebecher. Wortlos hielt er ihn ihr hin.

Dakota starrte auf den Becher und dann zurück zu ihm. Wenn er glaubte, sie würde etwas trinken, das er ihr gab, musste er verrückt sein. »Nein danke«, sagte sie höflich.

»Du weißt nicht, was es ist«, sagte Slade ruhig.

»Ich weiß nicht, wer du bist«, erwiderte sie etwas bissig. »Ich sitze nur immer noch hier, weil es draußen kalt ist und ich nirgendwo hingehen kann. Ich bin mir sicher, dass du mich in weniger als drei Sekunden fangen und mir die Kehle durchschneiden könntest, wenn du wolltest. Nenne mich ruhig neugierig, aber ich möchte so viel wie möglich darüber erfahren, warum mein Leben den Bach runtergeht, bevor ich sterbe.«

»Du fluchst nicht.«

»Was?«

»Du fluchst nicht«, wiederholte er geduldig.

Dakota zuckte die Achseln. »Ich bin Leiterin einer Grundschule. Oder ich war es einmal. Ich kann nicht umherlaufen und die ganze Zeit Verflucht, Scheiße und Verdammt sagen.«

»Stimmt, das gefällt mir.«

»Na toll, jetzt kann ich glücklich sterben«, grummelte Dakota.

Seine Stimme wurde noch leiser, wenn das überhaupt möglich war. So sehr sie es auch hasste, aber bei seinem Tonfall bekam sie Gänsehaut auf den Armen. »Ich bin einer von den Guten, Dakota«, sagte er zu ihr. »Die Kurzfassung der Geschichte ist, die Regierung weiß, dass Fourati hinter dem Bombenanschlag am Flughafen steckt. Sie will, dass er für seine Taten bestraft wird. Aber er rekrutiert online Söldner und will sie für seine Sache gewinnen. Er will seinen Erfolg wiederholen, aber diesmal in noch größerem Maßstab.«

»Dessen bin ich mir bewusst«, flüsterte Dakota. Aziz hatte mit seinen Plänen geprahlt, während sie und die anderen Geiseln vor Angst zusammengekauert in dem Flughafengebäude gesessen hatten.

»Dann weißt du, wie wichtig es ist, ihn aufzuhalten.«

»Ich bin an diesem Tag fast ums Leben gekommen.« Dakota erzählte ihm etwas, das er wahrscheinlich schon wusste.

Er bestätigte es, indem er einfach sagte: »Ich weiß.«

»Du kannst nicht einfach aus heiterem Himmel hier auftauchen, mir sagen, dass du mich gesucht hast, und von mir erwarten, dass ich dir vertraue und dir glaube, dass du der bist, für den du dich ausgibst.«

»Warum nicht?«

»Was meinst du mit *warum nicht?*«, fragte Dakota verwirrt.

Er hielt ihr weiterhin den Becher hin und antwortete: »Ich habe dir gesagt, dass ich deinen Vater besucht habe. Ich habe die Postkarten gesehen. Ich bin ein pensionierter Navy SEAL. Ich bin kein Tunesier und würde selbst mit der besten Verkleidung nicht als arabischer Terrorist durchgehen. Wenn ich Handyempfang hätte, würde ich einen meiner besten Freunde auf der Welt anrufen und ihn für mich bürgen lassen. Aber das muss warten, bis wir wieder in der Zivilisation sind. Ich bin einer von den Guten, Dakota. Das schwöre ich bei Gott.«

»Das würde ein Terrorist auch sagen«, informierte sie ihn unbeeindruckt. »Außerdem würde es nichts bringen, jemanden anzurufen, um für deine Vertrauenswürdigkeit zu bürgen.«

»Nimm den Becher«, forderte Slade sanft.

Ohne nachzudenken, gehorchte Dakota seinen eindringlichen Worten. Sie streckte die Hand aus und nahm ihm den Kaffeebecher aus Edelstahl ab. Ihre Finger berührten sich und sie konnte spüren, wie die Hitze seiner Fingerspitzen bis in ihren Arm schoss.

Aber es waren nicht seine Finger, die die Hitze verursachten, es war der Kaffee. Der Becher war warm. Sie sah ihn fragend an.

»Ich war kurz im Restaurant, bevor ich hierhergekommen bin, und habe Pat gebeten, es für mich aufzuwärmen.« Für einen Moment sah er sie verlegen an, bevor er sagte: »Ich bin sicher, dass es nach zwei Tagen nicht mehr so gut schmeckt, aber dein Vater hat mir verraten, was du gern magst. Er hat gesagt, du würdest mir glauben, dass ich mit ihm geredet habe, wenn ich dir das hier mitbringe.«

Dakota drehte langsam und vorsichtig den Deckel herum und sofort stieg ihr der Duft von Pfefferminze in die Nase. Vor Ekstase schloss sie die Augen und hob den Becher näher an ihr Gesicht. Sie atmete den köstlichen Duft ihres absoluten Lieblingskaffees ein und dachte daran, wie oft sie und ihr Vater eine Tasse Kaffee wie diesen zusammen getrunken hatten, während sie in seinem kleinen Wohnzimmer gesessen hatten. Sie kämpfte gegen die Tränen an, die ihr in die Augen schossen.

»Und das hier«, sagte Slade leise und unterbrach ihre Erinnerung.

Dakota öffnete die Augen und sah, dass er eine kleine weiße Papiertüte in der Hand hielt. Ohne nachsehen zu müssen, wusste sie, was darin sein würde.

»Ein Donut mit Ahorn-Zuckerguss«, sagte sie.

»Stimmt. Obwohl ich befürchte, dass er durch den Transport in der Seitentasche meines Motorrads wahrscheinlich etwas mitgenommen ist.«

Dakota streckte die Hand aus und nahm ihm die Tüte aus der Hand, wobei sie diesmal darauf achtete, ihn nicht zu berühren. Sie sah hinein. Wie erwartet war der Donut auf einer Seite zerdrückt und die Ahornglasur klebte größtenteils an der Tüte, aber auch hier waren die Erinnerungen, die sie überkamen, überwältigend.

»Du bist wirklich bei meinem Vater gewesen.«

»War ich.«

»Und du schwörst, dass du ihm nichts getan hast?«

Slade machte ein komisches Geräusch und Dakota schaute ihn an. Er sah jetzt etwas sauer aus. »Nein, ich habe ihm nichts getan«, knurrte Slade. »Ich bin der, für den ich mich ausgegeben habe.«

Dakota musterte Slade einen Moment lang. Die Wärme des Metallbechers breitete sich auf ihrer Haut aus und wärmte ihre kalte Hand. Die Papiertüte raschelte, als sie sich auf ihrem Sitz bewegte. Würde ein Terrorist extra einen Becher Pfefferminzkaffee aus Las Vegas holen? Würde er, wer weiß wie lange, neben ihr im Wagen sitzen und darauf warten, dass sie aufwacht, ohne ihr ein Haar zu krümmen? Aziz würde es sicherlich nicht tun. Sie wusste genau, was er tun würde, wenn er an Slades Stelle hier wäre.

Aziz Fourati wollte sie. Das wusste Dakota ohne Zweifel. Aber seine Männer würden sie nicht so freundlich, respektvoll und vorsichtig behandeln. Sie wusste genau, wie sie sie behandeln würden. Das hatte sie an diesem Tag auf dem Flughafen erfahren.

»Du hast gesagt, dass du selbst mit Verkleidung nicht als arabischer Terrorist durchgehen könntest«, sagte Dakota leise.

»Das ist richtig«, stimmte Slade zu. »Vor langer Zeit war ich stolz darauf, mich im Nahen Osten unter die Menschen mischen zu können, ohne aufzufallen, aber diese Zeiten sind vorbei. Das hier ist mein wahres Ich ... grauer Bart und so.« Er deutete auf sein Gesicht.

Dakota machte eine Pause, um einen kleinen Schluck des Göttertrunks in ihrer Hand zu nehmen, und seufzte, als der Pfefferminzgeschmack auf ihrer Zunge explodierte. Der Kaffee war lauwarm und etwas abgestanden, aber immer noch das Beste, was sie seit langer Zeit getrunken hatte. Sie sah in Slades Augen. Damit, sich diesem Mann anzuvertrauen, könnte sie vielleicht ihr

Todesurteil unterschreiben, aber selbst nach dieser kurzen Zeit, die sie mit ihm verbracht hatte, vertraute sie ihm. Er hatte etwas an sich, das sie bis in ihre Seele fühlte. Es schien, als wäre er dazu bestimmt gewesen, sie zu finden.

Sie war in ihrem Leben nie sehr religiös gewesen, aber sie glaubte an Seelen und Reinkarnation. Ihre Eltern waren Seelenverwandte gewesen, da war sie sich sicher. Sie hatte immer gehofft, in diesem Leben den Mann zu finden, der zu ihr gehörte. Aber sie hatte fast aufgegeben ... bis Slade gestern Abend das Little A'Le'Inn betreten hatte.

Bisher war Slade geduldig und fürsorglich gewesen ... aber darüber hinaus konnte sie die Ehrlichkeit in seinen Augen sehen. Aziz und seine Freunde hatten kalte, tote Augen. Slades waren warm und dunkelbraun, und obwohl sie sich bewusst war, dass er sie wahrscheinlich mit bloßen Händen töten könnte – schließlich war er ein pensionierter SEAL –, wusste sie, dass er es nicht tun würde.

Als sie nichts weiter sagte, schlug Slade vor: »Wie wäre es, wenn wir ins Warme gehen und dir etwas anderes als Koffein und Zucker besorgen?«

»Du bist den ganzen Weg hierhergekommen, weil du wissen wolltest, wie Aziz aussieht, damit du ihn fangen kannst«, sagte Dakota verwirrt. »Warum bist du so nett zu mir?«

»Du hast recht, ich bin den ganzen Weg hierhergekommen, um dich zu finden und mehr Informationen über Fourati zu erhalten. Das ist jedoch nicht der einzige Grund. Süße, du zitterst vor Kälte. Dein ganzer Körper muss steif sein, wenn du die ganze Nacht hier gesessen hast. Mir geht es mehr darum, auf dich aufzupassen, als Informationen über Fourati zu bekommen.«

Dakota leckte sich nervös über die Lippen und schmeckte das Pfefferminzaroma, das dort hängengeblieben war. Sie fragte: »Musst du dich nicht bei deinen Vorgesetzten oder wie auch immer du sie nennst melden und ihn aufspüren? Deshalb bist du doch hier«, beharrte sie.

Slade schüttelte sofort den Kopf. »Nein! Ich will dir nichts vormachen, das war der ursprüngliche Grund, ja, aber als ich dein Bild in der Akte gesehen habe, wusste ich, dass ich dich noch aus einem anderen Grund finden musste.«

Er ging nicht näher darauf ein und Dakota fragte: »Warum?«

Slade bewegte seine Hand an ihr Gesicht, strich mit seinen Fingern über ihre Wange und legte dann seine große Hand in ihren Nacken. Dakota spürte, wie sie wieder Gänsehaut bekam, die diesmal beide Arme hinunterschoss. Mit den Händen voll mit Becher und Papiertüte konnte sie nichts anderes tun, als dem Druck seiner Hand nachzugeben, als er sie langsam nach vorn zog.

Er legte seine andere Hand unter ihr Kinn und hob ihren Kopf, sodass sie keine andere Wahl hatte, als ihm in die Augen zu schauen. Sie fühlte sich wie von ihm gefesselt, von seiner Wärme, seiner Fürsorge, seiner Leidenschaft.

»Ich bin kein junger Mann mehr, Dakota. Ich bin achtundvierzig Jahre alt. Und noch nie in meinem Leben hat ein Foto mich so sehr bewegt wie deins. Ich habe Hunderte von Bildern von Frauen gesehen, die Schutz und Rettung brauchten. Bei keinem ist mir jemals der Atem weggeblieben oder ich hätte das Gefühl gehabt, auf den Hinterkopf geschlagen worden zu sein. Es war, als hättest du ein Stück meines Herzens gestohlen. Aber das war nichts im Vergleich dazu, dich persönlich zu sehen. Als ich gestern Abend in die Kneipe kam, hatte ich das Gefühl, endlich gefunden zu haben, wonach ich mein ganzes Leben lang gesucht habe – dich.«

Heiliger Strohsack. War das sein Ernst? Hatte er das wirklich gedacht? Könnte er wirklich der Mann sein, nach dem sie ihr ganzes Leben lang gesucht hatte? Dakota schüttelte schwach den Kopf. »Das ist doch nicht möglich. Du sagst das nur, damit ich dir verrate, was ich weiß.«

»Ich scheiße darauf, was du weißt«, erwiderte Slade sofort. »Es ist mir egal, selbst wenn du mir niemals sagst, wie Fourati aussieht. Ich sage meinem Boss einfach, dass du nichts weißt.«

»Aber du wirst Schwierigkeiten bekommen«, sagte Dakota zu ihm.

»Ich werde keine Schwierigkeiten bekommen, weil dies keine von der Regierung genehmigte Operation ist. Außerdem bin ich im Ruhestand. Dakota, mir ist es egal, was der Typ denkt, der mich angeheuert hat. Der Punkt ist, dass du mein Hauptanliegen bist. Ich habe dich gefunden, also kann Fourati das auch. Es würde mich nicht wundern, wenn er und seine Schläger bereits auf dem Weg hierher sind. Tatsächlich bin ich mir sogar ziemlich sicher, dass sie auf dem Weg hierher sind. Es ist nur eine Frage der Zeit ... wie lange, weiß ich nicht. Ich glaube, ich habe ein paar Tage Vorsprung, kann mir aber nicht sicher sein. Aber was auch immer passiert, du sollst wissen, dass meine Aufgabe von nun an darin besteht, dich vor Fourati in Sicherheit zu bringen.«

Dakota hatte keine Ahnung, wie sie reagieren sollte. Einerseits wusste sie genau, wovon Slade sprach, denn von dem Moment an, in dem sie ihn gesehen hatte, hatte sie sich ruhiger gefühlt. Als könnte sie endlich tief durchatmen und die extreme Wachsamkeit, die sie in den letzten Monaten an den Tag gelegt hatte, endlich ablegen. Er würde sich zwischen sie und den Rest der Welt stellen. Andererseits war das doch alles verrücktes Gerede. Es war Wahnsinn. Sie wusste nicht das Geringste über den Mann, der neben ihr saß und sie praktisch in eine Umarmung zog.

Zum Glück gab er ihr nicht die Gelegenheit, etwas zu sagen. Er neigte sanft ihren Kopf nach unten, küsste sie auf die Stirn, richtete sich dann auf und sagte: »Komm schon, wir gehen rein und wärmen uns auf. Dann können wir besprechen, wie wir weitermachen.«

Ruhig und gefügsam nickte Dakota nur und lehnte sich zurück. Es fühlte sich gut an, wenn ihr zur Abwechslung mal jemand anderes die Entscheidung abnahm. Sie sahen sich einen langen Moment an, dann drehte Slade sich um und öffnete seine Tür. Dakota schüttelte ihre Trägheit ab und folgte seinem Beispiel, nachdem sie sich umgedreht hatte, um ihren Rucksack vom Rücksitz zu nehmen. Sobald sie ausgestiegen war, stand Slade neben ihr. Er nahm ihr die Papiertüte ab und steckte ihre Hand in seine Armbeuge, um ihre Finger vor der kühlen Morgenluft zu schützen.

»Hast du den Autoschlüssel?«

»Warum?«

»Damit du abschließen kannst.«

Dakota lachte. »Niemand wird hier draußen meinen Wagen stehlen. Der Schlüssel steckt im Zündschloss, seit ich hier geparkt habe. Bei meinem Glück würde ich das dumme Ding sonst verlieren.«

Slade schüttelte verärgert den Kopf, sagte aber nichts. Er schloss die Wagentür und führte sie in Richtung des Wohnwagens, in dem er die Nacht verbringen sollte.

»Ich dachte, wir gehen ins Restaurant?«, fragte Dakota, als sie sich näherten.

»Ich dachte, du möchtest vielleicht zuerst duschen, um dich aufzuwärmen. Und im Wohnwagen können wir ungestört reden. Die anderen Gäste sind bereits abgereist, wie du es vermutet hattest.«

Es war rücksichtsvoll von ihm. Plötzlich blieb Dakota stehen und zwang ihn ebenfalls dazu.

Es war rücksichtsvoll von ihm, aber auch nachsichtig von ihr und potenziell gefährlich. Sie sollte sich auf keinen Fall in seiner Nähe ausziehen. Sie wäre verletzlich und ...

»Während du duschst, gehe ich ins Restaurant, damit du etwas Privatsphäre hast.«

»Danke«, sagte sie zu ihm. Obwohl sie ihm nicht hundertprozentig vertraute, fühlte sie sich trotzdem schlecht, weil sie das Schlimmste über ihn angenommen hatte.

Slade schloss die Tür auf und führte sie hinein. Dakota warf einen Blick ins Schlafzimmer und blieb abrupt stehen.

Dann starrte sie auf Slades muskulösen Rücken, als er sich schützend vor sie geschoben hatte und fragte: »Was ist los? Was hast du gesehen?«

»Nichts, nur ... das Bett ist gemacht.«

Als Slade bemerkte, dass sie nicht in Lebensgefahr war, drehte sie sich langsam um und holte tief Luft. »Ja und?«

»Hast du das Bett gemacht, bevor du heute Morgen gegangen bist?«, fragte sie und kannte die Antwort bereits.

»Nein, ich habe nicht in dem Bett geschlafen. Ich wollte mich letzte Nacht vergewissern, dass du in Sicherheit bist, und als ich gesehen habe, dass du in deinem Wagen schläfst, habe ich Wache gehalten.«

»Du hast Wache gehalten?«, wiederholte Dakota hölzern.

»Ja.«

»Über mich?«

»Ja, Dakota. Ich wollte nicht, dass du verdammt noch mal mitten im Nirgendwo allein in deinem verdammten Wagen schläfst, während ein verdammter Terrorist hinter dir her ist. Auf keinen Fall.«

Sie äußerte sich nicht dazu, dass er in nur einem einzigen Satz dreimal »verdammt« gesagt hatte. Der Anblick des unberührten Bettes in dem anderen Raum bestätigte ihr mehr als alles, was er hätte sagen können, dass er tatsächlich ein pensionierter Navy SEAL war, der gekommen war, um sie zu beschützen.

Dakota hielt immer noch den Becher mit beiden Händen fest und dachte nicht einmal mehr daran. Sie beugte sich vor und lehnte ihre Stirn gegen das kühle Leder seiner Jacke auf seiner Brust.

Sofort legte er seine Arme um sie und zog sie fest an sich. Mit dem Becher in den Händen konnte sie ihn nicht umarmen, aber das schien nicht wichtig zu sein.

Als er wieder das Wort ergriff, war der Ärger

verflogen und er klang nur noch besorgt ... um sie. »Du wolltest hier schlafen, bevor ich aufgetaucht bin, oder?«

Sie nickte. »Pat und Connie erlauben mir, in einem der Wohnwagen zu schlafen, wenn sie nicht ausgebucht sind.«

»Es tut mir leid, dass ich dir dein Bett weggenommen habe.«

»Das hast du nicht«, sagte sie mit gedämpfter Stimme, während sie immer noch an seiner Brust lehnte. »Du hast es nicht einmal benutzt. Du hast ... ich weiß nicht wo geschlafen. Aber du hast mir nicht das Bett weggenommen.«

»Mmmm«, war seine einzige Antwort. Er streichelte langsam über ihren Rücken und mit jeder Berührung verschmolz sie weiter mit ihm, bis sie glaubte, nicht mehr allein stehen zu können. Er war das Einzige, was sie aufrecht hielt.

»Ich habe Angst«, gab Dakota mit kaum hörbarer Stimme zu.

Slade festigte seinen Griff um sie und Dakota drehte schließlich den Kopf und lehnte ihre Wange an seine Brust.

»Du bist nicht mehr allein«, sagte Slade zuversichtlich. »Niemand wird dich in die Hände bekommen.«

»Versprochen?« Sie wusste, dass sie diese Frage nicht hätte stellen sollen. Es war nicht so, als könnte er so ein Versprechen machen. Aber das Wort war ihr entwichen, bevor sie es hatte aufhalten können.

»Ich verspreche es, verdammt noch mal.« Es war ein Gelübde und beide wussten es.

Sie standen noch einen langen Moment beieinander, bevor Slade sich zurückzog, sie erneut auf die Stirn küsste und sagte: »Geh duschen und zieh dich um. Ich bin in zwanzig Minuten zurück, um dich ins Restaurant zu bringen.«

»Ich dachte, wir unterhalten uns hier?«

»Das tun wir auch. Aber zuerst brauchst du Frühstück. Etwas Richtiges zu essen, nicht nur das da«, sagte er und deutete auf den Becher, den sie immer noch in der Hand hielt.

»Du musst nicht zurückkommen. Wir können uns dort treffen.«

Slade hob mit seinem Zeigefinger ihr Kinn und sagte leise: »Ich komme zurück, um dich zu begleiten. Ich werde kein Risiko eingehen. Ich habe versprochen, dich zu beschützen, bis Fourati entweder gefangen genommen wurde oder tot ist. Du wirst dich daran gewöhnen müssen, dass ich jetzt rund um die Uhr in deiner Nähe bin.«

Dakota nickte. Im Moment klang das perfekt. Oh, sie wusste, dass es in Wirklichkeit wahrscheinlich schrecklich sein würde. Aber bei dem Gedanken daran, dass sie vielleicht nur ein paar Tage Vorsprung vor Aziz' Handlangern hatten, die sie entführen wollten, klang es himmlisch.

»Okay«, sagte sie zu ihm.

»Okay. Dusche, trink deinen Kaffee. Ich werde bald zurück sein.«

Dakota sah zu, wie Slade sich umdrehte und aus dem Wohnwagen ging.

Ihr Leben hatte sich um einhundertachtzig Grad gedreht, als sie das Pech gehabt hatte, in einen Terroranschlag verwickelt zu werden, aber sie hatte das Gefühl, dass sich das Blatt soeben erneut gewendet hatte.

KAPITEL FÜNF

Genau zwanzig Minuten später klopfte Slade an die Tür des Anhängers. Selbst diese kurze Zeit von ihr getrennt gewesen zu sein schien irgendwie schmerzhaft. Er hatte sich immer wieder vorgestellt, wie sich jemand durch die andere Tür schlich und ihm Dakota wegnahm. Er könnte über seine Befürchtungen verärgert gewesen sein, wenn er nicht allen Grund gehabt hätte, davon auszugehen, dass jemand genau das tun könnte.

Bis er Dakota aus Rachel herausgeholt und zurück in die Zivilisation gebracht hatte, wo er Handyempfang hatte, um Tex anzurufen, würde er kein Risiko eingehen. Er musste sich zunächst vergewissern, dass sie nicht in unmittelbarer Gefahr schwebte.

Anstatt ins Restaurant zu gehen, hatte Slade sich an die Mauer des A'Le'Inns gelehnt und den Anhänger im Auge behalten, während Dakota geduscht hatte. Vielleicht übertrieb er es, aber er glaubte es eigentlich nicht. Sie hatte geschlafen wie ein Stein, als er an diesem Morgen die Beifahrertür zu ihrem Wagen geöffnet hatte.

Sie hatte nicht einmal gezuckt, als er sie wieder geschlossen hatte. Wenn er sich so leicht an sie anschleichen konnte, könnte das auch jeder andere tun. Und bei dem Gedanken daran, dass Fourati oder einer seiner Handlanger sie in die Hände bekam, wollte er auf etwas einschlagen.

»Ich bin fertig«, rief Dakota als Antwort auf sein Klopfen. »Du kannst reinkommen.«

Slade drehte den Türknauf und betrat den kleinen, aber gemütlichen Wohnwagen. Die Unterkunft würde keine Auszeichnung in einem Reisemagazin gewinnen, aber für diese Stadt war sie geradezu palastartig.

»Ich habe etwas von dem Donut für dich aufgehoben«, sagte Dakota etwas schüchtern.

Wenn er nicht schon bis über beide Ohren in sie verliebt gewesen wäre, hätte ihn das mit Sicherheit dazu gebracht. Er wusste, wie sehr sie dieses mit Ahorn-Zuckerguss überzogene Gebäck mochte ... ihr Vater hatte mehr als deutlich gemacht, dass niemand ihre Donuts anfassen durfte. »Du kannst ihn aufessen, Süße. Es ist schon eine Weile her, seit du so einen Leckerbissen hattest.«

Sie sah ihn für einen langen Moment an und er dachte, sie würde entweder etwas darüber sagen, dass er sie Süße genannt hatte, oder sich weigern, den Donut aufzuessen, aber sie zuckte schließlich die Achseln und schenkte ihm ein kleines Lächeln.

»Vielen Dank. Und fürs Protokoll, ich hätte dir etwas abgegeben, aber ich bin auch zufrieden, wenn ich ihn allein aufessen kann.«

Slade lachte leise. »Das kann ich sehen.« Ihre grünen Augen funkelten in dem schlechten Licht des Wohnwagens und sie hatte bereits in die Tüte gegriffen, um den Rest des klebrigen Donuts herauszuholen.

»Bist du bereit zu reden?«, fragte er sie und zog einen der Stühle unter dem kleinen quadratischen Tisch heraus, der neben der Gemeinschaftsküche stand. »Es ist ziemlich voll im Restaurant.«

»Ja, die Leute hier neigen dazu, früh loszulegen, zumindest die Touristen. Und obwohl ich Pat und Connie wirklich mag, sind sie die schlimmsten Tratschtanten. Ich denke, es gibt hier draußen nicht viel zu tun oder zu sehen«, sagte Dakota sachlich und setzte sich auf den Stuhl, den er für sie herausgezogen hatte.

Sie unterhielten sich kurz, nachdem sie mit dem Essen fertig war, und als sie den Ahorn-Zuckerguss von ihren Fingern leckte, musste Slade auf seinem Stuhl herumrutschen, um seinem Schwanz etwas Bewegungsfreiheit zu geben. Bei dem Ausdruck der Befriedigung auf ihrem Gesicht, nachdem sie den Donut aufgegessen hatte, war er hart geworden. Aber als sie mit ihrer Zunge jeden Klecks des Zuckergusses von ihren Fingern leckte, wäre er fast gekommen.

»Du hast vorhin etwas gesagt, über das ich nachgedacht habe«, sagte Dakota leise und unterbrach seine unangemessenen sexuellen Gedanken.

»Und was war das?«

»Du hast gesagt, dass Aziz Ausländer ist, Tunesier. Was wolltest du damit sagen?«

Slade war für einen Moment verwirrt. »Was meinst du, was wollte ich damit sagen? Ich habe genau das gemeint, was ich gesagt habe.«

»Aber er ist Amerikaner«, sagte Dakota zu ihm.

»Aziz Fourati ist der Anführer der tunesischen Zelle

der Terrororganisation Ansar al-Scharia«, sagte Slade bestimmt.

Dakota zog verwirrt die Augenbrauen zusammen. »Okay, wer war dann der Typ am Flughafen?«

»Moment, lass uns das noch einmal von Anfang an durchgehen«, sagte Slade und stand auf, um zum Waschbecken zu gehen. Er fuhr fort, während er ein Papierhandtuch nahm und es im Waschbecken anfeuchtete. »Ich bin Teil eines streng geheimen Sondereinsatzkommandos, das beauftragt wurde, alles über Fourati herauszufinden, um ihn ausschalten zu können. Er rekrutiert online sehr schnell neue Anhänger. Ich habe dir erzählt, dass er vorhat, den Bombenanschlag vom Flughafen in L.A. in größerem Maßstab zu wiederholen. Niemand weiß, wie er eine solche Operation finanzieren kann, aber im Moment ist das nicht wichtig. Er ist hinterhältig, er ist gut darin, nicht aufzufallen, und es ist leider Tatsache, dass die Regierung ihn nicht finden kann, weil es absolut keine Fotos des Mannes gibt.«

Er drückte das Papiertuch aus und kam zum Tisch zurück. Während er weiterredete, nahm er Dakotas Hände und säuberte sie sanft von dem Rest des Zuckergusses, der an ihren Fingern klebte.

»Meine Aufgabe war es nicht nur, dich in Sicherheit zu bringen, sondern auch eine Beschreibung des Mannes zu bekommen und vielleicht sogar eine Skizze anzufertigen, damit die Regierung weiß, nach wem sie sucht, und das Bild in die Datenbank zur Gesichtserkennung aufnehmen kann. Auf diese Weise kann er festgenommen werden, falls er jemals wieder einen Flughafen betritt.«

Dakota legte ihre Hand auf seine und stoppte ihn. Sie

sah ihm in die Augen. »Slade, der Mann, der vorgegeben hat, eine der Geiseln zu sein, bevor er eine zwanzigminütige Rede gehalten und anschließend dem anderen Mann befohlen hat, sich in die Luft zu jagen, war Amerikaner.«

Slade verschränkte seine Finger mit ihren. »Bist du dir sicher?«

Sie nickte. »Absolut. Er hatte blaue Augen und blondes Haar. Er hatte außerdem einen New Yorker Akzent. Ich weiß, dass Menschen Akzente vortäuschen und ihr Aussehen ändern können, aber ich habe keine Zweifel daran, dass dieser Kerl Amerikaner ist.«

»Hat er sich jemals als Aziz ausgegeben?«

»Nein, ich hatte diesen Namen noch nie gehört, bis du mir davon erzählt hast.«

»Dann könnte es sein, dass es sich nicht um dieselbe Person handelt«, sagte Slade mehr zu sich selbst als zu Dakota. »Erzähl mir vom Flughafen«, forderte er sanft.

»Ich habe wie alle anderen in der Schlange für die Sicherheitskontrollen gewartet. Dann habe ich Schreie gehört und mich umgedreht, um zu sehen, was los war. Da waren zwei Männer, die mit Gewehren herumfuchtelten und schrien. Sie richteten ihre Waffen auf die Menschengruppe in meiner Schlange und befahlen uns, ihnen zu folgen. Sie trieben uns durch eine Tür, auf der ›Nur für Mitarbeiter‹ stand. Ich glaube, einer von ihnen hatte den Code oder eine Karte, um die Tür zu entriegeln. Ich habe keine Ahnung. Wie auch immer, wir wurden alle den Flur entlang und durch eine weitere Tür in einen Raum geführt. Vielleicht ein Pausenraum oder so etwas für die Mitarbeiter. Alle hatten furchtbare Angst und weinten. Einer der Männer hatte einen Sprengstoffgürtel um seine Brust geschnallt und gab diesem Aziz eine Pistole. Er zog mich an den Haaren und hielt die Waffe an meinen Kopf, während er sprach. Er hatte einen Arm um meinen Oberkörper gelegt und drückte die Mündung seiner Waffe an meine Schläfe. Er sagte, Amerika sei verloren. Niemand würde mehr die Bedeutung des Glaubens verstehen und der Koran wäre die Antwort. Er sagte, dass es nach einer großartigen Tat verlangte, um alle dazu zu bringen, sich ihrer Sterblichkeit zu stellen und sich den Offenbarungen Gottes gemäß dem Koran zuzuwenden.«

Sie flüsterte jetzt nur noch. Slade hasste die Angst, die er in ihren Augen sehen konnte, als sie sich an diese schreckliche Erfahrung erinnerte, die sie durchgemacht hatte, aber er ließ sie weitersprechen. Er musste erfahren, was auf diesem Flughafen passiert war. Und sie musste es rauslassen, damit sie darüber hinwegkommen konnte.

»Unter den Geiseln war ein jüngerer Mann, der aufstand und Aziz herausforderte. Es ist schrecklich, dass ich nicht einmal weiß, wie er hieß. Er hat ihn einfach erschossen. Er nahm die Pistole von meiner Schläfe und schoss auf den Mann, der für mich eingetreten war. Dann drückte er sie wieder gegen meinen Kopf. Der Lauf war noch heiß und es tat weh. Die anderen fingen an, noch lauter zu schreien und zu weinen, als der Mann blutend auf dem Boden lag und starb. Aziz war das egal. Er begann, darüber zu sprechen, wie jeder Anführer eine Frau an seiner Seite brauchte, die ihn unterstützte und Kinder haben müsste, um die Dynastie fortzusetzen.«

Slade konnte es nicht mehr aushalten. Er schob seinen Stuhl ein paar Zentimeter zurück und griff dann nach Dakotas Hand. Er zog sie hoch und auf seinen Schoß. Sie kuschelte sich an ihn, als hätten sie genau das schon Hunderte Male getan. Er war groß. Mit seinen ein Meter fünfundneunzig waren die meisten Sitzmöbel unbequem für ihn. Aber im Moment fühlte er sich wohler als je zuvor. Er würde einfach hier sitzen und Dakota in seinen Armen halten, solange sie ihn brauchte.

Er legte seine große Hand hinter ihren Kopf und hielt sie fest an sich, als sie fortfuhr.

»Ich wusste, dass er über mich sprach und dass er nicht vorhatte, selbst zum Märtyrer für seine Sache zu werden, wie ich zuerst gedacht hatte. Er redete weiter und sah ständig auf die Uhr, als würde er auf eine bestimmte Zeit warten. Dann nickte er dem Kerl mit dem Sprengstoff zu und feuerte in die Luft. Ich glaube, um den anderen Angst zu machen. Anschließend zog er mich hinter sich her, während er schnell wegging. Ich wusste, dass er mich zu seiner Sexsklavin machen und mich einsperren würde, wenn ich nicht von ihm wegkäme. Sobald wir den Raum verlassen hatten, habe ich ihn angegriffen.«

»Das war schlau von dir«, murmelte Slade und unterbrach sie zum ersten Mal.

»Nicht wirklich«, entgegnete sie. »Ich habe ihm zwischen die Beine getreten und er ist zu Boden gegangen. Aber ich hatte ihn nicht außer Gefecht gesetzt. Ich wollte zur Tür laufen, die zurück zum Terminal führte, aber er hat mich eingeholt und zu Boden geworfen. Er kniete sich über mich und flüsterte: ›Gut zu wissen, dass meine zukünftige Frau Mut hat. Den wirst du brauchen.‹ Dann beugte er sich vor, als wollte er mich küssen, aber dann ging die Sprengladung hoch. Ich weiß nicht, ob der Typ sie zu früh ausgelöst hatte, aber ich sah Überraschung und Wut in den Augen des Mannes, bevor die Decke über uns einstürzte.«

»Sein Körper hat dich vor den Trümmern geschützt«, vermutete Slade.

Sie nickte. »Das meiste, ja. Und es hat ihn außer Gefecht gesetzt. Ein Stein hat meinen Arm getroffen und ihn gebrochen. Ich hatte solche Angst und der Kerl lag regungslos mit seinem vollen Gewicht auf mir. Ich habe mich herausgezwungen in der Hoffnung, dass er tot war, und bin zurück zum Terminal gelaufen. Es herrschte Chaos und niemand bemerkte, dass ich aus dem Raum gekommen war, in den die Terroristen gegangen waren. Ich war nur einer von vielen verzweifelten Menschen, die versuchten, aus dem Gebäude zu kommen. Ich habe mich unter die Menschenmenge gemischt.«

Sie verstummte und Slade ließ sie ihr einen Moment Zeit. Ein paar Minuten und ein paar tiefe Atemzüge später fuhr sie fort: »Ich dachte, ich wäre ihm entkommen, aber kurze Zeit später habe ich herausgefunden, dass er nicht tot war.«

»Woher wusstest du das?«, fragte Slade.

»Etwa eine Woche nach meiner Rückkehr zur Arbeit bekam ich Geschenke von einem anonymen Absender in mein Büro geliefert. Ich wusste sofort, von wem sie waren, denn sie waren an ›Meine zukünftige Braut‹ adressiert. Ich kenne niemanden, der so etwas tun würde. Ich bin keine Frau, die heimliche Verehrer hat. Ich habe an dem Tag gekündigt, an dem mir eine der Zweitklässlerinnen in meiner Schule eine Schachtel mit einer roten Schleife brachte. Sie sagte, dass ein Mann ihr das Geschenk vor der Eingangstür gegeben und ihr gesagt hatte, sie solle es zu mir bringen.«

»Was war drin?«, fragte Slade, als sie nicht fortfuhr.

»Eine Handgranate aus Plastik«, sagte Dakota und richtete sich auf seinem Schoß auf. »Der Mistkerl hatte nicht nur mich, sondern auch alle Kinder in der Schule bedroht. Ich habe die Polizei eingeschaltet und die Beamten haben die Bedrohung zwar ernst genommen, konnten aber nicht viel tun. Es gab keine Fingerabdrücke und das kleine Mädchen konnte die Person, die ihr die Schachtel gegeben hatte, nicht wirklich beschreiben.«

»Also hast du gekündigt.«

»Ich habe gekündigt«, bestätigte sie. »Ich wollte nicht, aber was hätte ich sonst tun sollen? Er würde mich nicht in Ruhe lassen, das wusste ich. Verdammt, er hat es mir selbst gesagt. Dann wurde es noch schlimmer, als mein Apartmentgebäude niedergebrannt wurde. Ich weiß, dass er dahintersteckte. Er wollte mich so lange einschüchtern, bis ich so verängstigt wäre, dass ich allem zustimmen würde, was er wollte.«

»Aber dafür bist du zu zäh.«

Sie lachte leise. Es war ein trauriges Geräusch, das ihre Hoffnungslosigkeit zum Ausdruck brachte. »Da bin ich mir nicht so sicher. Ich bin zu meinem Vater gefahren und habe mich verabschiedet. Ich habe ihm gesagt, dass er vorsichtig sein und niemandem vertrauen soll, der ihn aufsuchen würde. Ich wollte eigentlich bis an die Ostküste fahren, so weit weg von Kalifornien wie möglich, aber ich habe es nur bis nach Las Vegas geschafft. Und jetzt bin ich hier.«

»Warum ausgerechnet Rachel?«, fragte Slade aufrichtig interessiert.

»Ich hatte nicht vor hierzubleiben. Ich habe ein paar Leute getroffen, die mir alles über die Gegend erzählt haben und wie cool es hier wäre. Ich dachte, dass es nach einem guten Ort klang, um sich eine Weile dort zu verstecken, bis ich herausgefunden hätte, was ich als Nächstes tun würde. Aber ich hatte nicht damit gerechnet, dass es hier keine Tankstelle geben würde und ich nicht mehr genug Benzin im Tank hätte, um bis zum nächsten Ort zu fahren.« Dakota zuckte die Achseln.

Er versuchte, sein Lachen noch zu unterdrücken, aber als sie zu ihm aufsah und selbst das Gesicht verzog, konnte er es nicht mehr zurückhalten. Er warf den Kopf in den Nacken und lachte laut los. Sie schloss sich ihm an und sie lachten darüber, welche Scherze das Leben manchmal für sie bereithielt.

Unter ihrem Lachen erklärte sie: »Das Benzinproblem habe ich schnell gelöst, aber je mehr ich darüber nachdachte, desto mehr wurde mir klar, dass Rachel ein großartiges Versteck war. Ich werde in bar bezahlt, kann etwas Geld sparen und muss meine Kreditkarten nicht benutzen. Es kommen nicht viele Leute hierher, sodass ich leicht im Auge behalten kann, wer kommt und geht.«

Slade hatte sich endlich unter Kontrolle und sagte: »Ich denke, hier draußen zu bleiben war wirklich eine gute Idee. Als hättest du dich direkt in der Öffentlichkeit versteckt.«

»Ja, vermutlich.«

»Es tut mir leid, dass du all deine Sachen in dem Feuer verloren hast.«

»Das braucht es nicht. Es war nur Kram. Mein Vater hat immer noch Bilder von meiner Mutter, deshalb ist es nicht einmal so schlimm, dass ich diese Fotos verloren habe. Mir tut es mehr leid um die anderen Familien, die all ihr Hab und Gut verloren haben, nur weil ein Mistkerl glaubt, dass er sich nehmen könnte, was er will. Wenn du mich fragst, ist er weniger ein Terrorist als ein Riesenbaby.«

»Kannst du ihn für mich beschreiben?«

»Er ist ungefähr so groß wie ich. Eins fünfundsiebzig oder so. Er hat kurzes blondes Haar, zumindest hatte er es vor ein paar Monaten. Blaue Augen, blasse Haut. Auf dem Flughafen war er wirklich gut gekleidet ... schicke Hose, Polohemd und eine Aktentasche. Ich weiß nicht, ob es nur eine Requisite war. Er sah ziemlich jung aus. Wahrscheinlich ist er Mitte bis Ende zwanzig. Er war muskulös und sah ehrlich gesagt aus wie ein Geschäftsmann auf dem Weg zu einem Termin.« Dakota setzte sich gerade auf Slades Schoß und sah ihm in die Augen.

»Er sah aus wie der nette Junge von nebenan, Slade. Völlig harmlos, was die ganze Sache umso beängstigender macht. Als er sich auf dem Flughafen über mich gebeugt hat, habe ich nichts als das Schwarze in seinen Augen gesehen. Ich glaube nicht, dass er sich wirklich für Religion interessiert. Er will nur Leute töten. Das macht ihn an.«

Slade schloss die Augen. Er war erleichtert darüber, dass Dakota ihm entkommen war, aber er war auch frustriert, dass sich die Suche nach dem Terroristen nun noch schwieriger gestalten würde. Ein Mann mit seinem Aussehen könnte sich überall in Amerika verstecken, ohne aufzufallen.

»Ihr werdet ihn nicht finden können, oder?«, fragte Dakota. Offensichtlich kannte sie ihn bereits besser, als er gedacht hatte.

Slade öffnete die Augen und sah sie direkt an. »Wir werden ihn finden.«

»Aber wie? Er ...«

»Süße, du wirst dir nicht für den Rest deines Lebens Sorgen um diesen Kerl machen müssen. Ich kenne Leute, die Leute kennen, die Leute kennen. Sie werden ihn finden. Kann ich für eine Sekunde das Thema wechseln?«

»Oh ... nun ... ja, ich denke schon«, sagte sie unsicher. Offensichtlich war sie noch nicht fertig mit dem Thema Aziz.

Slade schlang seine Arme um ihre Taille und fragte: »Fühlst du das?«

Sie zögerte einen Moment, nickte dann aber schüchtern, ohne zu fragen, was er meinte.

»Ja, wir sind seit weniger als zwölf Stunden zusammen und ich kann ohne Zweifel behaupten, dass du irgendwie zu dem Kostbarsten in meinem Leben geworden bist. Ich habe Nichten und Neffen und ich liebe meine Familie, aber noch nie in meinem Leben habe ich mich so gefühlt wie jetzt hier mit dir in meinen Armen.«

»Wir kennen uns nicht einmal«, protestierte sie.

»Ich weiß.«

»Und wir sind zu alt für diesen Liebe-auf-den-ersten-Blick-Quatsch.«

»Du sprichts von dir?«, sagte Slade mit einem Grinsen. »Ich bin vielleicht achtundvierzig, aber ich bin nicht tot, Süße. Ich war vier Jahre lang mit meiner Ex-Frau verheiratet und kein einziges Mal habe ich auf diese Art für sie empfunden.«

»Auf welche Art?«

»Als würde ich etwas Kostbares verlieren, wenn ich nur den Blick von dir abwende. Dass ich dich so fest an mich drücken will, bis ich mich nicht mehr daran erinnern kann, wie es sich anfühlt, dich nicht in meinen Armen zu haben. Als würde ich sterben, wenn ich dich nicht sofort küsse.«

Er hielt den Atem an und hoffte, dass er sie nicht verängstigt hatte.

Anstatt ihm zu antworten oder über seine Worte zu lachen, beugte Dakota sich langsam zu ihm vor. Ihr Blick fiel auf seine Lippen, und die Erektion, die Slade mit bloßer Selbstkontrolle zurückgehalten hatte, erwachte wieder zum Leben bei dem Verlangen, das er in ihren Augen sah.

Sie hob eine Hand und legte sie an seinen Hals. Ihre Finger berührten die empfindliche Haut hinter seinem Ohr und mit dem Daumen streichelte sie über den Bart in seinem Gesicht.

»Ich habe noch nie zuvor einen Mann mit Bart geküsst.«

»Dann denke ich, es ist an der Zeit, dass du es tust«, sagte Slade, ohne sich auch nur einen Zentimeter zu bewegen. Er wollte, dass sie sich nahm, was sie wollte. Er wollte sicher sein, dass sie es tun wollte.

Dakota zog ihn an sich und küsste ihn.

Sie küsste *ihn*.

In der Sekunde, in der ihre Lippen seine berührten, übernahm Slade die Kontrolle. Es war genug, dass sie den ersten Schritt gemacht hatte, er konnte sich nicht länger zurückhalten. Er neigte den Kopf, nahm ihr Gesicht zwischen seine Hände und verschlang sie. Es war kein zarter erster Kuss, es war eine Beanspruchung.

Slade schob seine Zunge durch ihre kaum geöffneten Lippen, als würde er sterben, wenn er in der nächsten

Sekunde nicht in sie eindringen könnte. Ihre Zungen duellierten sich, als sie sich küssten. Als Dakota sich zurückzog, um Luft zu holen, folgte Slade ihr und gab ihr nicht mehr als eine Sekunde Pause, bevor er ihren Mund wieder für sich beanspruchte.

Es fühlte sich an, als würde ihr Kuss Stunden andauern. Sie schmeckte nach Zucker und Pfefferminze. Er wusste, dass er sich für den Rest seines Lebens nach diesem Geschmack sehnen würde. Slade bemerkte schnell, dass es ihr gefiel, wenn er etwas rauer war. Sie verschmolz mit ihm, als er leicht an ihrer Unterlippe knabberte und daran saugte. Mit seiner Wange strich er über ihre und lächelte, als ihr ein tiefes Stöhnen entwich, als er mit seinem Bart über ihre empfindliche Haut fuhr.

Irgendwann mitten in ihrem Kuss hatte sie sich auf seinem Schoß herumgedreht und saß jetzt mit gespreizten Beinen auf ihm. In demselben Rhythmus, mit dem er an ihrer Lippe saugte, rieb sie sich an seinem Schwanz.

Als er ihr endlich etwas Raum ließ, um Luft zu holen, lehnte er seine Stirn gegen ihre und zog ihre Hüften fest an sich, während beide versuchten, wieder zu Atem zu kommen.

»Ich glaube, ich kann mit Sicherheit sagen, dass ich dich auch mag«, sagte sie mit einem kleinen Lächeln.

Er verzog den Mund, blieb aber ernst und sagte: »Gut.«

»Ich hätte gedacht, dass dein Bart kratzt, aber er ist wirklich weich. Es fühlt sich gut an.«

»Ich bin froh, dass du ihn nicht hasst. Ich habe mich irgendwie daran gewöhnt.«

»Ich hasse ihn nicht«, sagte sie entschlossen. Einen

Moment saßen sie schweigend da. Dann fragte Dakota leise: »Sollte mir das peinlich sein?« Sie deutete mit dem Kopf auf ihren Schoß.

»Peinlich, dass ich fühlen kann, wie heiß und feucht du bist, nur durch unseren Kuss? Nein, verdammt! Du kannst sehen und fühlen, wie gut es mir gefallen hat.«

Bei seinen Worten presste sie sich noch einmal auf seinen steinharten Schwanz und er lächelte sie an.

»Dies ist der Anfang von uns«, erklärte er bestimmt. »Es ist mir egal, was die Zukunft bringt. Das werde ich nicht mehr aufgeben. Ich werde dich nicht mehr aufgeben.«

»Wahrscheinlich liegt es an der Gefahr«, sagte Dakota zu ihm. »Wenn das alles vorbei ist, wirst du dich anders fühlen.«

»Wollen wir wetten?«, fragte Slade.

»Was?«

»Eine Wette! Ich wette fünfzig Pfefferminzmokkas und Donuts mit Ahorn-Zuckerguss, dass ich dich immer noch genauso sehr will wie in diesem Moment, wenn Fourati tot ist.«

»Oh ... ähm ... okay. Und wenn es nur die Hitze des Augenblicks war?«

»War es nicht.«

»Aber es ist keine Wette, wenn nicht beide Seiten etwas einsetzen, Slade.«

Er grinste. »In Ordnung, wenn ich dich, nachdem Fourati endgültig aus deinem Leben verschwunden ist, nicht mehr genauso will, wie ich es jetzt gerade tue, wenn ich mich nicht mehr stärker danach sehne, in dir zu sein, als nach meinem nächsten Atemzug, dann werde ich dir so viele Geschenkkarten geben, dass du dir auf Lebenszeit Kaffee und Donuts kaufen kannst. Und sollte ich es doch tun, dann werde ich dir für den Rest unseres Lebens jeden Morgen Kaffee und Donuts an unser Bett bringen.«

Dakota öffnete den Mund, um etwas zu erwidern, aber Slade bedeckte ihn schnell mit seiner Hand.

Es war, als wäre in ihm ein Schalter umgelegt worden. Er verlor die entspannte, lockere Stimmung, die er gehabt hatte, als sie über die Wette sprachen, und war plötzlich sehr ernst.

»Schhh«, forderte er eindringlich und stand gleichzeitig mit ihr auf.

Dakota nickte und er nahm seine Hand von ihrem Gesicht und fuhr mit seinem Daumen über ihre Lippen, um sich zu entschuldigen, dass er so grob gewesen war. Er ließ den Blick durch das Innere des kleinen Raumes wandern.

Ein leises Geräusch kam erneut von der anderen Tür des Wohnwagens.

Slade verschwendete keine Zeit. Er schob sie in den Raum, in dem sie geduscht hatte, und griff dabei nach ihrem Rucksack. Leise schloss er die Tür und verriegelte sie. Er wandte sich an Dakota und schob wortlos den Rucksack über ihre Schultern.

Schweigend ging er zum Fenster und zog die Jalousien einen winzigen Spalt auseinander, um hinaussehen zu können. Als er nichts Auffälliges entdeckte, zog er leise an der Schnur, um die Jalousie zu öffnen, und öffnete das Fenster. Gott sei Dank gab es kein Fliegengitter.

Er streckte Dakota seine Hand entgegen und sagte

leise: »Wir müssen verschwinden, Süße. Sieht so aus, als wäre unsere Zeit abgelaufen.«

»Aziz?«, fragte Dakota flüsternd.

»Oder seine Schläger. Aber wir werden nicht abwarten, um es herauszufinden.«

Slade war froh, die Entschlossenheit in ihrem Gesicht zu sehen. Sie schien keine Angst zu haben. Er nahm ihre Hand und drückte sie. »Ich gehe zuerst raus, dann helfe ich dir. Brauchst du noch etwas aus deinem Wagen, das nicht in deinem Rucksack ist?«

Dakota schüttelte den Kopf und flüsterte: »Ich habe meine Sachen, wenn es geht, immer bei mir – ein paar Wechselsachen und ein paar persönliche Gegenstände, nur für den Fall.«

»Gut, mein Motorrad steht neben dem Restaurant. Ich habe den Tank gestern Abend mit dem Benzin aus dem Ersatzkanister aufgefüllt. Es ist alles bereit und wir sollten es mit einer Tankfüllung zurück in die Zivilisation schaffen. Es gibt jedoch nicht viel Deckung zwischen hier und meinem Motorrad, also müssen wir laufen. Bereit?«

Sie nickte, zog aber an seiner Hand, als er aus dem Fenster kletterte. »Ich bin noch nie auf einem Motorrad mitgefahren, Slade.«

Er verbrachte wertvolle Sekunden damit zu überlegen, ob er sich vorbeugen und sie hart küssen sollte. »Du musst dich lediglich festhalten, Süße. Ich werde nicht zulassen, dass dir etwas passiert. Vertrau mir.«

»Das tue ich.«

»Gut, dann lass uns verschwinden.« Slade ließ ihre Hand los und kletterte schnell aus dem Fenster. Weil er so groß war, berührten seine Füße bereits den Boden, bevor er ganz draußen war. Er packte Dakota, als sie hinterherkam, und setzte sie neben sich ab.

Ohne ihre Hand loszulassen, trat Slade leise an die Seite des Wohnwagens und lugte um die Ecke. An der Tür stand ein Mann aus dem Nahen Osten, der am Schloss herumfummelte. Offensichtlich nicht Fourati, wenn Dakotas Beschreibung richtig war, sondern sicherlich einer seiner Handlanger. Er fragte sich kurz, wie der Mann sie gefunden hatte, hatte aber keine Zeit, länger darüber nachzudenken. Es war sowieso nicht relevant. Es war egal, ob es der letzte oder der erste Wohnwagen war, den er überprüfte. Er war jetzt hier und es war Zeit für sie zu verschwinden.

Er wandte sich an Dakota und zog sie zurück in die Richtung, aus der sie gekommen waren. Vorsichtig spähte er um die andere Ecke des Wohnwagens und sah niemanden. »Neuer Plan. Siehst du diesen Pritschenwagen?« Er zeigte auf den verrosteten Rumpf eines alten Wagens, der etwa acht Meter vom Wohnwagen entfernt stand.

Sie nickte.

»Versteck dich dahinter. Komm nicht raus, egal was du hörst, verstanden?«

»Aber ...«

»Dakota, ich war ein SEAL. Ich schaffe das. Aber du musst mir helfen. Wenn ich mir Sorgen um dich mache, kann ich nicht das tun, was ich tun muss. Bitte, du musst dich verstecken. Hock dich hinter diesen alten Wagen und warte, bis ich dich hole.«

»Okay, aber bitte stirb nicht«, flüsterte sie ängstlich.

Er verzog die Lippen. Sie war ein bisschen lustig, auch wenn sie es nicht wollte. »Ich werde nicht sterben.

Jetzt tu, was ich dir gesagt habe. Du wirst es hören, wenn ich komme. Halte dich bereit.«

»Soll ich auf dein Motorrad aufspringen, während du vorbeifährst, so wie sie es früher im wilden Westen mit Pferden getan haben?«

Diesmal konnte er sich ein Lächeln nicht verkneifen, es war zu komisch. »Nein, Schlaumeier. Ich werde anhalten. Wenn wir genügend Zeit haben, kannst du den Helm aufsetzen, den ich für dich gekauft habe.«

»Du hast mir einen Helm gekauft?«

Slade verdrehte die Augen. »Ja, und jetzt geh!«

Ohne zu zögern, stellte sie sich auf die Zehenspitzen, küsste ihn und lief dann hinüber zu dem verrosteten Pritschenwagen. Slade spürte, wie seine Lippen kribbelten, wo sie ihn berührt hatte. Er leckte darüber, als er beobachtete, wie sie hinter der zweifelhaften Deckung verschwand, die das verrostete Fahrzeug bot.

Slade ging zurück zur Vorderseite des Wohnwagens. Er wartete, bis der Mann eingetreten war. Er hatte keine Ahnung, ob der Kerl allein war – wahrscheinlich nicht. Er durfte sich also keine Fehler erlauben.

Slade vergewisserte sich, dass ihn niemand beobachtete, als er leise nach dem Mann den Wohnwagen betrat. Er musste Dakota aus der Stadt wegbringen, aber er konnte dieses Arschloch nicht einfach frei herumlaufen lassen. Es wäre nicht gut für sein Gewissen, wenn der Kerl das A'Le'Inn in die Luft sprengen oder jemanden in der Stadt töten würde, während er nach Dakota suchte.

Fünf Minuten später lag der Mann bewusstlos und gefesselt im Wohnwagen und Slade lief zur Kneipe hinüber. Er musste Pat und Connie warnen, dass möglicherweise weitere Terroristen in der Gegend lauerten, und sie dazu bringen, die Polizei zu rufen. Es würde wahrscheinlich eine Weile dauern, bis Hilfe eintraf, aber zumindest das Arschloch im Wohnwagen würde bis dahin keinen Ärger mehr machen.

Slade vermutete, dass der Mann mit einem oder mehreren Partnern gekommen war, hatte aber keine Zeit mehr, um sie aufzuspüren. Er würde die Besitzer warnen, damit sie sich in Sicherheit bringen konnten, bevor er von hier verschwinden würde.

In der Sekunde, in der die Komplizen des Mannes bemerken würden, dass er ausgeschaltet worden war, wären sie Slade und Dakota auf der Spur. Wenn sie fliehen wollten, brauchten sie einen Vorsprung. Es war nicht so, als könnten sie in der kleinen Stadt untertauchen, und es gab nur eine Straße, die aus Rachel hinausführte, und auf der gab es keine Deckung. Auch wenn es ihm nicht gefiel, im Moment wäre es die beste Idee zu verschwinden, anstatt eine unbekannte Anzahl von Terroristen aufzuspüren.

Er machte noch einen weiteren kurzen Stopp, bevor er zu seinem Motorrad eilte. Sie mussten außer Sichtweite sein, bevor er oder die Männer bemerkten, dass sie sich aus dem Staub gemacht hatten. Seine Handlungsweise könnte ihnen etwas Zeit verschaffen, aber Slade hatte das Gefühl, dass die Dinge gerade interessant wurden.

KAPITEL SECHS

Dakota hörte Slade, bevor sie ihn sah. Sie hatte sich so weit wie möglich hinter dem verrosteten alten Lastwagen verkrochen und hoffte, dass sie von der anderen Seite nicht zu sehen war.

Ihr Herz schlug wie wild und sie musste sich ständig zwingen zu bleiben, wo sie war, um nicht um den Pritschenwagen herumzuspähen, um nach Slade Ausschau zu halten. Er sagte, er würde kommen und sie holen, also musste sie bleiben, wo sie war, bis er kam.

Der Morgen war intensiv gewesen, daran bestand kein Zweifel. Aber was auch immer diese seltsamen Gefühle waren, die sie für Slade empfand, sie wurden offensichtlich erwidert. Sie hatte sich noch nie so stark zu einem Mann hingezogen gefühlt wie zu ihm. Sie hatte so lange Angst um ihr Leben gehabt, dass es sich gut anfühlte, wenn sich jemand darum kümmerte, wie es ihr ging.

Neben der körperlichen Anziehungskraft, die sie und Slade füreinander hatten, gab es aber noch mehr. Etwas fast Göttliches. Es war, als hätten ihre Seelen sich in der Sekunde erkannt, in der sich ihre Blicke trafen.

Dakota war eine Romantikerin. Das wusste sie und versuchte nicht, es zu verbergen. Sie las Liebesromane, schaute kitschige Filme und weinte jedes Mal am Ende von Aschenputtel. Aber sie hatte noch nie so einen Aha-Moment erlebt, in dem sie sich so sicher gefühlt hatte, wie in der Sekunde, in der sie den Mann traf, der dazu bestimmt war, ihr zu gehören. Mit ihren dreiundvierzig Jahren dachte sie bereits, dass es niemals passieren würde. Sie war in ihrem Leben schon auf siebenundsechzig Hochzeiten gewesen. Siebenundsechzig! Wenn andere Lehrer an ihrer Schule heirateten, wurde sie unweigerlich eingeladen und musste hingehen. Und jedes Mal fühlte es sich mehr an wie ein Pfahl, der durch ihr Herz getrieben wurde, wenn sie zusehen musste, wie sich ihre Freunde und Kollegen mit ihren Seelenverwandten das Jawort gaben. Zu wissen, dass sie das wahrscheinlich niemals haben würde, tat weh.

Aber jetzt war sie hier, auf der Flucht vor einem Terroristen, der sie zu seiner Liebessklavin machen wollte, ohne zu wissen, was die Zukunft für sie bereithielt, und es war endlich passiert. Slade Cutsinger war gestern Abend durch die Tür der Kneipe gekommen und mit einem Blick hatte sie gewusst, dass er ihr gehörte.

Das Erstaunliche war, dass es ihm anscheinend genauso ging. Aber er war in Gefahr, während sie sich wie ein Feigling versteckte. Plötzlich erschien ihr, im Versteck zu bleiben, doch nicht als der beste Plan.

Sie richtete sich auf und begann, den Sand von ihren Beinen zu klopfen. Sie war entschlossen dazu, mehr zu tun, als sich wie ein Feigling zu verstecken, als sie das Geräusch eines lauten Motors auf sich zukommen hörte.

Dakota hielt den Atem an und seufzte erleichtert, als Slade auf seiner Harley neben ihr anhielt.

»Steig auf, Süße. Wir haben gerade keine Zeit für den Helm. Wir werden in ein paar Minuten anhalten und es nachholen. Stell deinen linken Fuß dort auf die Fußstütze und schwing dein rechtes Bein herum. Sehr gut! Pass auf den Motor auf. Er wird sehr heiß. Achte darauf, dass du ihn mit deinen Waden nicht berührst, es wird sonst verdammt brennen. Halt dich fest. Nein ... warte. Gut. Auf geht's.«

Und mit dieser kurzen Einführung ins Motorradfahren startete er das Fahrzeug und Sand wurde von dem durchdrehenden Hinterrad aufgewirbelt, bis Slade nach ein paar Metern die schlingernde Maschine zwischen seinen Beinen unter Kontrolle hatte und sie davonschossen.

Dakota kniff die Augen zusammen und hielt sich an Slade fest, als hinge ihr Leben davon ab. Sie vermutete, dass ihre Finger von dem Druck, den sie auf seine Brust ausübte, wahrscheinlich weiß waren. Ihren Oberkörper hatte sie an seinen Rücken gepresst und der Wind wirbelte ihr durchs Haar. Der Knoten, zu dem sie es nach dem Duschen zusammengesteckt hatte, hatte sich schnell gelöst, als sie mit einer scheinbar wahnsinnigen Geschwindigkeit die Straße entlangrasten.

Sie hielt die Augen geschlossen, als sie sich von Rachel entfernten. Dakota hatte keine Ahnung, in welche Richtung sie überhaupt fuhren, aber im Moment war es ihr egal. Slade würde sich um sie kümmern ... daran hatte sie keinen Zweifel.

Nach einer gefühlten Ewigkeit, die wahrscheinlich nur etwa fünfzehn Minuten lang gewesen war, spürte Dakota, wie das Motorrad langsamer wurde. Sie wartete, bis sie vollständig angehalten hatten, bevor sie die Augen öffnete. Slade hatte seinen Kopf zu ihr herumgedreht und sah sie an.

»Bist du okay?«

Sie nickte zitternd.

Er legte seine Hand um ihre Finger, mit denen sie immer noch seinen Bauch umklammerte. »Komm schon, Süße, wir haben nicht viel Zeit, aber ich muss mich um dich kümmern, bevor wir weiterfahren. Lass mich kurz los.«

Dakota zwang sich, ihren Griff zu lockern. Sie war überrascht, wie steif und kalt ihre Finger waren.

»Ich habe ein Paar Handschuhe für dich. Es tut mir leid, dass du so lange warten musstest, aber ich musste mich noch um etwas kümmern, bevor ich dich abholen konnte.«

»Dich um etwas kümmern?«, fragte sie und neigte den Kopf.

»Ich konnte nicht zulassen, dass das Arschloch, das in den Wohnwagen eingebrochen ist, möglicherweise seinen Frust darüber, dass du abgehauen bist, an den Einwohnern von Rachel auslässt.«

»Hast du ihn getötet?«

»Nein, aber er wird sich in nächster Zeit nicht danach fühlen, irgendetwas zu tun. Komm schon, steig ab und lass mich dich richtig ausstatten.«

Zu »richtig ausgestattet« gehörte eine Lederjacke, die genau ihre Größe hatte, Handschuhe und ein Helm. »Es tut mir leid, aber dein Rucksack wird nicht in meine Seitentasche passen. Kannst du ihn tragen?«

»Natürlich, das ist kein Problem«, sagte sie zu ihm. »Warst du dir so sicher, dass du mich finden würdest?«

»Was meinst du?«

»Du hast eine Jacke für mich, die übrigens perfekt passt, Handschuhe in meiner Größe und einen Helm.«

Slade legte seine Hände auf ihre Schultern und drehte sie um, sodass sie mit dem Rücken zu ihm stand. Er fing an, ihr langes, zerzaustes Haar sanft mit den Fingern durchzukämmen. »Ich war mir sicher, dass ich dich finden würde«, bestätigte er. »Weil ich nicht aufgehört hätte, nach dir zu suchen, bis du in Sicherheit wärst.«

Dakota schluckte schwer bei dem Gefühl seiner Hände in ihren Haaren und sagte nur: »Okay.«

»Okay«, stimmte er zu und begann dann, ihre Haare zu flechten.

»Warum machst du das?«, fragte sie leise.

»Weil wir noch einen Moment Zeit haben. Und wenn ich es nicht tue, wird es sich weiter verheddern. Und ...« Er machte eine dramatische Pause und sie spürte, wie er sich an sie lehnte. »Es gibt mir einen Grund, mit meinen Händen durch deine Haare zu fahren.«

Sie kicherte, protestierte aber nicht. Er beendete schnell den einfachen Zopf und befestigte ihn mit ihrem Haargummi. Dann drehte er sie zu sich um und hob den Helm auf. Er schob ihn sanft über ihren Kopf und wackelte leicht daran. »Wie fühlt sich das an? Zu eng? Zu locker?«

»Nein, es scheint okay zu sein. Nicht dass ich wüsste, wie ein Motorradhelm sitzen sollte.«

»Lass es mich wissen, wenn es irgendwo drückt, sobald wir losfahren.« Damit schloss Slade den Riemen unter ihrem Kinn und starrte sie für einen langen Moment an.

»Was?«, fragte sie nervös. »Sieht es dumm aus?«

»Nein, Dakota, es sieht nicht dumm aus. Es sieht großartig aus. Du siehst großartig aus. Ich kann einfach nicht glauben, dass du hier bist – hinter mir auf dem Sitz meines Motorrads. Ich weiß, dass die Umstände nicht die besten sind, aber es tut mir nicht im Geringsten leid. Ich bin so glücklich, hier bei dir zu sein.«

»Ich bin auch froh, dass du hier bei mir bist«, sagte sie leise.

Dann tippte er ihr mit seinem Finger auf die Nasenspitze und lächelte sie an. »Wir müssen weiter. Diesmal darfst du deine Augen öffnen«, neckte er, schwang sein Bein über die Harley und sah sie erwartungsvoll an.

Sie ignorierte seinen Witz über ihre Augen und sagte: »Bist du dir sicher, dass wir nicht verfolgt werden?«, fragte Dakota, als sie sich hinter ihn setzte. Sie legte ihre Arme zögernd um seine Taille. Sie war sich nicht sicher, wohin damit, solange sie nicht fuhren.

Ohne zu zögern, griff Slade nach ihren Händen und zog ihre Arme fest um seine Taille. Er schob ihre Hände übereinander, drückte sie dann gegen seinen Bauch und gab ihr einen nonverbalen Befehl, sich so an ihm festzuhalten.

Sie klammerte sich wieder an ihm fest, aber jetzt, mit Lederjacke und Handschuhen, war ihr nicht mehr so kalt und sie konnte fühlen, wie seine Muskeln sich unter ihren Händen und an ihrer Brust bewegten.

Er startete das Motorrad und drehte den Kopf herum,

damit sie ihn trotz des lauten Motors hören konnte. »Von dem Kerl, den ich ausgeschaltet habe, sicher nicht. Aber bei seinen Freunden bin ich mir nicht so sicher. Bei dem einzigen Wagen, der nicht auf dem Parkplatz gestanden hatte, als wir den Wohnwagen betreten haben, habe ich die Benzinleitung durchtrennt«, sagte er sachlich. »Sollte er also nicht allein gewesen sein, werden sie mit ihrem Wagen nicht weit kommen. Das sollte uns etwas Zeit verschafft haben, um es vor ihnen bis nach San Diego zu schaffen.«

Dakota zog unwillkürlich ihre Arme fester zusammen. »Zurück nach Kalifornien? Ist das eine gute Idee?«

Slades Blick traf ihren und die Sicherheit, die sie in seinen Augen sah, beruhigte sie, bevor er überhaupt ein Wort gesagt hatte. »Ich möchte, dass wir in vertrauter Umgebung sind. Ich kenne dort Leute, die uns helfen werden. Ich kann mit meinem Freund Tex Kontakt aufnehmen, der mir einen Überblick verschaffen kann, was Fourati vorhat. Ich weiß, dass es beängstigend ist, aber ich kann das schneller zu Ende bringen, wenn wir in Kalifornien sind.«

»Du wirst mich aber nicht als Köder benutzen, oder?«, fragte Dakota leise. Ihre Stimme war unter dem Dröhnen des Motors kaum hörbar. Sie machte sich Sorgen. Vielleicht war es feige von ihr, aber sie war nicht GI Jane. Sie war Leiterin einer Grundschule, um Himmels willen. Sie wollte diesen Aziz Fourati auf keinen Fall wiedersehen, auch wenn Slade und seine Freunde sie beschützten. Der Gedanke machte ihr Angst.

»Nein, verdammt«, sagte Slade kopfschüttelnd. »Ich würde dich niemals so in Gefahr bringen. Selbst wenn die Wahrscheinlichkeit, dass etwas schiefgeht, nur ein

Prozent wäre, würde ich das nicht tun. Und da dieser Fourati-Typ offensichtlich verrückt ist, weiß ich nicht, was er tun würde, wenn er dich in die Hände bekommt. Also nein, du wirst kein verdammter Köder sein.«

Dakota fand es etwas amüsant, dass Slade umso mehr fluchte, je emotionaler er wurde. Sie wollte ihn beruhigen und fuhr mit ihren Händen über seinen Bauch. »Okay, Slade, ist in Ordnung.«

»In Ordnung«, stimmte er zu und drehte sich wieder nach vorne um.

Doch bevor er nach dem Lenker griff, nahm er ihre rechte Hand und küsste ihre Handfläche, bevor er sie wieder auf seinen Bauch legte.

Dakota zog sich bei dieser zarten Geste der Magen zusammen. Durch die Handschuhe konnte sie seine Lippen nicht fühlen, aber irgendwie schien sie trotzdem die Wärme zu spüren.

Als sie losfuhren, bemerkte Dakota, dass sie sich immer noch nicht sicher war, in welche Richtung sie fuhren. Sie nahm an in Richtung Norden. Wahrscheinlich fuhren sie die Route 95 über Goldfield bis nach Las Vegas, bevor sie auf die Schnellstraße 15 fahren würden. Aber im Moment war es egal. Sie saß hinter diesem Mann auf seinem Motorrad und vertraute ihm bis ins Mark ihrer Knochen. Sie fühlte sich bei ihm so sicher wie schon lange nicht mehr.

Zehn Minuten später bemerkte Dakota, wie das Motorrad langsamer wurde. Es war noch früh am Morgen, aber die Sonne war bereits aufgegangen und hatte die kühle Luft genug erwärmt, sodass sie nicht mehr fror. Slades Körperwärme, die Lederjacke und der Helm trugen ebenfalls dazu bei.

»Warum halten wir an?«, fragte sie mit lauter Stimme über den Motorenlärm hinweg.

Slade hatte sich zu einem Elektronikteil vorgebeugt und antwortete ihr nicht sofort.

Dakota gab ihm Zeit und sah sich um. In der Ferne entdeckte sie eine Bergkette vor ihnen. Sie hatte keine Ahnung, wie weit sie entfernt war, weil man die Entfernung hier in der Wüste nur schwer einschätzen konnte. Es könnten drei oder dreißig Kilometer sein. Räumliches Denken war nicht ihre Stärke.

Am Himmel hingen große, fluffige Wolken und es wäre ein schöner Tag gewesen, wenn sie nicht auf der Flucht vor Schlägern gewesen wären, die sie in die Hände bekommen wollten.

»Wie geht es dir?«, fragte Slade.

»Mir geht es gut«, antwortete Dakota sofort.

»Nein, ich meine, wie geht es dir wirklich?«, wiederholte Slade seine Frage entschlossen.

Sie zog verwirrt die Augenbrauen zusammen. »Ich weiß nicht, was du meinst.«

»Du bist noch nie Motorrad gefahren. Es ist kalt und du warst die ganze Fahrt über angespannt. Der Morgen war stressig und ich würde gern alles tun, um diesen Stress so weit wie möglich zu reduzieren. Ich bin mir sicher, dass du von den Vibrationen des Motorrads und dem unbequemen Sitz Muskelkater in den Beinen bekommen wirst. Ich frage dich, wie es dir geht, damit ich entscheiden kann, welchen Weg wir nach Tonopah nehmen werden.«

»Was sind unsere Optionen?« Dakota ignorierte seine unglaublich akkurate Zusammenfassung ihres Morgens. Sie würde später Muskelkater haben, daran bestand kein

Zweifel. Slades Harley war groß ... er war schließlich ein großer Mann. Die Vibrationen hatten sich zunächst gut angefühlt, wie bei einem großen erotischen Massagegerät, aber nachdem sie eine Weile gefahren waren, wurde es zunehmend unangenehmer. Es fühlte sich an, als würden ihre Zähne immer noch klappern, obwohl sie sich nicht bewegten. Und ihr Intimbereich war nicht erregt, sondern eher taub.

Aber sie begann, Slade etwas besser zu verstehen, was verrückt war. Sie kannte ihn erst seit kurzer Zeit. Aber sie wusste ohne Zweifel, dass er in erster Linie dafür sorgen würde, dass es ihr gut ging ... auch wenn das nicht die beste taktische Entscheidung wäre. Sie war vielleicht nicht die stärkste Frau der Welt, aber sie wollte auf keinen Fall eine Last für ihn sein.

»Wir können auf der asphaltierten Straße weiterfahren. Bis Tonopah sind es noch etwa fünfundsechzig Kilometer. Die Straße führt nach Norden und dann nach Westen direkt bis in die kleine Stadt. Immer geradeaus, ohne Deckung.«

Dakota verstand seine Bedenken. Die Wüste war wunderschön, aber wenn sie kilometerweit sehen konnte, konnten es auch die Leute, die hinter ihr her waren. Wenn sie es schaffen würden, sie einzuholen, gäbe es keine Möglichkeit, sich irgendwo zu verstecken.

»Und was ist die andere Option?«, fragte sie.

Slade erklärte es ihr und sie schätzte es, dass er sie nicht wie ein Kind behandelte. Er zeigte nach links. »Diese unbefestigte Straße führt vorbei am Testflughafen bis nach Tonopah. Es ist eine sehr raue Strecke. Aufgrund des schlechten Zustands der Straße werden wir nicht sehr schnell fahren können.«

»Aber es ist sicherer«, stellte Dakota fest.

»Ja, das stimmt. Mit einem normalen Wagen können sie uns auf dieser Strecke nicht folgen. Sie müssten den langen Weg nehmen«, sagte Slade.

»Aber sie könnten schneller fahren und vor uns in Tonopah ankommen, oder?«

»Das ist möglich«, stimmte Slade zu. »Sie werden ihren Benzintank aber nicht reparieren können. Ich habe ein großes Loch hineingestochen. Aber wenn sie sich ein anderes Fahrzeug besorgen, könnten sie vor uns dort ankommen. Sobald wir den Highway 95 erreicht haben, wird es aber viel einfacher sein, uns zu verstecken, wenn es sein muss. Auf dem Weg nach Vegas gibt es kleine Städtchen.«

»Lass uns den unbefestigten Weg nehmen«, sagte Dakota entschlossen. »Wenn es sicherer ist, sollten wir es tun.«

Slade drehte sich um, damit er sie besser sehen konnte. »Es wird sehr ungemütlich werden«, warnte er. »Es wird wirklich staubig sein und ich kann garantieren, dass wir uns noch wünschen werden, auf der befestigten Straße geblieben zu sein, bevor wir dreißig Kilometer gefahren sind.«

»Wahrscheinlich«, stimmte sie zu. »Aber es gibt viele Dinge, die ich mir in den letzten Monaten gewünscht habe. Ich wünschte, ich hätte verschlafen und hätte es nicht rechtzeitig zum Flughafen geschafft. Ich wünschte, dass am Schalter zum Einchecken eine längere Schlange gewesen wäre, damit ich nicht Aziz in die Arme gelaufen wäre. Ich wünschte, ich hätte mich vergewissert, dass er tot war, bevor ich davongelaufen bin. Die kürzere Straße hier zu nehmen erscheint mir dagegen als ein Kinderspiel. Ich möchte nicht ohne Schutz und ohne Deckung mitten in der Wüste meinen Verfolgern ausgeliefert sein.«

»Ich habe nicht gesagt, dass ich dich nicht beschützen kann, Dakota«, sagte Slade leise. »Ich werde dich immer beschützen.«

Sie schluckte schwer, bevor sie erwiderte: »Ich betrachte es als ein Abenteuer. Ich bin noch nie Motorrad gefahren und das ist meine Chance. Genau wie ich noch nie zuvor einen Mann mit Bart geküsst hatte ... und das stellte sich als ganz okay heraus.«

»Nur ganz okay?«, fragte Slade mit einem Lächeln.

»Vielleicht ein bisschen mehr als okay. Ich muss da noch mehr Daten sammeln, um eine endgültige Entscheidung treffen zu können«, scherzte sie.

Er lächelte über ihre Antwort und beugte sich dann vor. »Wenn du eine Pause brauchst, zögere nicht, es mir zu sagen. Wir haben Zeit. Wir können anhalten und uns die Beine vertreten.«

»Mir geht es gut«, erwiderte sie, unsicher, ob das den Tatsachen entsprach. Aber sie versuchte, stark zu sein. »Slade?«

»Ja, Süße?«

»Glaubst du, wir könnten vielleicht ein Hotel mit Whirlpool finden? Ein warmes Bad könnte gut gegen den Muskelkater helfen, den ich vielleicht haben werde.«

»Ich denke, das werde ich hinbekommen«, sagte Slade.

Und irgendwie wusste sie, dass er das tun würde. Selbst mitten im Nirgendwo in Nevada würde Slade irgendwie ein Hotel mit Whirlpool finden, damit sie ihre schmerzenden Muskeln entspannen könnte.

»Hier«, sagte Slade und unterbrach ihre Gedanken,

»wickele das um dein Gesicht. Es wird den Staub von deiner Nase und deinem Mund fernhalten.« Er streckte ihr ein Tuch entgegen.

Dakota wusste nicht, wo er es herausgezogen hatte, aber es war egal. Sie nahm ihren Helm ab und band sich das Tuch um den Kopf. Es roch gut, nach Slade. Sie würde sich vielleicht unwohl und elend fühlen, aber sie würde Slades Geruch in der Nase haben. Damit konnte sie umgehen. Als sie ihren Helm wieder aufsetzte, bemerkte sie, dass Slade sich auch ein Tuch umgebunden hatte, und obwohl sie seinen Mund nicht mehr sehen konnte, erkannte sie an den Falten um seine Augen, dass er sie anlächelte.

»Ich werde noch ein Biker-Baby aus dir machen«, neckte er und fuhr dann mit seiner Hand über ihre Wange, bevor er sich wieder nach vorn drehte. »Bereit?«

»Ja«, bestätigte Dakota und versuchte, ihre Angst zu verbergen. »Fahren Sie los, James.«

Slade zog ihre Arme wieder um sich und nahm sich die Zeit, noch einmal ihre Hand zu heben, sein Tuch herunterzuziehen und ihr einen Kuss auf die Handfläche zu geben. Wieder konnte sie seine Lippen durch den Handschuh nicht fühlen, aber bei der zarten Geste lief ihr ein Schauer den Rücken hinunter.

»Los geht's«, sagte er, als er Gas gab. »Halt dich fest.«

Eine Stunde später dachte Dakota, sie würde gleich sterben, aber sie hielt sich weiter fest und war entschlossen, kein Trottel zu sein. Slade hatte sie gewarnt und ihr gesagt, dass es unangenehm werden würde. Sie dachte, sie könnte es wegstecken, aber nach ungefähr zehn Minuten Fahrt war ihr klar geworden, dass sie ihre Fähigkeiten, Dinge wegzustecken, überbewertet hatte.

SCHUTZ FÜR DAKOTA

Sie wollte nicht schwach wirken. Sie wollte nicht, dass Slade sah, wie erbärmlich sie war. Aber dieses Motorradfahren war alles andere als schön. Sie wollte runter von der Maschine. Lieber würde sie den Rest des Weges bis nach San Diego zu Fuß gehen, wenn sie dafür dieses Höllengefährt nicht mehr umklammern müsste.

Ihre Oberschenkel schmerzten vom Sitz, ihr Kopf brummte vom Lärm des Motors, ihre Finger und ihre Arme taten weh vom Festhalten und schließlich taten ihr sogar die Augen weh, weil sie ständig blinzeln musste, um Staub und Wind abzuhalten.

Sie war so fertig, dass sie es beinahe vorgezogen hätte, wenn Aziz sie gefunden und für seine Zwecke missbraucht hätte, nur um ihrem gegenwärtigen Elend zu entkommen.

Dakota merkte nicht einmal, dass Slade langsamer wurde, bis er den Motor abstellte und die Stille der Wüste sie überflutete. Sie hob ihren Kopf von seiner Schulter, wo sie ihn schon vor etlichen Kilometern angelehnt hatte, blinzelte und sah sich verwirrt um.

»Sind wir da?«

»Nein, Süße, aber du brauchst eine Pause.«

»Aber wir müssen weiterfahren.«

Er war vom Motorrad gestiegen, hatte seinen Helm gelöst und das Tuch von seinem Gesicht entfernt. Er tat dasselbe bei ihr und sagte: »Du hast dich tapfer geschlagen, aber wenn wir es bis heute Abend nach Goldfield schaffen wollen, musst du dir die Beine etwas vertreten. Du brauchst eine Pause.«

»Ich kann weiterfahren«, protestierte Dakota, obwohl sie bei dem Gedanken unweigerlich zusammenzuckte.

Slade zog ihr Tuch herunter, sodass es um ihren Hals

hing, und hängte ihren Helm neben seinen an den Lenker. »Ich habe das Gefühl, du kannst alles schaffen, was du dir in den Kopf gesetzt hast, aber du musst mir nichts vormachen. Ich weiß deine Sturheit zu schätzen, aber ich weiß auch, dass du eine Pause brauchst.«

»Woher?« Sie hasste es, dass sie so leicht zu durchschauen war.

»Du hast bei jedem Schlagloch gezuckt. Du hast mich so fest umklammert, dass ich mir sicher bin, dass du Muskelkater haben musst ... und wir haben noch nicht einmal die Hälfte der Stecke nach Tonopah geschafft. So wie du zitterst, ist es offensichtlich, dass du Kopfschmerzen und wackelige Beine hast, während du dort sitzt.«

»Verdammt«, murmelte Dakota, sah auf ihren Schoß hinunter und stellte fest, dass ihre Beine zitterten, während ihre Füße auf den Fußstützen des Motorrads ruhten.

»Heb dein rechtes Bein nach vorn über den Sitz und dreh dich zu mir um. Dann kannst du vom Sitz rutschen und landest mit beiden Füßen gleichzeitig auf dem Boden. Halt dich an mir fest. Ich werde dich nicht fallen lassen.«

»Das wird wehtun, oder?«, fragte Dakota rhetorisch, als sie seinen Anweisungen folgte. Sie wollte vom Sitz rutschen, aber Slade hielt sie fest. Er legte seine Hände an ihren Hals und neigte ihren Kopf zu ihm.

»Ich bin stolz auf dich, Süße.«

»Warum? Weil ich nicht länger als eine Stunde mitfahren kann, ohne wie ein Baby zu weinen? Weil ich so schwach bin, dass ich nicht allein stehen kann? Oder weil der Gedanke, wieder auf dieses Monster zu steigen und weiterfahren zu müssen, mich dazu bringt, mich hier in den Dreck schmeißen und weinen zu wollen?«

»Genau, weil du all diese Dinge fühlst, aber dich dadurch nicht zurückhalten lässt. Du bist nicht der erste Mensch, der nach seiner ersten Fahrt Muskelkater hat, aber ich glaube, andere Leute waren weder auf der Flucht vor irgendwelchen Arschlöchern noch sind sie eine Stunde lang über die schlimmste Buckelpiste gefahren, die sie jemals gesehen haben. Du musst dir keine Sorgen machen, allein zu stehen, denn ich bin hier und ich werde dich nicht fallen lassen. Und vielleicht möchtest du nicht wieder auf das Motorrad steigen, aber du wirst es trotzdem tun. Und genau deshalb wusste ich nach dem ersten Blick auf dein Foto, dass ich dich für mich haben wollte.«

Dakota war nervös und ihr war heiß. Sie scherzte: »Und was ist mit dem Weinen?«

»Lass es raus«, sagte Slade zu ihr. »Ich habe keine Angst vor ein paar Tränen. Ich hasse es, wenn ich dich weinen sehen muss, weil das bedeutet, dass du Schmerzen hast, aber wenn es dir hilft, deine Emotionen herauszulassen, dann tue es.«

Dakota schloss fest die Augen und atmete ein paarmal tief durch. Sie fühlte sich im Moment nicht sehr stark, aber zu wissen, dass Slade glaubte, sie wäre es, trug sehr dazu bei, dass sie sich besser fühlte.

Er nahm seine Hände von ihrem Nacken, legte sie auf ihre Taille, hob sie sanft vom Sitz und stellte sie vor sich. Sobald ihre Füße den staubigen Boden berührten, gaben ihre Knie nach. Sie wäre hingefallen, wenn er sie nicht festgehalten hätte.

»Ruhig, Dakota. Bleib einfach einen Moment stehen. Lass das Blut zurück in deine Füße fließen.«

»Ich kann nicht glauben, dass du das zum Spaß machst«, zischte sie, als ihre Beine von der Durchblutung bis zu den Zehenspitzen zu kribbeln begannen.

Er lachte leise in ihr Ohr. »Ich würde nicht behaupten, dass es Spaß macht, meine Harley auf so einer Straße zu fahren. Dazu würde ich lieber ein Cross-Motorrad benutzen.«

»Oh Gott, bitte sag es mir nicht. Du hast zu Hause eine Garage voller Motorräder.«

»Nein.«

»Gott sei Dank.«

»Ich lebe in einem Apartment. Die Motorräder stehen in der Garage eines Freundes«, sagte Slade grinsend.

»Du bist gemein«, sagte Dakota, lehnte sich ein wenig zurück und versuchte, allein zu stehen.

»Komm schon«, sagte Slade, legte einen Arm um ihre Taille und drehte sie zur Seite. »Ein Stück zu gehen wird dir guttun. Deine Beine brauchen etwas Bewegung.«

»Ich glaube, sitzen wäre besser, oder hinlegen und sich nie wieder bewegen«, sagte Dakota und rümpfte die Nase vor Schmerz, als sie anfing, sich zu bewegen. Sie wusste, dass sie mit eingeknickten Knien ging, aber Slade sagte nichts und machte sich nicht über sie lustig. Das würde sie als Gewinn verbuchen.

Er half ihr, einen kleinen Hügel hinaufzuhumpeln. Es kam ihr vor wie ein Berg, als sie ihn hinaufgingen, aber als sie oben ankamen, sah Dakota, dass es, verglichen mit der Bergkette, die sich vor ihnen erstreckte, nur ein winziger Hügel war.

Slade half ihr beim Hinsetzen, ließ sich dann hinter ihr nieder und zog sie an sich, bis sie sich an ihn lehnte. Dakota zog die Beine an, stellte ihre Füße flach vor sich auf den Boden und entspannte sich.

Er zeigte auf die Berge. »Der höchste Punkt dort ist Kawich Peak. Er ist knapp dreitausend Meter hoch.«

»Klettern Leute dort rauf?«, fragte Dakota, obwohl sie nicht wirklich interessiert war. Aber sie musste über etwas reden, um sich davon abzulenken, wie sehr ihr Körper schmerzte.

»Nicht viele hier draußen mitten im Nirgendwo«, lamentierte er.

Dakota kicherte. »Stimmt.«

»Aber noch schlimmer, siehst du dieses Gebüsch überall um uns herum?«

Dakota nickte.

»Ich habe gehört, dass es umso kratziger wird, je höher man kommt, bis es so schlimm ist, dass man nicht mehr weitergehen möchte.«

»Hast du mit jemandem gesprochen, der dort hochgeklettert ist?«, fragte Dakota überrascht.

»Nein, aber ich habe die Gegend studiert, bevor ich hergefahren bin. Ich wollte wissen, welche Möglichkeiten es gibt, falls wir uns verstecken müssen.«

Sie drehte den Kopf und sah ihn ungläubig an. »Du hattest vor, mit mir auf diesen Berg zu klettern?«

Er lächelte zurück. »Ich sage nicht, dass es Spaß gemacht hätte, aber ich wäre ein Idiot, dir mitten ins Nirgendwo zu folgen, ohne einen Plan zu haben, falls etwas schiefgehen sollte.«

»Du wusstest also, dass diese Straße hier ist.«

»Ich wusste, dass diese Straße hier ist«, bestätigte er und zog sie zurück an sich.

Dakota entspannte sich, als sie auf die wunderschöne Landschaft vor sich schaute. »Es fühlt sich an, als wären wir die einzigen Menschen auf der Welt. Es ist so ruhig und friedlich.«

»Mmmm«, antwortete Slade.

»Weißt du, die Sterne hier draußen sehen nachts so viel heller aus. Ich habe noch nie in meinem Leben etwas so Wunderschönes gesehen.«

»Ich war selbst schon oft an ziemlich abgelegenen Orten und muss dir zustimmen.«

»Wenn es wärmer war, habe ich abends auf der Motorhaube meines Wagens gelegen, zu den Sternen hochgeschaut und darüber nachgedacht, wie unbedeutend wir eigentlich sind. Aber die Tatsache, dass mein Vater zur gleichen Zeit wie ich zu genau denselben Sternen aufblicken konnte, hat mich getröstet. Ich habe mich ihm dadurch näher gefühlt.«

»Das habe ich auch getan«, gab Slade zu. »Als ich mit meinem Team mitten in der Wüste im Nahen Osten war, habe ich zu den Sternen hochgesehen und mich gefragt, wer genau zur gleichen Zeit zu ihnen aufblickt. Niemand außer der Regierung wusste, wo wir waren, aber irgendwie fühlte ich mich durch diese Sterne nicht so allein.«

»Ja, das ist es«, stimmte Dakota zu. »Obwohl sie Millionen von Kilometern entfernt sind, bringen sie mich irgendwie meinem Vater näher. Näher zu meinem alten Leben.«

Slade küsste sie zur Antwort auf den Kopf.

Nach einigen Minuten fragte Dakota leise: »Was wird

passieren, wenn wir wieder zu Hause sind? Ich habe keine Wohnung, in die ich gehen kann. Ich habe nur die Sachen in meinem Rucksack. Zur Hölle, ich habe nicht einmal mehr mein Auto. Ich fühle mich verloren, Slade.«

Er drückte sie fest und fuhr mit seinen Händen über ihre Arme. »Ich kann mir kaum vorstellen, wie du dich fühlen musst«, sagte er ehrlich. »Aber du hast es selbst gesagt … Dinge kann man ersetzen. Ich habe vor, dich für den Moment bei meinem Freund Wolf unterzubringen. Er ist selbst ein Navy SEAL und er und seine Frau haben keine Kinder. Sie haben eine Gästewohnung in ihrem Keller. Es ist größtenteils privat.«

»Wirst du mich anrufen und mich wissen lassen, was los ist?«, fragte Dakota seltsamerweise enttäuscht, dass Slade sie nicht mit zu sich nach Hause nehmen würde.

»Glaubst du, ich werde dich zu einem Fremden bringen und dann einfach wieder verschwinden?«, fragte Slade bissig.

»Oh, nun, ich …«

»Dakota, ich werde bei dir sein. Ich würde dich auch sofort mit zu mir nach Hause nehmen, aber das wäre zu gefährlich. Nach heute Morgen wissen sie, dass du nicht mehr allein bist und dass jemand bei dir ist, der weiß, was er tut, um dir zu helfen. Es wird nicht lange dauern, bis sie herausgefunden haben, wer ich bin und wo ich wohne.«

»Stimmt«, murmelte Dakota.

»Es gibt nichts, was ich mehr will, als dich in meiner Wohnung zu haben. Mit dir in meiner Küche zu kochen und an meinem Tisch zu essen. Gemeinsam mit dir in meinem Bett zu schlafen. Mit dir die Wellen beobachten, während wir zusammen auf meinem Balkon sitzen. Aber ich werde dich nicht wissentlich in Gefahr bringen. Ich habe dir gesagt, dass du kein Köder bist. Dich zu mir zu bringen würde definitiv in diese Kategorie fallen. Caroline und Wolf werden froh sein, uns bei sich wohnen zu lassen.«

»Ist das nicht gefährlich für sie?«, fragte sie.

»Nein.«

»Warum nicht?«

»Weil Wolf Leiter eines der besten SEAL-Teams ist, die ich kenne. Egal wie gefährlich die Lage ist, er wird seine Frau und dich beschützen.«

Dakota schloss die Augen und holte tief Luft. Sie hörte, wie der Wind durch die Büsche um sie herum wehte, aber das war alles. Hier draußen gab es nichts außer ihnen, der Natur und dem Himmel.

»Ich fühle mich, als wäre ich eine Last für alle, denen ich begegne.«

»Du bist keine Last.«

Er klang so sicher. »Was würdest du jetzt tun, wenn du nicht auf der Suche nach mir gewesen wärst?«, fragte sie.

»Ich würde an meinem Schreibtisch auf dem Navy-Stützpunkt sitzen, mir langweilige Berichte ansehen und versuchen, die Ausgaben für die Regierung zu kontrollieren. Abends würde ich nach Hause fahren, mir etwas zum Abendessen zubereiten und dann allein essen. Vielleicht würde ich einen Film gucken oder auf meinem Balkon sitzen und eine Weile den Surfern oder den Sternen zuschauen. Dann würde ich allein in meinem großen Bett einschlafen. Wenn mir danach wäre, würde ich vielleicht von der Frau träumen, von der ich hoffte, dass sie irgendwo da draußen auf mich warten würde.

Am nächsten Morgen würde ich aufstehen und alles würde von vorn beginnen. Ich habe ein gutes Leben, aber seit ich aus dem aktiven Dienst ausgeschieden bin, ist es langweilig. Anfangs war es schön, aber jetzt bin ich ehrlich gesagt einsam.«

Dakota versuchte, den kurzen Ansturm von Lust zu ignorieren, der durch ihren Körper fegte, als sie sich vorstellte, wie Slade auf einem Bett lag und sich selbst streichelte, bis er explodierte ... aber es fiel ihr schwer, insbesondere weil sie praktisch auf seinem Schoß saß. »Du warst doch verheiratet, oder?«

»Wenn du es so nennen willst, ja. Ich habe Cynthia ausgerechnet im Lebensmittelgeschäft getroffen. Wir haben uns gut verstanden. Aber sie konnte absolut nicht mit dem umgehen, was ich beruflich tat.«

»Was meinst du?«, fragte Dakota. »Sie wusste doch, dass du ein SEAL warst, als sie dich geheiratet hat, oder?«

»Ja, aber das bedeutet nicht, dass sie wirklich verstanden hatte, was es bedeutet, mit einem SEAL verheiratet zu sein. Ich glaube, die Vorstellung gefiel ihr besser als die Realität. Ich war viel auf Missionen unterwegs und ich durfte nicht mit ihr darüber reden. Die meisten Einsätze waren streng geheim. Ich nehme an, sie hatte gehofft, bei ihren Freundinnen damit prahlen zu können, dass ich die Welt retten würde oder so. Stattdessen konnte sie nur sagen, dass ich für eine unbestimmte Zeit an einem unbekannten Ort war und etwas streng Geheimes tat.«

»Wie ist es zu Ende gegangen? Wenn es dir nichts ausmacht, dass ich frage.«

»Es macht mir überhaupt nichts aus. Tatsächlich finde ich es toll, dass du mehr über mich erfahren möchtest. Wirklich dramatisch war das alles nicht. Ich bin von einer Mission nach Hause gekommen und sie hatte ihren Kram zusammengepackt und mir gesagt, dass sie mich nicht mehr liebt und auszieht.«

»Autsch«, sagte Dakota und zuckte zusammen. »Was für eine Schlampe.«

»Nein, wir passten einfach nicht zusammen«, sagte Slade zu ihr und schien keineswegs darüber betroffen zu sein, wie seine Ex-Frau gehandelt hatte. »Ich hatte sie schon seit Jahren nicht mehr geliebt. Es war nur noch die Macht der Gewohnheit. Sie hat innerhalb eines Jahres einen Mann geheiratet, der für eine örtliche Universität im IT-Bereich arbeitete. Ich habe gehört, dass sie zwei Kinder haben und nach Seattle gezogen sind.«

»Vermisst du sie?«

»Nicht wie du denkst. Ich vermisse es, jemanden zum Reden zu haben. Ich vermisse es, mit einem anderen Menschen zu Abend zu essen, auf der Couch zu sitzen, Händchen zu halten, fernzusehen.«

»Ja«, sagte Dakota. Sie wusste genau, was er meinte.

»Was ist mit dir?«, fragte Slade.

»Was ist mit mir?«

»Du warst bisher nicht verheiratet, oder?«

»Nein.« Dakota war sich nicht sicher, ob sie darüber sprechen wollte. Aber es wäre unfair, nicht zu antworten. »Ich war mit ein paar Männern zusammen, von denen ich dachte, dass ich glücklich mit ihnen sein könnte. Letztendlich entschied ich aber, dass es nicht das war, was ich wollte.«

»Glücklich sein?«, fragte Slade.

»Mich niederlassen«, erwiderte sie. »Ich habe es genossen, Zeit mit ihnen zu verbringen, aber ich hatte nie dieses tiefe Bedürfnis, sie sehen zu wollen. Ich habe niemals mitten am Tag an sie gedacht. Ich wollte eine Beziehung, wie meine Eltern sie hatten. Es hat mich als Kind genervt, wenn mein Vater meine Mutter andauernd umarmt und geküsst hat. Sie hielten immer Händchen, egal wohin sie gingen. Sie hatten keine Angst davor, ›Ich liebe dich‹ zueinander zu sagen.«

»Was ist mit deiner Mutter passiert?«

Dakota zuckte mit den Schultern. »Krebs. Es war bereits zu spät, als es festgestellt wurde. Sie konnten ihr nur noch Medikamente geben, damit sie sich besser fühlte. Auf den Tag genau vier Monate nach der Diagnose ist sie gestorben. Das ist jetzt ungefähr zehn Jahre her.«

»Das tut mir leid, Süße.«

Dakota schluckte schwer. »Mir auch, aber mein Vater tut mir noch mehr leid. Er hat die Liebe seines Lebens verloren, seine Seelenverwandte. Nicht lange nach ihrem Tod hat er mir erzählt, dass sie wirklich geglaubt hatten, in einem früheren Leben zusammen gewesen zu sein.«

»Glaubt er an Reinkarnation?«, fragte Slade.

»Ich denke schon. Ich kann nicht mit Sicherheit sagen, dass ich nicht daran glaube. Es war unheimlich, was sie übereinander wussten, als sie sich kennenlernten. Mom sagte manchmal aus heiterem Himmel Dinge über ihn, die sie nicht hätte wissen können. Das war echt cool. Mein Vater ist seit ihrem Tod sehr stark, aber ich weiß, dass ein Teil von ihm fehlt. Jeder Tag ist ein Kampf für ihn.« Sie drehte sich in Slades Armen um und sah zu ihm auf. »Das ist es, was ich will, und das habe ich bei keinem der Männer gefühlt, mit denen ich ausgegangen bin. Ich wollte mich nicht festlegen.«

»Du solltest dich nicht mit weniger zufriedengeben«, sagte Slade leise und fuhr mit seinen Fingern leicht über ihre Wange. »Meine Eltern sind immer noch zusammen und obwohl ich weiß, dass sie sich lieben, glaube ich nicht, dass sie dieselbe Leidenschaft empfinden, wie du es von deinen Eltern beschrieben hast.«

»Es kommt so selten vor. Die meisten Leute finden es nie.«

Slades Blicke schienen bis in ihre Seele zu reichen, als er ihr in die Augen sah. »Ich habe diese Art von Leidenschaft bei meinen Freunden und ihren Frauen gesehen. Ich will das auch. Ich wäre auch bereit, alles aufzugeben, was ich habe, um das zu bekommen. Ich würde dafür kämpfen und töten.«

»Slade«, flüsterte Dakota, erschüttert von der Wahrheit, die sie in seinen Augen sah.

Er ignorierte ihre unausgesprochene Bitte und fuhr fort: »Ich sehe und empfinde dieselbe Leidenschaft für dich, Dakota. Ich weiß nicht, was morgen oder heute noch passieren wird. Aber ich weiß ohne Zweifel, dass Zeit kostbar ist. Jede Sekunde, die ich mit dir verbringe, ist eine Sekunde, in der ich ein besserer Mann bin. Deine Arme um mich zu spüren, während wir über diese verdammte Straße gefahren sind, hält mich am Laufen. Der Wunsch, Fourati zu finden und diese Bedrohung für dich auszuschalten, ist, was mich antreibt. Nicht die Liebe für mein Vaterland. Ich will keine Fremden beschützen. Ich bin ein intensiver Typ, das weiß ich, aber ich habe nicht fast ein halbes Jahrhundert darauf gewartet, dich zu finden, um jetzt Zeit zu verschwenden.«

Er hörte auf zu sprechen, ließ ihren Blick aber nicht los. Sein Gesichtsausdruck war zugleich zärtlich und grimmig. Dakota wusste ohne Zweifel, dass er jedes einzelne Wort so meinte. Es gab nichts, was sie sagen könnte, was dem nahekäme, was er gesagt hatte, also entschloss sie sich, ihm stattdessen zu zeigen, wie sie sich fühlte.

Sie leckte sich nervös über die Lippen, erhob sich steif auf ihre Knie und drehte sich zu ihm um. Der Boden war staubig und kleine Kieselsteine bohrten sich durch ihre Jeans in ihre Haut. Aber sie ignorierte den Schmerz. Sie beugte sich zu ihm vor, unterdrückte ein Stöhnen, als ihre Muskeln schmerzten, und küsste ihn.

Slade schlang sofort seine Arme um ihre Taille und zog sie an seinen Körper. Er zog sie nach hinten, bis er flach auf dem Boden und sie auf ihm lag. Dakota konnte jede Muskelbewegung unter ihr spüren, als sie sich auf ihn legte. Er spreizte seine Beine und sie fiel dazwischen. Sie fühlte sich umgeben und beschützt von ihm.

Sie küsste ihn mit all der wilden Leidenschaft, die in ihrer Seele steckte. Eine Leidenschaft, die sie noch nie für einen anderen Mann empfunden hatte, strömte aus ihr heraus, als hätte sie einen Wasserhahn aufgedreht. Sie konnte nicht genug von seinem Geschmack bekommen, seinen Mund auf ihrem, wie sich seine Gesichtsbehaarung auf ihrer eigenen glatten Wange anfühlte. Sie wollte ihn einatmen und sich gleichzeitig in seiner Brust vergraben.

Slade ließ sie die Kontrolle über ihren Kuss übernehmen. Er lag still unter ihr, als sie über seine Brust strich, an seiner Unterlippe knabberte und ihre Lippen an seinen Hals bewegte und zu saugen begann. Erst als sie ihre Hände in Richtung Hosenknopf seiner Jeans bewegte, rührte er sich.

Er packte ihre Finger und hielt sie fest. Dann setzte er sich auf und schob sie herum, bis sie auf seinem Schoß saß. Er legte seine Hände auf ihren Hintern und zog sie an sich, bis kein Zentimeter Platz mehr zwischen ihnen war. Dann glitt er mit seinen Händen nach oben unter ihr Hemd, bis er mit seinen kalten Fingern die warme Haut auf ihrer Taille berührte.

Er hörte weder auf, als sie kicherte und vor seinen kalten Händen zusammenzuckte, noch als sie scharf einatmete, als er über die Unterseite ihrer Brüste strich. Er nahm eine ihrer Brüste in seine große Hand und drückte mit der anderen gegen ihre Wirbelsäule und ermutigte sie, den Rücken durchzudrücken.

Dakota versuchte zu atmen, aber es fiel ihr schwer. Sie konnte den Blick nicht von Slade lösen. Sie fühlte, wie er mit dem Daumen sanft über ihre Brustwarze strich. Sie drückte ihr Becken und ihre Brust gleichzeitig gegen ihn. Sie wollte mehr. Sie brauchte mehr.

»Verdammt schön«, sagte Slade leise. »Ich wusste, dass du so sein würdest.«

Dakota schloss die Augen, verloren in dem Genuss seiner Hände auf ihrem Körper.

»Hast du mich markiert?«, fragte er.

Sie öffnete ihre Augen. »Was?«

»Hast du mich markiert?«, wiederholte er ruhig. »Als du an meinem Hals gesaugt hast. Hast du mir einen Knutschfleck gemacht?«

Dakota kicherte und warf einen Blick auf seinen Hemdkragen. Tatsächlich hatte er einen kleinen blauen Fleck an der Seite seines Halses, genau dort, wo jeder ihn sehen konnte. »Nein«, sagte sie zu ihm in einem Ton, von dem sie wusste, dass er in der Lage sein würde zu erkennen, dass sie log.

Er lächelte, strich mit seiner Hand über ihren Körper und kam an ihrer Taille zur Ruhe. Er beugte sich vor und fuhr mit der Nase an ihrem Hals entlang. Dakota neigte den Kopf, um ihm Platz zu geben. »Du riechst so gut«, sagte er zu ihr, bevor er seine Lippen auf ihren Hals legte und ... hart saugte.

Dakota stöhnte bei dem Gefühl und kicherte dann darüber, was er tat. Sie sollte entsetzt sein. Sie benahmen sich wie Teenager, aber sie konnte nicht leugnen, dass sie wollte, dass Slade sie genauso markierte, wie sie es mit ihm getan hatte. Während er saugte, leckte und streichelte er mit seiner Zunge über ihre Haut und gab ihr erneut eine Gänsehaut. Als er sich schließlich zurückzog, verdrehte Dakota die Augen angesichts des zufriedenen Ausdrucks auf seinem Gesicht.

Sie rümpfte die Nase. »Er ist riesig, nicht wahr?«

»Ja«, sagte er sofort mit selbstgefälligem und stolzem Gesichtsausdruck.

»Ich kann nicht glauben, dass wir das gerade getan haben.«

Mit der Hand, die auf ihrem Rücken gewesen war, strich er ihr zärtlich über den Kopf. »Ich schon. Und ich hoffe auf mehr, wenn wir heute Abend in Goldfield ankommen.«

Bei der Erinnerung daran, wie weit sie noch fahren mussten, stöhnte Dakota.

»Wie wäre es damit?«, sagte Slade. »Als Ansporn für dich bekommst du noch einen Kuss, sobald wir in Tonopah ankommen. Und wenn wir Goldfield erreichen, bekommst du mehr von meinen Händen.«

Dakotas Augen leuchteten. Das gefiel ihr. Es war ein großer Ansporn, das war sicher. »Und wenn wir in San Diego ankommen?«, fragte sie.

»Dann bekommst du, was immer du willst«, gab Slade zurück.

»Ich will alles«, flüsterte Dakota. »Ich habe Angst, aber ich will alles.«

»Es gehört dir«, sagte er und jede Spur von Spaß war verschwunden. »Alles, was du willst. Alles, was ich habe. Es gehört alles dir.«

»Ich bin bereit weiterzufahren«, sagte Dakota zu ihm, immer noch im Flüsterton.

»Okay.« Aber anstatt aufzustehen, schlang Slade seine Arme um sie und drückte sie an sich. Sie saßen noch für einen Moment auf dem Boden und saugten die verbleibenden Emotionen von Leidenschaft, Respekt und Vertrauen auf, die sie in der kurzen Zeit, seit sie sich kennengelernt hatten, füreinander entwickelt hatten.

Schließlich zog Slade sich zurück, küsste sie hart auf die Lippen und stand auf. Er half Dakota, auf ihre wackeligen Beine zu kommen, und Hand in Hand gingen sie den Hügel hinunter zu seinem Motorrad.

Als sie losfuhren, spürte Dakota kaum noch den Muskelkater. Auf diesem kleinen Hügel mitten im Nirgendwo in Nevada hatte sie eine Entscheidung getroffen. Sie würde es mit Slade Cutsinger riskieren. Es war die größte Chance ihres Lebens. Wenn sie es schaffen würde zu überstehen, was auch immer Aziz für sie geplant hatte, würde sie vielleicht mit einer Liebe belohnt werden, wie ihre Eltern sie gehabt hatten.

Sie lächelte den ganzen Weg bis nach Goldfield.

KAPITEL SIEBEN

»Es sieht nicht gerade besonders aus«, sagte Slade ehrlich zu Dakota. Sie standen vor dem alten Goldfield Hotel in der Innenstadt von Goldfield in Nevada. Er hatte gedacht, die kleine Stadt würde größer sein. Es gab buchstäblich nur eine Unterkunft, das Sante Fe Motel und Saloon. Er überlegte, zurück nach Tonopah zu fahren, wusste aber, dass Dakota nicht mehr konnte.

Sie hatte sich nach ihrer kurzen Pause besser gehalten, als er es sich erhofft hatte. Er war bis nach Tonopah gefahren, wo sie schnell etwas zu Mittag gegessen hatten. Sie hatte ihm gesagt, dass sie auf ihre Belohnung warten würde, bis sie Goldfield erreicht hatten.

Als sie nach Süden in Richtung der berüchtigten Bergbaustadt gefahren waren, hatte Slade niemanden gesehen, der verdächtig erschien. Er würde Tex anrufen, wenn sie sich für die Nacht fertig machten. Er war zuversichtlich, dass sie vorerst in Sicherheit waren.

Dakota hatte ihm die letzten dreißig Minuten etwas über das verwunschene Goldfield Hotel erzählt. Er hatte von dem Ort zuvor noch nie gehört, aber dank Dakota war er jetzt ein Experte.

»Komm, lass uns hineinschauen«, drängte Dakota und zog an seiner Hand.

Er hatte seine Harley um die Ecke geparkt und versuchte so, ihren Standort so lange wie möglich zu verbergen. Slade grinste, als er sich von Dakota zu den großen Glasfenstern an der Vorderseite des Gebäudes »führen« ließ. Sie führte ihn nicht wirklich, weil er sie beim Gehen aufrecht halten musste.

Sie humpelte dahin und jeder Schritt sah aus, als würde er ihr schrecklich wehtun. Aber sie hatte trotzdem ein wunderschönes Lächeln im Gesicht und tat ihr Bestes, so zu tun, als wäre alles in Ordnung. Sie glaubte vielleicht nicht, dass sie hart im Nehmen war, aber Slade wusste es besser. Je mehr Zeit er mit ihr verbrachte, desto mehr erinnerte sie ihn an Caroline. Schlichte Schönheit, zuerst an die anderen denken und ein Rückgrat aus Stahl.

Er war in seinem Leben schon auf vielen Missionen gewesen, auf denen die Frauen, zu deren Rettung sie geschickt worden waren, bei der geringsten Gefahr vollkommen ausgeflippt waren. Andere waren so traumatisiert, dass sie nicht einmal laufen konnten. Es war nicht fair, diese Situationen mit dem zu vergleichen, was Dakota durchmachte, aber er hatte keinen Zweifel, dass sie aufrecht stehen und sich durchbeißen würde, wenn es darauf ankam.

Sie blieben vor einem der großen Fenster an der Vorderseite des Gebäudes stehen und Dakota ließ ihre Hand sinken, humpelte zur Scheibe und legte ihre Hände an das Glas, um hineinzuschauen. Mit gedämpfter Stimme berichtete sie aufgeregt von dem, was sie sah.

»Oh mein Gott, Slade, es ist wunderbar! Es ist, als wäre die Zeit stehen geblieben. Da stehen zwei halbrunde schwarze Ledersofas. Ich kann mir vorstellen, wie die Leute dort gesessen und auf ihre Lieben gewartet haben. Und die Rezeption ist auch noch da. Dahinter befinden sich kleine Briefkastenschlitze, wo wahrscheinlich die Schlüssel lagen. Oh, und eine Treppe mit rotem Teppich führt nach oben. Ich kann nicht sehen wohin. Und dort ist auch eine Doppeltür aus Glas mit eingraviertem Ananasmuster. Es sieht sehr staubig aus, aber es ist, als würde man nur darauf warten, die Türen zu öffnen, um Gäste zu empfangen.«

Sie hob den Kopf und lächelte ihn an. »Möchtest du es sehen?«

»Ja, Liebling, das möchte ich«, sagte Slade zu ihr. Er stellte sich hinter sie und beugte sich vor. Ihren Körper hielt er zwischen seinem und der Fensterscheibe fest. Er spürte jeden Zentimeter ihres Körpers auf seinem, als er hineinsah. Für ihn sah es aus wie ein alter, heruntergekommener, verlassener Raum, aber er würde Dakotas Fantasien nicht ruinieren.

Als er sich zurücklehnte, nahm sie wieder seine Hand und ging den Bürgersteig entlang zu einem anderen Fenster. Sie wiederholte die gleiche Routine, schaute hinein und gab ihm einen Überblick über das, was sie sah. Diesmal fügte sie einige andere Informationen hinzu.

»Der Besitzer lässt niemanden herein, weil er Angst hat, dass die Geister sie verletzen könnten. Eine Gruppe von Ghost Adventures ist zweitausendsieben oder zweitausendacht hineingegangen und wurde mit einem Ziegelstein beworfen! Sie haben es sogar auf Film. Es war gruselig, aber so cool. Ich wünschte, wir könnten reingehen!«

»Du machst Witze, oder?«, fragte Slade sie.

»Was? Nein! Das wäre großartig«, schwärmte Dakota. »Es soll dort einen Geist von einer Frau namens Elizabeth geben, die mit Handschellen an einen Heizkörper gefesselt ist. Sie hatte ein Baby und der Vater des Kindes hat sie beide getötet. Und es gab ein paar Leute, die Selbstmord begangen haben und seitdem den Ort heimsuchen.«

»Nur du kannst auf der Flucht vor Terroristen sein, aber keine Angst vor Geistern haben«, sagte Slade kopfschüttelnd.

Dakota drehte sich mit den Händen in den Hüften zu ihm um und forderte: »Schau mir in die Augen und sag mir, dass es dich nicht faszinieren würde, Beweise für geisterhafte Aktivitäten zu sehen.«

Slade beugte sich vor, bis sie einen Schritt zurücktrat und gegen das Fenster stieß. Er legte seine Hände rechts und links neben ihren Kopf und kam so nahe, dass ihre Nasen sich fast berührten. »Ich habe meinen Anteil an geisterhafter Aktivität gesehen, Liebling. Ich kann nicht behaupten, dass es eine großartige Erfahrung war.«

»Du hast Geister gesehen?«, hauchte sie mit großen Augen. Sie hob die Hände und umklammerte seine Taille. »Ernsthaft?«

»Leider ja. Du hast nicht so viel Zeit wie ich im Ausland verbracht und solltest es vermeiden. Die, die ich gesehen habe, waren hauptsächlich Frauen und Kinder. Ich weiß nicht, wie sie getötet wurden, vielleicht von ihren Ehemännern, vielleicht durch Bomben. Wie auch immer, sie nachts um drei durch die Straßen streifen zu sehen, verloren und nach ihren Lieben suchend, ist nichts, was ich jemals vergessen werde oder jemals wieder erleben möchte.«

»Wow, das kann ich mir denken«, sagte Dakota und streichelte unbewusst seine Taille.

»Hast du genug gesehen? Bist du bereit, im Hotel einzuchecken und dich eine Weile auszuruhen, bevor wir uns etwas zu essen holen?«

Sie verzog das Gesicht und nickte. »Danke, dass du mir meinen Willen gelassen hast. Ich wollte diesen Ort so gern sehen, seit ich gesehen habe, wie dieser Ziegelstein quer durch den Raum auf Zak und Nick zugeflogen kam. Hey, vielleicht können wir uns die Folge zusammen ansehen, wenn wir nach Hause kommen ... äh ... also irgendwann.«

Slade drehte sich um, legte seinen Arm um Dakotas Taille, half ihr, zurück zu seiner Harley zu gehen, und lächelte. »Ich würde es mir gern mit dir ansehen, wenn wir nach Hause kommen«, sagte er zu ihr und benutzte absichtlich dieselben Worte. Der Gedanke eines gemeinsamen Zuhauses gefiel ihm.

Sie schafften es zurück zum Motorrad, ohne auf Gespenster zu stoßen, sehr zu Dakotas Enttäuschung und Slades Erleichterung. Er genoss es, Zeit mit ihr zu verbringen, aber er hasste es, den Schmerz in ihrem Gesicht zu sehen, als sie spielerisch zurück auf sein Motorrad kletterte. Er musste ihr helfen.

»Halte durch, Süße. Ich werde dich so schnell wie möglich in eine Wanne mit heißem Wasser stecken.«

Sie drückte seine Taille und Slade lächelte, als er die

kurze Strecke zum Motel fuhr. Er würde es vermissen, ihre Arme rund um die Uhr um sich zu spüren, wenn sie in San Diego sein Motorrad gegen ein Auto eintauschen würden. Es war erstaunlich, wie schnell er sich an ihr Gewicht, ihre Wärme auf seinem Rücken und ihre Arme um ihn gewöhnt hatte.

Das Motel hatte acht Zimmer, die nicht beeindruckender waren als die Wohnwagen in Rachel. Aber sie waren sauber und hatten eine Badewanne, was Slades wichtigste Anforderung war. Er wollte Dakota so schnell wie möglich ein heißes Bad einlassen. Sie hatte besser durchgehalten, als er erwartet hatte, aber das bedeutete nicht, dass sie keine Schmerzen hatte.

Er bat um das Zimmer am Ende des Blocks und parkte seine Harley um die Ecke, wo sie von der Straße aus schwerer zu sehen war. Er öffnete die Tür und sah hinein, um sich zu vergewissern, dass alles in Ordnung war, bevor er Dakota bedeutete einzutreten.

»Warum hast du das getan?«, fragte sie.

»Was getan?«

»Ins Zimmer geschaut. Ich dachte für eine Sekunde, du würdest mich aus dem Weg schubsen, um als Erster hineinzugelangen«, neckte sie ihn.

Slade lächelte nicht einmal. Er schloss die Tür hinter ihnen und drehte sich zu ihr um. »Ich weiß, dass den Leuten eingeredet wird, es wäre höflich, der Dame die Tür aufzuhalten und sie zuerst eintreten zu lassen, aber das passt nicht zu meiner Welt.«

»Aber ist es nicht höflich?«, fragte Dakota, ließ ihren Rucksack auf das Bett fallen und neigte fragend den Kopf.

»Es mag höflich sein, aber es ist nicht sicher«, erwiderte Slade. »Ich möchte auf keinen Fall, dass du die Erste bist, die durch die Tür geht, sollte uns im Zimmer jemand auflauern. Ich werde immer derjenige sein, der den Raum überprüft, bevor ich dich eintreten lasse. Ich habe auf Missionen zu oft gesehen, wie Männer Frauen und Kinder durch Türen schubsten, bevor sie eintraten. Sie haben sie bei Gefahr als Schutzschild benutzt oder sind davongelaufen, wenn sie beschossen wurden. Es ist mir egal, ob mich das zu einem unhöflichen Menschen macht. Ich werde nicht zulassen, dass du verletzt wirst oder ins Kreuzfeuer gerätst.«

»So habe ich noch nie darüber nachgedacht«, sagte Dakota und humpelte auf ihn zu. Dann legte sie ihre Arme um ihn und drückte ihn fest.

Slade legte seine Arme fast wie automatisch um sie und fragte sie, als sie zusammen in dem kleinen Motelzimmer standen: »Wofür ist das?«

»Für all diese Frauen und Kinder, bei denen du mit ansehen musstest, wie sie verletzt wurden«, sagte sie sanft. »Es tut mir leid.«

Slade bekam einen Kloß im Hals und presste fest die Lippen zusammen. Die Dinge, die er in Übersee gesehen und für sein Land getan hatte, gehörten zu seiner Vergangenheit. Er hatte damit abgeschlossen, mit Therapeuten darüber gesprochen und nach seiner Pensionierung nicht mehr viel darüber nachgedacht. Aber Dakotas Sympathie und Sorge um ihn hätte er definitiv gebrauchen können, als er von einigen dieser schrecklichen Missionen zurückgekehrt war. »Danke«, krächzte er schließlich.

Sie standen lange zusammen, bevor Dakota sagte:

»Wenn ich mich nicht bewege, werde ich gleich hier im Stehen einschlafen.«

Slade schätzte ihren Versuch, die Situation aufzulockern. Er lachte leise und zog sich zurück, wobei er seine Hände zur Unterstützung an ihrer Hüfte behielt. »Komm schon, lass mich dich in die Wanne bringen. Ich hole derweil eine Pizza, denn das ist anscheinend das Einzige, was sie hier anbieten. Wir können essen, wenn du fertig bist, okay?«

»Klingt himmlisch. Glaubst du, es gibt hier warmes Wasser?«, scherzte Dakota.

»Wenn nicht, fahren wir zurück nach Tonopah«, gab Slade sofort zurück.

»Ich habe nur Spaß gemacht.«

»Ich nicht«, sagte Slade zu ihr. »Ich habe dir einen Whirlpool versprochen und obwohl du darauf verzichten musst, werde ich beim warmen Wasser keine Abstriche machen. Du brauchst es. Wir haben morgen eine lange Fahrt vor uns und ich möchte, dass du das schaffst.«

»Ich werde es schaffen«, sagte Dakota entschlossen.

Er fuhr mit der Hand über ihr Haar und sagte leise: »Dann lass es mich umformulieren. Ich möchte, dass du es mit so wenig Beschwerden wie möglich schaffst. Und das wird einfacher sein, wenn du heute Abend deine Muskeln entspannen kannst. Ich habe auch ein paar Schmerzmittel in meiner Tasche. Zusammen mit dem heißen Bad sollte dich das für morgen fit machen. Wenn es hier kein warmes Wasser gibt, bringe ich dich zurück nach Tonopah zu einem der größeren Hotels, von denen ich weiß, dass sie warmes Wasser haben.«

Er sah, wie ihr Tränen über die Wangen liefen, und

runzelte die Stirn. »Habe ich etwas Falsches gesagt, das dich zum Weinen gebracht hat?«, fragte er.

»Nein, es ist nur so ... es ist wirklich lange her, dass jemand sich so um mich gekümmert hat. Wenn ich krank war, musste ich mich immer selbst um mich kümmern. Einmal bin ich in meiner Wohnung gestolpert und habe mir den Kopf an der Arbeitsplatte in der Küche gestoßen. Ich wurde ohnmächtig und bin etwa fünfzehn Minuten später in einer Blutlache um meinen Kopf aufgewacht. Ich ... es ist einfach schön, nicht mehr allein zu sein.«

Slade knirschte mit den Zähnen bei dem Gedanken daran, wie sie bewusstlos dagelegen hatte und blutete, ohne dass jemand wusste, dass sie verletzt war. Er atmete tief durch die Nase ein und küsste sie auf die Stirn. »Gewöhn dich daran«, sagte er, bevor er ihr half, sich auf die Bettkante zu setzen.

Er ging in das kleine Badezimmer und drehte die Wasserhähne auf. Zum Glück kam sofort heißes Wasser heraus und die Wanne füllte sich. Slade versuchte, die Temperatur so heiß einzustellen, wie sie es seiner Meinung nach aushalten könnte. Er kehrte ins Zimmer zurück und sah Dakota auf dem Rücken liegend auf dem Bett. Ihre Beine hingen noch immer über die Bettkannte und sie schien zu schlafen.

»Bist du wach?«

»Ja«, murmelte sie.

Slade hatte ein Zimmer mit zwei Betten genommen. Er wollte nicht anmaßend sein und Dakota hatte sich nicht dazu geäußert, dass er nur ein Zimmer gebucht hatte, oder über die Anzahl der Betten. Er war darauf vorbereitet gewesen, aufgrund der Gefahr gegen getrennte Zimmer zu argumentieren, aber wie sich herausstellte, kam es dazu nicht. Sie akzeptierte das Arrangement kommentarlos. Offensichtlich hatte sie nichts dagegen einzuwenden.

»Komm, ich helfe dir hoch«, sagte Slade, als er ihre Hand nahm und sie in eine sitzende Position zog.

Sie stöhnte und drehte den Kopf hin und her, als würde sie sich strecken. »Ich nehme an, das Wasser ist warm?«, fragte sie.

»Ja, und es ruft nach dir.«

»Ach das ist es, was ich höre. Ich dachte, dieses Gemurmel wäre das Wasser, das mich verspottet, weil ich es heute übertrieben habe.«

Slade grinste, antwortete aber nicht. Er zog sie nur hoch und half ihr ins Badezimmer. Er setzte sie auf den Toilettensitz und ging zurück, um ihren Rucksack zu holen. Als er zurückkam, hatte sie sich kein Stück bewegt. »Brauchst du Hilfe?«

Sie blickte auf und fragte schüchtern: »Beim Ausziehen? Bestimmt!«

Er lächelte über ihren Spaß, sagte aber ernst: »Du solltest mit so etwas nicht scherzen.«

»Wer hat gesagt, dass ich scherze?«, erwiderte sie leise.

Slade holte noch einmal tief Luft, was er in letzter Zeit sehr oft tat, und sagte: »Wenn du dazu in der Lage wärst, würdest du nackt unter mir liegen, bevor du blinzeln könntest. Aber so sehr ich deinen nackten Körper sehen und festhalten will, brauchst du das heiße Bad dringender – und etwas zu essen. Und ich muss meinen Freund anrufen, um in Erfahrung zu bringen, was passiert ist, während ich offline war.«

Dakota nickte. »Du hast recht.«

»Natürlich habe ich recht.«

»Aber das heißt nicht, dass ich vergessen habe, was du mir versprochen hast, wenn ich es bis nach Goldfield schaffe«, sagte sie mit einem Grinsen.

»Und was möchtest du als Belohnung?«, fragte Slade. Er konnte sich die Frage nicht verkneifen.

»Ich möchte mit dir schlafen.«

Er verschluckte sich fast, aber sie beeilte sich, ihren Gedanken zu beenden, als wollte er protestieren.

»Ich weiß, du hast extra ein Zimmer mit zwei Betten genommen, und das ist süß von dir, aber als Belohnung möchte ich neben dir schlafen. Ich habe mich schon lange nicht mehr so sicher gefühlt wie heute bei dir. Ich sage nicht, dass ich Sex haben will ... aber ich habe mich den ganzen Tag an dich gekuschelt. Ich will nur ... das will ich heute Nacht auch.«

»Dann sollst du es bekommen«, sagte Slade zu ihr, aber er wusste, dass eine ganze Nacht der Folter vor ihm lag. Neben Dakota zu liegen und sie in seinen Armen zu halten würde ihn umbringen. Aber es wäre die süßeste Hölle, die er sich vorstellen konnte. »Bade jetzt. Ich bin gleich mit Pizza zurück. Nimm dir so viel Zeit, wie du möchtest. Ich werde Tex anrufen, nachdem wir gegessen haben.«

»Warum nutzt du nicht die Zeit ohne mich, um ihn anzurufen? Ich bin mir sicher, du hättest gern etwas Privatsphäre.«

»Ich habe nichts vor dir zu verbergen, Dakota«, sagte Slade. »Du hast genauso das Recht zu wissen, was vor sich geht, wie ich ... mehr noch. Außerdem möchte ich dich ihm vorstellen.«

»Du wirst ihm von uns erzählen?«

»Wenn du damit meinst, dass ich ihm sagen werde, dass du mir wichtig bist und dass ich eine Beziehung mit dir möchte, sobald wir die Bedrohung gegen dich neutralisiert haben ... dann ist die Antwort ja.«

»Oh ... ähm ... okay.«

Sie war so süß, wenn sie nervös war. Slade beugte sich zu ihr hinunter und küsste sie auf die Lippen, bevor er sich wieder aufrichtete. »Kontrolliere die Temperatur, bevor du in die Wanne steigst. Ich möchte nicht, dass du dich verbrennst.« Dann drehte er sich um und verließ das kleine Badezimmer, bevor er noch auf ihr Angebot eingehen würde, ihr beim Ausziehen zu helfen. Er schloss die Badezimmertür hinter sich und verließ das Zimmer, um ihnen etwas zum Abendessen zu besorgen.

KAPITEL ACHT

Anderthalb Stunden später lag Slade auf dem Bett und Dakota kuschelte sich an ihn. Ihr Kopf ruhte auf seiner Schulter, ein Arm lag auf seinem Bauch und der andere an seiner Seite. Sie spielte mit dem Ärmel seines T-Shirts. Sie hatte sich so lange in der Wanne entspannt, bis sie weich wie eine Pflaume war – ihre Worte –, und dann eine Jogginghose und ein T-Shirt angezogen. Sie hatten die Meatlovers-Pizza gegessen, die Slade aus dem kleinen Restaurant des Motels geholt hatte, und nun war es an der Zeit, Tex anzurufen.

»Bist du dir sicher, dass die Leitung nicht abgehört werden kann?«, fragte sie, als er sein Telefon nahm.

»Woher kennst du dich mit abhörsicheren Telefonen aus?«, fragte Slade mit einem Leuchten in den Augen.

Dakota rollte daraufhin die Augen. »Es ist das einundzwanzigste Jahrhundert, Slade. Jeder, der jemals ferngesehen hat oder ins Kino gegangen ist, kennt sich damit aus.«

Er lachte. »Richtig, aber um deine Frage zu beantworten, ja, mein Handy ist definitiv sicher. Es wurde mir von der Navy gestellt und ich garantiere dir, dass die Telefonleitung von Tex mehr als sicher ist.«

»Kann ich etwas fragen?«

»Natürlich.«

»Was macht eine Leitung sicher? Ich meine, ich weiß, was es bedeutet, aber nicht, wie es funktioniert.«

»Eine sichere Leitung hat eine Ende-zu-Ende-Verschlüsselung. Dadurch wird verhindert, dass jemand die Leitung anzapft und mithören kann. Solange beide Teilnehmer eine sichere Leitung verwenden, bleibt alles, was gesagt wird, zwischen diesen beiden Personen.«

»Hm, es ist also so, als würde man in einem Code sprechen. Deine Worte werden während des Sprechens verschlüsselt und dann wieder entschlüsselt, damit die andere Person dich verstehen kann.«

»Im Prinzip ja«, sagte Slade und lächelte über die einfache Art und Weise, in der sie es ausdrückte.

»Cool.«

»Ja, hast du noch Fragen oder kann ich Tex anrufen?«

Ihre Wangen wurden rot, aber sie sagte nur: »Ich bin fertig ... für den Moment.«

Slade grinste. Er genoss ihre Neugier mehr, als er sagen konnte. Die Tatsache, dass sie sich nicht aus Angst zu einer Kugel zusammengerollt hatte, sagte viel über ihre innere Stärke aus. Das gefiel ihm.

Slade beugte sich vor und küsste sie auf die Stirn, um sie zu beruhigen, bevor er Tex' Nummer wählte. Er tippte auf den Lautsprecherknopf, damit Dakota das Gespräch mithören konnte. Er war ehrlich gewesen, als er ihr gesagt hatte, dass er nichts vor ihr zu verbergen hatte.

»Hey, Tex.«

»Cutter, wo zum Teufel hast du gesteckt?«, rief Tex mürrisch aus.

»Ich habe dir erzählt, wohin ich gehe«, sagte Slade emotionslos. »Ich habe leider nicht daran gedacht, dass es in der Wüste vielleicht keinen Handyempfang gibt.«

»Hast du sie gefunden? Sag mir, dass du sie gefunden hast!«

»Ich habe sie gefunden.«

»Gott sei Dank.«

Etwas in seinem Tonfall kam Slade merkwürdig vor. »Warum? Was ist los mit dir?«

»Fourati weiß, wo sie ist. Ihr müsst euch in Bewegung setzen, sofort.«

»Wir sind schon unterwegs und wir wissen, dass er sie ausfindig gemacht hat, denn wir haben einen seiner Schläger vor dem Wohnwagen überrascht, in dem sie schlafen sollte. Aber ich will von dir wissen, wie Fourati sie gefunden hat. Tex, sie war mitten im verdammten Nirgendwo. In Rachel leben nur etwa fünfzig Menschen und es gibt dort keinen Handyempfang. Wie zum Teufel hat er sie aufgespürt? War ich es? Habe ich die Kerle dorthin geführt?«

»Ich bin mir nicht sicher«, sagte Tex zu ihm. »Sie hat kein Handy?«

»Nein.«

»Könnte ihr Wagen verfolgt worden sein?«

»Eher unwahrscheinlich, sie ist schon eine ganze Weile dort. Wenn es ihr Wagen gewesen wäre, hätten sie sie schon viel früher geschnappt.«

»Funkgerät? Kreditkarten? Hat sie Briefe an irgendjemanden zu Hause geschickt?«

Slade spürte, wie Dakota an seiner Schulter den Kopf schüttelte. »Sie sagt Nein.«

Es gab eine kurze Pause, bevor Tex fragte: »Ist sie jetzt bei dir?«

»Ich bin hier«, sagte Dakota mit sanfter Stimme. »Schön, dich kennenzulernen, Tex. Slade hat nur Gutes über dich zu sagen.«

»Scheiße, dann lügt er«, gab Tex sofort mit einem Hauch von Humor zurück. »Alles in Ordnung mit dir, Liebes?«

Slade grinste. Das war typisch für Tex, mitten in einer Untersuchung legte er eine Pause ein, um sich zu vergewissern, dass es der Frau gut ging.

»Mir geht es gut. Obwohl ich glaube, dass Slades Harley versucht, mich umzubringen.«

Tex lachte. »Das braucht etwas Übung. Deine Bikerbeine bekommst du im Handumdrehen.«

»Nichts für ungut, aber ich glaube nicht, dass ich Bikerbeine möchte«, erwiderte Dakota.

»Bleibst du bei Cutter?«, fragte Tex.

»Wenn Cutter Slade ist, dann würde ich das gern«, sagte Dakota und wurde rot.

Slade grinste. Es gefiel ihm, wie sie Tex gegenüber im Grunde gerade zugegeben hatte, dass sie ihn mochte. Es war eine Sache, es ihm gegenüber zuzugeben, aber es war etwas ganz anderes, es jemand anderem zu sagen.

»Cutter ist Slade«, bestätigte Tex und sagte dann: »Und dann wirst du deine Bikerbeine schon noch bekommen. Also ... warst du mit jemandem zu Hause in Kontakt, während du dich in Rachel versteckt hast? Hast du jemanden angerufen oder Briefe geschrieben?«

»Nicht wirklich. Ich habe meinem Vater Postkarten

geschickt, aber ich habe sie Touristen gegeben und sie haben sie an meinen Vater geschickt, sobald sie nach Hause kamen.«

»Auf diese Weise habe ich herausgefunden, dass ich in Vegas mit der Suche anfangen musste«, warf Slade ein. »Zwei Leute haben nicht gewartet, bis sie nach Hause kamen, sondern haben die Karten in Vegas eingesteckt.«

»Hm. Hat ihr Vater gesagt, dass jemand anderes zu Besuch war?«

»Ein paar Leute, die behauptet haben, für die Regierung zu arbeiten. Er hat sie alle weggeschickt, ohne mit ihnen zu sprechen. Er war auch bei mir äußerst vorsichtig und hat nichts über Dakota gesagt, bis er sich sicher war, dass er mir vertrauen konnte.«

»Die Frage ist also, welche Informationen hat Fourati? Haben seine Leute in Vegas monatelang nach ihr gesucht und irgendwie dieselbe Verbindung zu Rachel hergestellt wie du, Cutter? Oder ist er irgendwie an ihren Vater herangekommen, nachdem du dort warst. Wurdest du vielleicht verfolgt? Vielleicht hat einer seiner Leute dich in Vegas gesehen und ist dir gefolgt.«

»Verdammt ... es gibt zu viele Unbekannte«, sagte Slade kopfschüttelnd.

Für einen Moment herrschte Stille in der Leitung, während alle darüber nachdachten.

»Ich glaube ehrlich gesagt nicht, dass er von mir hätte wissen können«, sinnierte Slade. »Ich hatte den Auftrag erst vor Kurzem von Lambert bekommen. Es gibt keinen Grund anzunehmen, dass er mich auf dem Radar gehabt oder mit Dakota in Verbindung gebracht hätte.«

»Vielleicht nicht«, entgegnete Tex. »Vielleicht hat er sie die ganze Zeit irgendwie verfolgt. Es ist möglich, dass er sich zuerst um andere Dinge kümmern musste und keine Zeit hatte. Aber als diese Dinge dann erledigt waren, war ihre Zeit abgelaufen und er hat jemanden geschickt, um sie zu holen.«

»Pat und Connie, die Besitzerinnen des A'Le'Inns, haben WLAN«, sagte Dakota in die Stille. »Gestern Abend habe ich es nicht benutzt, weil ich keinen Zugriff auf den Computer hatte, aber ich habe zuvor auf Nachrichtenseiten in San Diego und so nach Informationen über die Bombardierung gesucht. Könnte er mich so gefunden haben?«

»Das ist möglich«, überlegte Tex. »Wenn er keinen GPS-Tracker bei dir versteckt hat, weiß er nur, dass du von San Diego aus nur in Richtung Norden oder Westen gefahren sein kannst. Nach Mexiko wäre es zu weit gewesen. Wahrscheinlich hat er nach deinen Kreditkartenbuchungen und verdächtigen Internetaktivitäten Ausschau gehalten. Ich vermute, deine Recherchen könnten ihn auf die Spur gebracht haben. Er hätte die IP-Adresse bis nach Rachel zurückverfolgen können. Es könnte sein, dass es einfach zwei Monate gedauert hat, bis er deinen Standort bestimmt hatte. Was für uns von Vorteil war.«

»Es tut mir leid«, flüsterte Dakota. »Ich hatte ehrlich gesagt nicht geglaubt, dass er mich finden würde, wenn ich nach Nachrichten suche. Ich wusste, dass ich schon zu lange in Rachel war, aber ich wollte noch etwas mehr Geld sparen, bevor ich weiterziehe.«

»Es ist nicht deine Schuld«, sagte Tex, bevor Slade sie beruhigen konnte. »Du hast deine Kreditkarten nicht benutzt, sondern nur Bargeld. Das war gut.«

»Ich glaube, jetzt weiß ich, was ich das nächste Mal nicht tun sollte«, sagte sie leise.

»Es wird kein nächstes Mal geben«, sagte Slade energisch und drückte ihre Schultern fester. Er sah ihr in die Augen und wollte, dass sie ihm glaubte. Er wollte, dass sie ihm glaubte, dass er sie beschützen würde.

»Was sind deine Pläne, Cutter?«, fragte Tex und unterbrach den emotionalen Moment.

»So schnell wie möglich nach San Diego zu kommen«, sagte Slade.

»Dakota, wirst du es so lange auf dem Motorrad aushalten?«, fragte Tex.

Bevor Dakota antworten konnte, grummelte Slade: »Glaubst du, ich würde ihr mehr zumuten, als sie verkraften kann, Tex?«

»Schon gut, ich kann ...«

Tex unterbrach sie. »Ich will nur sichergehen, dass ich die Situation richtig eingeschätzt habe.«

»Ich habe das unter Kontrolle«, versicherte Slade seinem Freund.

»Gut. Wenn ihr zu Hause seid, was dann?«

Slade fühlte, wie Dakota ihn anstarrte, aber er ignorierte es für den Moment. »Ich werde Wolf heute Abend anrufen. Ich hoffe, wir können in seiner Gästewohnung unterkommen. Ich will nicht zu meiner Wohnung zurück, falls dieser Ficker mich identifiziert hat.«

»Wirst du Wolf einweihen?«

»Ja. Ich darf es eigentlich nicht, aber das ist mir egal. Er hat ein Recht darauf, es zu erfahren, denn ich brauche ihn, um mir zu helfen, auf Dakota aufzupassen«, sagte Slade.

»Er wird dir den Rücken frei halten.«

Slade wusste, dass er das tun würde. Deshalb zögerte er auch nicht, sein Haus als Unterschlupf in Betracht zu ziehen, während sie versuchten herauszufinden, wie sie an Fourati herankommen könnten.

»Was ist mit meinem Vater? Ist er in Sicherheit?«, fragte Dakota.

»Ich werde mit Wolf reden und sehen, dass er jemanden ein Auge auf ihn werfen lassen kann. Bei Bedarf werden wir ihn verstecken, bis Fourati von der Bildfläche verschwunden ist«, sagte Slade zu ihr.

Sie starrte ihn mit großen Augen an. »Das würdest du tun?«

»Er ist dir wichtig, natürlich würde ich das tun. Ich werde mich nicht zurücklehnen und zulassen, dass jemand, der dir wichtig ist, verletzt wird. Also ja, Dakota, ich werde alles in meiner Macht Stehende tun, um ihn zu beschützen.«

»Danke«, flüsterte sie sichtlich überwältigt.

»Lass es mich wissen, sobald du etwas herausgefunden hast«, sagte Slade zu Tex, aber sein Blick war immer noch auf Dakota gerichtet.

»Natürlich. Wirst du morgen dein Handy anhaben?«

»Ja, aber beim Motorradfahren kann ich nicht telefonieren.«

»Ich werde dir eine Nachricht hinterlassen, wenn es sein muss«, beruhigte Tex ihn. »Sei vorsichtig da draußen. Ich habe bisher keine Informationen über die Kerle, die Dakota zu ihrem Anführer bringen wollten. Ich werde sehen, was ich tun kann, aber wenn Fourati auch nur ein wenig technisch versiert ist, was der Fall zu sein scheint, wird das vielleicht nicht so einfach werden, wie ich es gern hätte.«

»Einer von ihnen sitzt vermutlich gerade in einer Zelle, bis die Kaution für ihn gestellt ist, und die anderen sitzen in Rachel fest. Es ist allerdings nicht auszuschließen, dass sie ein Fahrzeug stehlen, um von dort wegzukommen.«

»Sie werden auf jeden Fall improvisieren«, bemerkte Tex trocken. »Dakota, es war schön, dich kennenzulernen. Und fürs Protokoll, du hättest keinen besseren Mann finden können. Cutter hat mir öfter das Leben gerettet, als ich zählen könnte. Wenn meine Frau und meine Kinder in Schwierigkeiten wären, würde ich niemandem mehr vertrauen als ihm.«

»Okay«, flüsterte sie.

»Wir reden später wieder«, sagte Tex und legte auf.

Slade legte auf und umarmte Dakota. »Mach dir wegen der WLAN-Sache keine Sorgen. Du hast in den letzten Monaten so viele Dinge richtig gemacht. Ich bin beeindruckt, wie du es geschafft hast, so lange unbemerkt zu bleiben.«

Sie seufzte. »Ich wusste, dass mich früher oder später jemand finden würde. Ich bin nur froh, dass es passiert ist, als du bei mir warst. Ohne dich hätten sie mich geschnappt.«

»Schau mich an, Süße.« Slade wartete, bis sie seinem Blick begegnete, bevor er fortfuhr: »Wenn aus irgendeinem Grund alles FUBAR geht, möchte ich, dass du ...«

»FUBAR?«, fragte sie, bevor er ausreden konnte.

»Oh, tut mir leid. Ich vergesse immer wieder, dass du nicht viel über das Militär weißt. ›Fucked up beyond recognition‹, wenn also alles den Bach runtergeht.«

Sie kicherte, bedeutete ihm aber fortzufahren.

»Wenn etwas passiert und Fourati dich irgendwie in die Finger bekommt, gib auf keinen Fall auf. Es ist mir egal, was er tut oder was passiert. Gib. Nicht. Auf. Verärgere ihn nicht, damit er dir nicht wehtut. Geh kein Risiko ein oder versuche zu fliehen, denn ich werde kommen, um dich zu retten. Wenn es nötig ist, werde ich die gesamte US Navy mobilisieren. Aber du musst durchhalten und alles dafür tun, am Leben zu bleiben, bis ich komme, okay?«

Dakota biss sich auf die Lippe. »Ich bin wirklich nicht sehr mutig.«

»Unsinn«, konterte Slade sofort. »Du bist eine der mutigsten Frauen, die ich kenne. Du hast nicht zu Hause gesessen und Däumchen gedreht, als die Lage brenzlig wurde. Du hast dich nicht im Haus deines Vaters versteckt und geweint. Du bist nicht an deiner Schule geblieben, als die Kinder in Gefahr geraten sind. Auch ohne große Vorkenntnisse hast du es geschafft, dich lange Zeit zu verstecken.«

»Ich bin davongelaufen, das ist nicht mutig«, beharrte Dakota.

»Verdammt noch mal, natürlich ist es das. Manchmal ist Weglaufen das Klügste, was man tun kann. Du bist aus der Situation herausgekommen, in der du warst, und hast dir etwas Zeit verschafft. Was glaubst du, wo du wärst, wenn du es nicht getan hättest?«

»Wahrscheinlich an ein Bett im Keller gefesselt, wo ich gezwungen würde, alles zu tun, was dieser Idiot von mir verlangt«, murmelte Dakota.

»Genau.« Slades Stimme wurde sanfter. »Ich habe dir versprochen, alles zu tun, um dich zu beschützen. Und dieses Versprechen werde ich halten. Aber Scheiße passiert. Leider weiß ich das besser als die meisten Leute. Ich möchte nur, dass du versuchst, ruhig zu bleiben, wenn uns diese Scheiße passieren sollte. Widersetze dich

Fourati nicht, aber lass dir auch nicht alles gefallen. Was auch immer passiert, du wirst durchhalten, bis ich dich da rausholen kann. Alles klar?«

»Okay. Aber du wirst ... dich beeilen, nicht wahr? Ich kann eine Weile vortäuschen, mutig zu sein, aber irgendwann werde ich einbrechen.«

»Ich werde alles in meiner Macht Stehende tun, um dich so schnell wie möglich zu erreichen.«

Dakota nickte und sah dann auf seine Brust. Sie zeichnete dort mit ihrem Finger kleine Kreise und fragte: »Also ... Cutter?«

Er grinste und beschloss, ihr die jugendfreie Erklärung für seinen Spitznamen zu verraten. Sie musste definitiv nichts über seine Fähigkeiten wissen, anderen die Kehle durchschneiden zu können. »Mein Nachname.«

»Ah, das macht Sinn«, sagte sie.

Slade entspannte seine Muskeln, von denen er nicht bemerkt hatte, wie angespannt sie gewesen waren, als er spürte, wie sie sich an ihn schmiegte. »Ich rufe jetzt Wolf an, okay?«

»In Ordnung.«

Er wählte Wolfs Nummer und wartete, während es klingelte.

»Hallo?«

»Hey Wolf, hier ist Cutter.«

»Wann kommst du zurück?«, fragte der andere SEAL ohne weitere Höflichkeiten.

»Warum? Vermisst du mich?«, scherzte Slade.

»Ja, verdammt! Der Typ, der im Büro deinen Platz eingenommen hat, ist langsam wie eine Schnecke. Ich schwöre bei Gott, dass ich ihm heute zeigen musste, wie man die Ränder eines Word-Dokuments ändert. Wie zum Teufel er jemals eine Anstellung bei der Regierung bekommen hat, ist mir schleierhaft. Bitte sag mir, dass du bald zurückkommst. Wo zum Teufel steckst du überhaupt? Ich habe gehört, du bist nach Vegas gefahren?«

Slade spürte, wie Dakota an seiner Schulter lächelte. Wolf klang extrem aufgebracht. Es war verdammt lustig. »Ich hoffe, bis morgen Abend wieder in der Stadt zu sein.«

»Gott sei Dank.«

»Aber noch nicht bei der Arbeit. Ich habe immer noch alle Hände voll mit der Sache zu tun, wegen der ich mir überhaupt Urlaub genommen habe.«

»Verdammt.«

Diesmal kicherte Dakota.

»Ist es eine schlechte Zeit zum Reden?«, fragte Wolf, der offensichtlich das leise Kichern gehört hatte.

Slade musste grinsen, als Wolf versuchte, professionell zu wirken, aber gleichzeitig neugierig war. »Überhaupt nicht. Dakota, das ist Wolf. Wolf, Dakota.«

»Hallo«, sagte Dakota leise. »Es ist schön, dich kennenzulernen.«

»Gleichfalls, Liebes«, sagte Wolf. »Wie kommt es, dass ich plötzlich das Gefühl habe, dass es länger dauern könnte, als mir lieb ist, bis du wieder bei der Arbeit bist, Cutter?«

»Ich möchte dich um einen Gefallen bitten«, sagte Slade, ohne die Frage seines Freundes zu beantworten.

»Betrachte es als erledigt«, antwortete Wolf sofort.

»Ich brauche einen Unterschlupf, um Dakota und mich ein paar Tage zu verstecken.«

»Kein Problem.«

»Ich weiß nicht, wie lange es dauern wird«, ergänzte Slade.

»Die Gästewohnung im Keller gehört euch, solange ihr sie braucht«, sagte Wolf.

»Vielen Dank.«

»Du weißt, dass du auf mich zählen kannst, egal was passiert. Aber diese Frage muss ich stellen ... kann das, womit du zu tun hast, Einfluss auf meine Frau haben?«

Slade zögerte. Er wollte Nein sagen, aber unterm Strich war es nicht auszuschließen. Bis Tex mehr Informationen hatte, wie Fourati Dakota aufspüren konnte, war er sich nicht sicher. »Wir können auch in einem Hotel übernachten«, sagte Slade zu Wolf.

»Das habe ich nicht gemeint, und das weißt du, Cutter«, sagte Wolf mit leiser, fester Stimme, anders als der lockere Ton, den er bisher verwendet hatte. »Selbst wenn dir Osama Bin Laden auf den Fersen wäre, würde ich dich mit offenen Armen empfangen.«

»Ist der nicht tot?«, flüsterte Dakota, nachdem Wolf ausgesprochen hatte.

Slade lächelte nicht einmal, obwohl sie süß war.

»Oh mein Gott«, rief Wolf aus. »Sie ist es, nicht wahr?«

Slade wusste, was er meinte. Seit sie sich kannten, hatten sie Gespräche darüber geführt, wie Wolf gewusst hatte, dass Caroline für ihn bestimmt war, nachdem sie geholfen hatte, ihm das Leben zu retten, obwohl er anfangs versucht hatte, es zu leugnen. Er hatte sogar einmal gesagt, dass es egal sei, wie alt Slade war ... er würde es wissen, wenn er die Frau finden würde, die für ihn bestimmt war.

»Ja.«

»Ich freue mich für dich, Cutter«, sagte Wolf zu seinem Freund. »Und um deine Frage zu beantworten, Dakota, Bin Laden ist tot. Ein Team von Navy SEALs hat ihn ausgeschaltet. Aber selbst wenn er als Geist aus seinem Grab wiederauferstehen würde, um Cutter zu jagen, würde ich dem Mann neben dir trotzdem erlauben, bei mir unterzukommen. Ich möchte lediglich Offenheit.«

»Das klingt fair«, murmelte Dakota leise. Dann sagte sie: »Ich wette, Wolf hat keine Angst vor Geistern. Er würde mit mir ins Goldfield Hotel gehen.«

»Süße, ich habe keine Angst vor Geistern, ich möchte nur keine Ziegelsteine an den Kopf geworfen bekommen«, sagte Slade und drückte gleichzeitig ihre Taille.

Er spürte ihr Lächeln auf seiner Brust, räusperte sich und erzählte seinem Freund, was los war. »Erinnerst du dich an den Bombenanschlag am Flughafen von L.A.? Es sieht so aus, als wäre das keine einmalige Sache gewesen.«

»Das weiß ich bereits, Cutter.«

»Dakota war dabei. Sie kann Aziz Fourati identifizieren.«

Wolf pfiff lange. »Weiß er, wo sie ist?«

»Unbekannt.«

»Okay, ich werde mit dem Team sprechen. Wir werden Patrouillen rund um das Haus aufstellen. Ich werde Caroline zu Cheyennes Haus schicken. Sie will sowieso mehr Zeit mit Baby Taylor verbringen.«

Slade schluckte schwer und schloss die Augen, um seine Fassung zurückzugewinnen. Wolf und er waren immer gut befreundet gewesen. Sie hatten oft über die nicht streng geheimen Aspekte einiger Missionen geredet und Slade hatte ihm oft einen Rat gegeben, wenn er gefragt wurde. Aber dass der Mann ihn und Dakota nicht nur bereitwillig in seinem Haus aufnehmen, sondern auch dafür sorgen würde, dass seine SEAL-Freunde auf sie aufpassten, und darüber hinaus, ohne mit der Wimper zu zucken, seine Frau wegschickte, war selbst für ihn überwältigend. Slade wusste, dass er es vermisst hatte, Teil eines Teams zu sein. Aber bis zu diesem Moment hatte er nicht gemerkt, wie sehr.

»Danke, Wolf! Wenn es dich tröstet, Tex ist involviert. Ich erwarte nicht, dass sich die Sache in die Länge zieht. Ich werde es eher früher als später beenden.«

»Ich werde alles tun, damit dein Arsch so schnell wie möglich wieder auf dem Stuhl hinter diesem Schreibtisch landet«, scherzte Wolf. »Ich kann deine Vertretung nicht länger als nötig ertragen.«

»Ich werde dich wissen lassen, wenn wir in der Nähe deines Hauses sind«, sagte Slade.

»Großartig. Ich werde dir den Code für die Alarmanlage geben, wenn du anrufst.«

»Wolf?«, meldete sich Dakota zu Wort.

»Ja, Liebes?«

»Vielen Dank.«

»Ich freue mich darauf, dich persönlich kennenzulernen. Und ich weiß, dass meine Frau und ihre Freundinnen über dich herfallen werden, sobald sich die Dinge beruhigt haben. Das ist nur eine freundliche Vorwarnung.«

»Ich kann es kaum erwarten.«

»Das sagst du jetzt. Kümmere dich gut um Cutter für mich. Ohne ihn wird unser Büro im Chaos untergehen. Bis später.« Und wie Tex zuvor beendete Wolf das Telefonat, ohne darauf zu warten, dass Slade sich verabschiedete.

»Ich glaube, deine Freunde mögen dich«, sagte Dakota zu Slade, nachdem er sich vorgebeugt und das Telefon auf den Tisch neben dem Bett gelegt hatte.

Er zuckte mit den Schultern.

»Was machst du im Büro, das Wolf scheinbar so wichtig ist?«

»Papierkram.«

»Da muss doch noch mehr dahinterstecken«, betonte Dakota. »Er kann die Vertretung offenbar nicht ausstehen.«

»Ich bin gut in dem, was ich tue«, sagte Slade, ohne eingebildet zu klingen. »Ich habe ein Händchen dafür. Vielleicht liegt es an den vielen Jahren, die ich in Teams gearbeitet habe, oder daran, dass ich mir nicht auf der Nase herumtanzen lasse. Aber ich erledige die Dinge einfach. In gewisser Weise.«

»Ich kann verstehen, dass das wichtig ist.«

»Ja, können wir jetzt aufhören, über meine Arbeit zu reden? Du musst etwas schlafen. Morgen wird ein langer Tag.«

»Kann ich noch etwas sagen?«

Slade seufzte in gespielter Verzweiflung, drückte Dakota aber, um sicherzugehen, dass sie wusste, dass er Spaß machte.

»Ich mag es, dass du Leute kennst, die dir den Rücken frei halten.«

»Du hast das nicht.« Es war keine Frage. Slade wusste, wenn es so wäre, würde sie jetzt bei ihnen sein.

»Nicht wirklich. Ich meine, ich bin mit der Sekretärin in der Schule gut befreundet und mit einigen Lehrern habe ich mich manchmal zum Essen verabredet. Aber das sind mehr Arbeitsbeziehungen, wenn du verstehst, was ich meine.«

»Ich weiß, was du meinst«, sagte Slade.

»Ich glaube, diese Männer, mit denen du heute Abend telefoniert hast, sind auch Arbeitsbeziehungen, aber es ist anders.«

Das stimmte, wenn man sein Leben in die Hände eines anderen legte, wurden engere Bande geknüpft, unzerbrechliche. Kombiniert mit mehreren Situationen, in denen es um Leben und Tod ging, resultierte daraus eine Freundschaft fürs Leben. »Ja«, sagte er leise.

»Ich bin erleichtert, dass du mich gefunden hast«, sagte Dakota mit leiser Stimme. »Ich bin froh, dass du es warst.«

»Ich auch. Schließ jetzt die Augen und schlaf«, forderte Slade.

»Macht es dir nichts aus, dass ich so schlafe?«, fragte sie und legte den Arm um seinen Bauch, um ihm ihre Nähe zu zeigen.

»Nein verdammt, ich will dich genau hier haben. Es hat mich fast umgebracht, heute Morgen neben dir in deinem Wagen zu sitzen und dich nicht anfassen zu können. Es sah so unbequem aus, wie du auf diesem Sitz lagst.«

»Wie lange hast du neben mir gesessen, bevor ich es bemerkt habe?«, fragte Dakota.

»Zwei Stunden.«

Dabei fiel ihr Kopf von seiner Schulter und sie starrte ihn ungläubig an. »Zwei Stunden? Wie um alles in der Welt habe ich durchgeschlafen, obwohl du die Wagentür geöffnet hast? Du warst die ganze Zeit da?«

»Du warst offensichtlich müde. Und ja, die ganzen zwei Stunden«, sagte Slade.

»Was hast du gemacht?«

»Ich habe dich beim Schlafen beobachtet.« Er tat nicht einmal so, als wüsste er nicht, wovon sie sprach. »Ich saß zwei Stunden da und habe dir beim Atmen zugesehen und mir gewünscht, ich dürfte dich in die Arme nehmen. Ich habe auch einen Plan entwickelt, um dich zu beschützen.«

»Wow«, sagte sie und ließ den Kopf wieder auf seine Schulter sinken. »Ich hatte keine Ahnung.«

»Wenn ich eine Bedrohung wäre, hättest du es bemerkt«, sagte Slade überzeugt. »Aber weil ich es nicht war, hat dein Körper dich weiterschlafen lassen.«

»Ich denke, du sprichst mir mehr zu, als ich verdient habe«, sagte Dakota. »Ich bin nicht so klug. Ich würde wahrscheinlich nicht einmal aufwachen, wenn Aziz ein Loch durch die Tür bohrt, um zu mir zu gelangen.«

»Sicher bist du klug. Du bist seit Monaten auf der Flucht. Aber du hast mir von Anfang an vertraut.«

»Das stimmt«, bestätigte sie.

»Nun ... würdest du jetzt bitte die Augen schließen und etwas schlafen?«

»Wirst du hier liegen und mich anstarren, wenn ich es tue?«

Slade grinste. Sie überraschte ihn immer wieder mit ihrem ausgefallenen Humor. »Kann sein.«

»Wie auch immer. Aber du musst morgen fahren und vielleicht auf Leute schießen, wenn sie uns finden. Du solltest besser auch etwas schlafen.«

Er wusste, dass sie Witze machte, aber er würde auf jeden Fall die Pistole benutzen, die in dem Holster um seinen Knöchel steckte, um sie zu beschützen, wenn es sein musste. »Schhh«, murmelte er und fuhr mit seiner Hand sanft über ihren Hinterkopf. Als sie zufrieden seufzte und sich tiefer in seine Schulter grub, tat er es noch einmal.

»Das fühlt sich gut an«, flüsterte sie. »Seit dem Tod meiner Mutter hat mich niemand mehr so gestreichelt.«

Ihre Worte schmerzten in seinem Herz, also fuhr er mit seiner Hand in rhythmischen Bewegungen von ihrem Kopf bis zu ihren Haarspitzen.

Innerhalb von Minuten entspannte sie sich vollständig, sicher in seiner Umarmung.

Slade lag unter Dakota und streichelte sie weiter, während er versuchte, sich selbst so weit zu entspannen, dass er schlafen konnte. Alle seine Sinne schienen geschärft, genau wie auf seinen früheren Missionen. Er war auf einer Mission, der wichtigsten seines Lebens.

Als wären die vielen Einsätze in Übersee Generalproben für diesen Moment gewesen. Slade ging so viele Szenarien für den Verlauf der nächsten Tage durch, wie er sich vorstellen konnte. Und jedes einzelne Szenario endete damit, dass Aziz Fourati tot und Dakota frei war, um ihr Leben ohne Angst zu verbringen … gemeinsam mit ihm.

KAPITEL NEUN

»Geht es dir gut?«, fragte Slade scheinbar zum hundertsten Mal an diesem Tag.

Dakota ging es nicht gut. Sie hatte acht Stunden lang auf Slades Motorrad gesessen und wollte unbedingt von dieser dummen Maschine herunter. Sie war taub zwischen den Beinen und ihre Füße kribbelten seit etwa einer Stunde. Nur das Wetter hatte sich zu ihren Gunsten entwickelt. Es war nicht mehr so kalt wie in den höheren Lagen Nevadas und in der Lederjacke, die Slade ihr besorgt hatte, fühlte sie sich recht wohl.

Als sie an diesem Morgen aufgewacht war, war sie steif und hatte unglaublichen Muskelkater, aber sie lag dafür sehr bequem. Sie hatten sich in der Nacht herumgedreht und sie lag mit dem Rücken gegen seine Brust und Slade hatte seine Arme um ihren Körper geschlungen. Ein Arm lag auf ihrer Taille und als sie sich bewegt hatte, hatte sie seine sehr große Morgenerektion an ihrem Hintern gespürt.

»Guten Morgen«, murmelte er, während er sie fester an sich zog.

Sie sagte kein Wort, gefangen in diesem Zustand halb schlafend und halb wach. Aber es schien Slade egal zu sein, dass sie seinen Morgengruß nicht erwiderte. Er schob die Hand von ihrer Taille unter ihr T-Shirt und streichelte über ihren Bauch, den sie versuchte einzuziehen. Aber sie vergaß sofort jegliches Übergewicht um ihren Bauch, als er sich mit der Hand immer weiter auf ihre Brüste zubewegte.

Er richtete sich hinter ihr auf und stützte den Kopf auf seine freie Hand. Das Morgenlicht hatte sich seinen Weg durch die dünnen Vorhänge gebahnt und tauchte den Raum in ein seltsames orangefarbenes Licht. Als Slade mit den Fingern ihre nackte Brust berührte, atmete Dakota scharf ein, was ihre Brust förmlich gegen seine Hand drückte.

Er nutzte die Gelegenheit und strich leicht über ihre Brustwarzen. Dakota spürte, wie sie sich sofort zusammenzogen, als bettelten sie um Slades Berührung. Er enttäuschte sie nicht. Für einen Moment hielt er ihre Brust in seiner Hand, dann spielte er träge mit ihrer jetzt steinharten Brustwarze.

Er fuhr für einen Moment fort, bevor Dakota schließlich quietschte: »Slade?«

»Schhh, keine Panik. Weiter gehe ich nicht«, sagte er leise. »Ich muss dich nur berühren. Ich höre auf, wenn du dich unwohl fühlst. Sag einfach das Wort.«

Dakota schüttelte den Kopf, weil sie nicht wollte, dass er aufhörte. »Nein, ich bin damit einverstanden. Mehr als einverstanden.« Sie konnte seine Erektion spüren, die jetzt an ihrem Hintern pulsierte. Sie konnte nicht anders und presste sich dagegen, als er in ihre Brustwarze kniff. Die Erotik seiner Berührung war überwältigend.

»Das gefällt dir«, sagte er und wiederholte die Aktion diesmal mit der anderen Brustwarze.

Dakota nickte. Zum Sprechen war sie im Moment nicht fähig.

Slade zog sich zurück. Als sie den Mund öffnete, um sich darüber zu beschweren, dass er sie losgelassen hatte, drehte er sie herum, sodass sie neben ihm auf dem Rücken lag. Sein Gesicht war nur Zentimeter von ihrem entfernt und er murmelte: »Guten Morgen«, dann neigte er den Kopf und begann den für sie erstaunlichsten Morgen ihres Lebens.

Er küsste ihre Stirn, dann ihre Nase. Er strich mit seinen Lippen über ihre und knabberte an ihrem Ohrläppchen. Dann leckte er über die Seite ihres Halses und küsste gemächlich jeden Zentimeter Haut, den er erreichen konnte. Währenddessen machte er sich mit seinen Fingern wieder an ihren Brüsten zu schaffen, die jetzt viel zugänglicher waren, da sie auf dem Rücken lag.

Dakota war sich nicht sicher, was sie mit ihren eigenen Händen machen sollte, also packte sie das Laken an ihren Hüften und hielt sich fest. Erst als Slade sich zu ihrer Brust hinunterbewegte und eine ihrer Brustwarzen durch die Baumwolle ihres T-Shirts mit seinem Mund ansaugte, fand sie ihre Stimme wieder.

»Slade, Gott, das fühlt sich so gut an. So gut hat es sich noch nie angefühlt.«

Sie legte eine Hand an seinen Hinterkopf und versuchte, ihn wieder an ihre Brust zu drücken, als er den Kopf hob und murmelte: »Für mich auch nicht, Liebling.

Ich schwöre, ich könnte nur vom Saugen an diesen Schönheiten zum Höhepunkt kommen.«

»Ich auch«, sagte sie benommen, aber mit einem Lächeln.

Er küsste ihre Brustwarze, die jetzt durch das feuchte Material ihres Hemdes deutlich zu sehen war, und kommentierte dann: »Ich habe geschlafen wie ein Stein.«

»Was?« Langsam wurde Dakotas Verstand wach und sie begriff, was er sagte. Sie war immer noch benommen von dem Gefühl seiner Lippen und seiner Finger an ihrem Körper.

»Ich habe schon lange nicht mehr so gut geschlafen. Normalerweise wache ich ein paarmal pro Nacht auf … erinnere mich an den Scheiß, den ich in meinem Leben gesehen habe. Letzte Nacht kein einziges Mal. Ich habe geschlafen wie ein Baby, die ganze Nacht.«

Seine Hand war immer noch unter ihrem Hemd und er strich mit dem Daumen über die Unterseite einer ihrer Brüste. Der Morgen hatte erotisch begonnen, sich aber zu sanfter Intimität gewandelt. So etwas hatte sie noch nie erlebt und sie wusste, dass sie sich von diesem Moment an danach sehnen würde.

Dakota hob eine Hand an sein Gesicht und strich mit ihren Fingerspitzen leicht über seinen Bart. Er war nicht zu lang und nicht zu kurz. Er passte zu ihm. Der Gedanke daran, wie er sich auf der empfindlichen Haut ihrer Brüste oder ihren Schenkeln anfühlen könnte, raste durch ihren Kopf, aber sie stoppte ihre Gedanken, bevor sie auf dumme Ideen kam. Der Gedanke an seinen Bart zwischen ihren Beinen, während er sie verwöhnte, war im Moment zu viel.

»Letzte Nacht war die erste Nacht, in der ich nicht von dem Bombenanschlag geträumt habe«, sagte sie leise.

»Wovon träumst du sonst?«, fragte Slade.

»Frag lieber, wovon ich nicht träume«, konterte Dakota. »Ich träume davon, dass er mich vergewaltigt, mir seine Zunge in den Hals schiebt und lacht, während er eines meiner Schulkinder erschießt. Er verspottet mich und sagt, dass mich nie jemand finden wird, dass ich seine Babys bekommen werde, die er zu Frauenhassern und Mördern erziehen wird.«

»Jesus«, hauchte Slade, dann senkte er den Kopf, bis seine Nase die Haut hinter ihrem Ohr berührte.

»Aber letzte Nacht habe ich nicht von ihm geträumt.«

»Wovon hast du geträumt?«, fragte Slade mit gedämpfter Stimme.

»Von dir, uns, von dem hier.« Die Worte waren einfach, hatten aber eine so viel tiefere Bedeutung, dass Slade tief Luft holen musste.

»Ich will dich«, sagte er und hob den Kopf. »In meinem Leben, in meinem Bett. Ich möchte der Grund sein, warum du in deinen Träumen sicher bist.«

»Es ist verrückt, aber das will ich auch«, flüsterte Dakota zurück, einerseits erschrocken, aber gleichzeitig so sicher wie nie zuvor in ihrem Leben.

Sie starrten sich einen langen Moment an und Dakota dachte, sie würden gleich übereinander herfallen, als Slade sagte: »Wir müssen aufbrechen.«

Sie musste ein erbärmliches Geräusch gemacht haben, denn er lächelte resigniert. »Ich weiß, Schatz. Ich möchte nichts lieber, als dir dein Hemd auszuziehen und mich an deinen schönen Brüsten zu laben. Okay, ja, ich möchte auch deine Essenz kosten. Ich will es einatmen und dass es mich markiert. Du wirst mir die Lust an jeder anderen Frau verderben und ich kann es verdammt noch mal kaum erwarten. Ich will, dass du das tust. Aber wir müssen es bis heute Abend bis zu Wolf schaffen. Das ist der sicherste Ort für dich und ich werde nichts tun, was dich noch mehr in Gefahr bringt, als du bereits bist. Anstatt hier mit dir in diesem Bett zu liegen und meinen Schwanz so tief in dich zu stecken, dass wir nicht mehr wissen, wo ich aufhöre und du anfängst, werde ich dir ein paar Schmerztabletten geben und dann fahren wir los.«

Dakota mochte alles, was Slade gerade gesagt hatte. Sie konnte zwischen ihren Schenkeln spüren, wie sehr es ihr gefiel. Sie war klatschnass für ihn und wollte seinen Mund und seine Finger auf sich haben. Sie wollte sehen und fühlen, wie er sich in ihr ergoss … aber er hatte recht. Sie hatten keine Ahnung, wo die Männer waren, die sie bis nach Rachel verfolgt hatten, oder ob Aziz weitere Truppen geschickt hatte, um sie zu fangen.

»Okay, Slade, aber können wir vielleicht …« Sie verstummte, plötzlich unsicher, was sie fragen wollte. Es war zu früh.

»Was? Du kannst mich alles fragen. Sag es und ich gebe es dir«, sagte Slade leise.

»Du kannst Nein sagen oder dass du darüber nachdenken musst, aber glaubst du … wenn dieser Wahnsinn vorbei ist … könnten wir noch einmal hierherkommen? Vielleicht können wir einige Zeit zusammen in Rachel verbringen? Oder wir fahren noch einmal nach Goldfield und machen das hier noch einmal, aber ohne uns Sorgen um den Heimweg machen zu müssen.«

»Absolut«, entgegnete Slade mit einem kleinen Lächeln. »Wir werden ein oder zwei Wochen brauchen, vielleicht finden wir einige dieser Geocaching-Dinger. Wir werden uns lieben, bevor wir schlafen gehen, und ich wecke dich mit meiner Zunge an deiner Klitoris auf. Wir werden jeden Morgen mit mehr als nur ein bisschen Streicheln beginnen. Ich werde dafür sorgen, dass du vollkommen zufrieden bist, bevor ich aufstehe und dir einen Pfefferminzmokka und einen Donut mit Ahorn-Zuckerguss besorge.«

Dakota starrte ihn einen Moment lang an. Die Sehnsucht nach der Vorstellung, die er ihr gerade in den Kopf gesetzt hatte, fuhr ihr bis in die Knochen. Sie musste nicht nur die Lust in ihrem Körper, sondern auch die intime Situation auflösen und scherzte: »Glaubst du, Wolf wird dir noch eine Auszeit geben? Ich bin mir nicht sicher, ob er dich gehen lassen wird, wenn du gerade wieder zurück bei der Arbeit bist.«

Slade lachte. Mit der Hand, die auf ihrer Brust geruht hatte, glitt er über ihren Bauch und bewegte sie an ihre Seite. Mit seinem Daumen streichelte er über ihren Hüftknochen. »Wolf ist nicht mein Boss, Liebling. Und ich habe eine Menge Urlaubszeit angespart.« Er zuckte mit den Schultern. »Ich hatte sonst nie den Wunsch, sie zu benutzen.«

»Alles klar.«

»Alles klar«, wiederholte er. Er beugte sich vor und küsste sie leicht auf die Lippen, dann zog er sich zurück und sagte: »Ich würde dir einen ordentlichen Gutenmorgenkuss geben, aber ich habe Mundgeruch. Geh duschen. Ich werde sehen, ob ich uns etwas zum Frühstück besorgen kann. Du kannst essen, während ich dusche, und dann machen wir uns auf den Weg.«

»Klingt gut.«

»Gewöhne dich nicht zu sehr ans Alleinduschen«, sagte er streng mit einem Funkeln in den Augen. »Wenn wir zu dem Paar werden, das ich mit dir sein möchte und von dem ich hoffe, dass wir es bald sein werden, möchte ich meinen Tag mit dir nackt und nass in meinen Armen beginnen.«

Dakota zitterte von Kopf bis Fuß bei der Leidenschaft in seinen Worten. Ja, das wollte sie auch. Ihr fehlten die Worte, um zu antworten.

»Los jetzt. Vergiss nicht, vor dem Duschen die Schmerztabletten zu nehmen. Leider wirst du sie noch brauchen.« Und damit drückte Slade ihre Taille und stieg aus dem Bett.

Dakota starrte ihn an, als er gemächlich zu dem Stuhl ging, auf dem er letzte Nacht seine Kleider drapiert hatte. Die Muskeln in seinen langen Beinen spannten sich an, während er sich bewegte. Er trug Boxershorts, die seinen muskulösen Hintern nicht vor ihren Blicken verbargen.

Sie starrte Slade weiter an, während er seine Jeans anzog. Dann drehte er sich mit offener Hose zu ihr um und seine Erektion war deutlich zu sehen, wie sie sich gegen den Jeansstoff drückte. »Dakota? Wir müssen uns wirklich langsam in Bewegung setzen.«

»Ich gehe ja schon«, murmelte sie, ohne ihn aus den Augen zu lassen. Slade mochte fast fünfzig sein, aber sie hatte noch nie einen Mann gesehen, der so sexy war wie er. Er war immer noch so gut in Form wie in seiner Zeit als SEAL. Sie nahm an, dass er nach wie vor trainierte, denn die Muskeln in seiner Brust und seinen Armen waren deutlich ausgeprägt und spannten sich bei jeder seiner Bewegungen an.

Er lachte leise und beugte sich vor, um nach seinem

T-Shirt zu greifen. Dakota sah zu, wie er es über den Kopf zog, und unterdrückte einen Seufzer.

»Ich gehe jetzt. Ich liebe deine Blicke auf meinem Körper, aber mein Schwanz wird sich nicht genug entspannen, um Motorradfahren zu können, wenn du mich weiter mit deinen Blicken flachlegst.«

Dakota blinzelte und wurde rot. Dann wandte sie den Blick von ihm ab und sagte: »Kümmere dich nicht um mich. Hol mir Kaffee und Zucker. Ich werde fertig sein, wenn du zurückkommst.«

Sie hörte, wie er zum Bett zurückkam. Es senkte sich, als er seine Hände auf die Matratze stützte und sich vorbeugte. »Ich liebe das«, erklärte er und wartete nicht darauf, dass sie fragte, was. »Ich liebe es, dass du den Blick nicht von mir lassen kannst. Das hatte ich noch nie. Meine Ex hat mich nie so angesehen, wie du es tust. Als wolltest du mich lebendig auffressen. Du sollst wissen, dass dieses Gefühl auf Gegenseitigkeit beruht. Allein meine gerade aufgerichteten Nackenhaare halten mich davon ab, dich so hart zu ficken, bis sich keiner von uns mehr bewegen kann. Diese Arschlöcher sind da draußen und warten nur darauf, dass ich versage. Und das wird nicht passieren. Dusche jetzt. Ich bin bald zurück.« Dann gab er ihr mit geschlossenem Mund einen harten Kuss auf die Lippen und verließ das Zimmer.

Die Erinnerung an den Morgen hatte sie die meiste Zeit der Fahrt über beschäftigt. Hinten auf dem Motorrad mitzufahren war besonders beängstigend gewesen, als sie in den Stadtverkehr von Las Vegas geraten waren, aber Slade hatte ihre Nervosität irgendwie gespürt und nach hinten gegriffen, ihren Oberschenkel gestreichelt und gesagt: »Alles in Ordnung, Liebling. Schließ die Augen und vertraue mir.«

Und das hatte sie getan.

Aber die lange Strecke von der kalifornischen Grenze bis zu der kleinen Militärstadt Barstow war brutal gewesen. Es gab nicht viel zu sehen und Dakota stellte sich immer wieder vor, wie die Schläger von Aziz sie einholen und rammen würden.

Als sie den Cajon-Pass hinunter in Richtung San Bernardino fuhren, hatte Dakota genug von dieser ganzen Motorrad-Sache. Sie wollte sich nur noch hinlegen und alle ihre Glieder ausstrecken. Sie würde es nie wieder genießen können, in einem Massagesessel zu sitzen. Ihr Gehirn fühlte sich an, als wäre es tagelang durchgeschüttelt worden.

»Dakota, alles in Ordnung?«, fragte Slade, als sie an der Stadt Escondido vorbeikamen.

Sie seufzte und rief zurück: »Alles gut!«, jedoch klang es gereizter als beabsichtigt, aber was auch immer. Sie konnte es jetzt nicht mehr zurücknehmen.

»Noch höchstens zwanzig Minuten«, sagte er zu ihr und drückte ihre Hände auf seinem Bauch.

Dakota nickte, obwohl sie wusste, dass Slade log, um ihr den letzten Teil der Reise zu erleichtern. Sie wusste, dass Escondido fast fünfzig Kilometer von San Diego entfernt war. Sie lehnte den Kopf gegen Slades Rücken, schloss die Augen und ließ ihre Gedanken schweifen, während sie die verbliebenen Kilometer zu Wolfs Haus fuhren.

Sie hätte nervös sein sollen, wieder in der Stadt zu sein, in der ihre Wohnung abgebrannt war und wo sie von Aziz bedroht worden war, aber im Moment konnte sie nur an Slade denken.

Sie versuchte zu analysieren, warum sie sich so schnell in ihn verliebt hatte. Es hatte wahrscheinlich damit zu tun, dass sie in Gefahr war ... obwohl sie sich nicht in Gefahr gefühlt hatte, als sie ihn zum ersten Mal gesehen hatte. Sie war so lange in Rachel gewesen, dass sie zwar noch vorsichtig gewesen, aber nicht mehr ausgeflippt war, wenn Leute das kleine Restaurant betraten.

Vielleicht lag es daran, dass sie so lange keinen Sex mehr gehabt hatte. Aber sie glaubte nicht, dass sie sich deswegen in Slade verliebt hatte. Sie mochte Sex, brauchte ihn aber nicht wirklich. Bevor alles, was sie besaß, in Flammen aufgegangen war, hatte sie in ihrem Nachttisch einen Vibrator aufbewahrt, der regelmäßig zum Einsatz kam. Es war nicht dasselbe wie die Intimität mit einem Mann, aber es erfüllte seinen Zweck. Sie glaubte also nicht, dass sie sich nur zu Slade hingezogen fühlte, weil er heiß war.

Er hatte einfach etwas an sich, das ihr das Gefühl gab ... geerdet zu sein. Ja, sie fühlte sich bei ihm sicher. Ja, sie wollte ihn. Aber es war mehr als das. Dakota wusste, dass der Mann nicht perfekt war. Er lebte schon fast ein halbes Jahrhundert. Er würde sicherlich seine eigenen Macken, Eigenheiten und Methoden haben, Dinge zu erledigen, die sie vielleicht verrückt machen würden, genauso wie sie nicht perfekt war. Aber sie würde seine Macken mit Leichtigkeit akzeptieren können, wenn sie in seiner Nähe weiterhin so zufrieden wäre.

War es verrückt, sich vorzustellen, den Rest ihres Lebens mit ihm zu verbringen? Nach zwei Tagen überhaupt daran zu denken, den Rest ihres Lebens mit ihm verbringen zu wollen? Wahrscheinlich! Dakota grinste. Aber wen zum Teufel kümmerte das. Es war nicht so, als würde sie in absehbarer Zeit heiraten. Aber sie war in ihrem Leben lange genug vorsichtig gewesen. Es war an der Zeit, spontan zu sein und mit ihrem Herzen zu entscheiden. Wenn sie verrückt war, dann war Slade es auch. Und zusammen verrückt zu sein klang viel besser, als für den Rest ihres Lebens allein verrückt zu sein.

Ihre Gedanken wurden abrupt unterbrochen, als Dakota spürte, wie die Maschine zwischen ihren Beinen rumpelte und sie langsamer wurden. Sie öffnete die Augen und hob den Kopf, um sich umzusehen. Sie sah, dass sie sich in einem Stadtviertel mit kleinen, niedlichen Häusern befanden. Slade bog in die Auffahrt eines grauen Hauses mit einer kleinen Veranda ein. Davor parkten bereits zwei Wagen. Er hielt die Harley an und stellte den Motor ab.

Dakota seufzte erleichtert. Wenn Slade sie das nächste Mal auf dieser Höllenmaschine mitnehmen wollte, würde sie zumindest Ohrstöpsel verlangen.

Wie jedes Mal, wenn sie anhielten, sprang Slade sofort vom Motorrad und drehte sich zu ihr um. Er hatte seinen Helm bereits abgenommen und half ihr, ihren abzunehmen. Sie hatte ihm mehrmals versucht zu sagen, dass sie das auch allein könnte, aber er hatte nur gelächelt und gesagt: »Ich weiß, aber ich mache es gern für dich.« Wie könnte sie es ihm verwehren, wenn er etwas so Süßes sagte?

Er schnallte ihren Helm ab und hängte ihn neben seinen an den Lenker. Slade massierte sanft ihren Kopf und traf auf magische Weise genau die Stellen, wo das Plastik auf ihren Schädel gedrückt hatte. Er hatte ihr am

Morgen, bevor sie aufgebrochen waren, noch einmal zärtlich die Haare geflochten und sie hatte entschieden, dass sich seine Hände magisch anfühlten.

»Bereit?«

Dakota wusste, dass er meinte, ob sie bereit wäre, vom Motorrad abzusteigen. Und das war sie nicht, denn sie wusste, dass es wehtun würde, genau wie die Male zuvor, wenn sie angehalten hatten, um sich die Beine zu vertreten. Aber sie nickte nur und versuchte, ihr Unbehagen und ihre Angst zu verbergen.

Anscheinend gelang ihr das nicht besonders gut, denn er seufzte und sagte: »Es tut mir leid, Liebling. Ich weiß, dass du Schmerzen hast, aber du hast das heute toll gemacht. Ich bin stolz auf dich. Wenn ich es nicht besser wüsste, würde ich glauben, dass du schon dein ganzes Leben lang Motorrad fährst.«

»Ja, ich habe ganz vergessen zu erwähnen, dass mein Vater Mitglied bei den Hell's Angels ist und ich mit der Gang mitfahre, seit ich klein bin. Wie dumm von mir.«

Er verzog leicht die Mundwinkel, lachte aber nicht. »Danke, dass du Witze darüber machst, damit ich mich besser fühle. Aber das funktioniert nicht. Ich fühle mich scheiße, weil ich dir wehgetan habe.«

Dakota sah, dass Slade sich wirklich schrecklich fühlte, was ihre Zuneigung zu ihm weiter intensivierte. Außer ihren Eltern hatte sich noch nie jemand so sehr um sie gekümmert. Sie legte ihre Hand auf seinen Arm und sagte leise: »Du hast mir nicht wehgetan, Slade. Mir geht es gut. Ja, ich habe Muskelkater, aber es ist nicht so, als hätten wir eine Wahl gehabt. Du hilfst mir, und das werde ich niemals vergessen.«

»Ich tue das nicht, damit du mir dankbar bist«, erwiderte Slade aufgeregt.

»Das weiß ich«, gab sie zurück. »Aber du musst aufhören, jedes Mal wütend zu werden, wenn ich dir danke. Ich weiß besser als jede andere, was Aziz mit mir vorhat, weil er es mir sehr ausführlich erklärt hat. Ich werde nicht aufhören, dankbar dafür zu sein, dass du mir geholfen hast. Es nützt also keinem von uns etwas, wenn du dich aufregst. Aber nur weil ich dankbar bin, heißt das nicht, dass ich nicht mehr für dich empfinde. Ich bin nicht auf das Motorrad eines anderen Typen gesprungen, der durch Rachel gefahren ist. Und glaub mir, da gab es viele. Ich bin auf dein Motorrad gestiegen. Also schluck dein Macho-Gehabe herunter und sag einfach *Gern geschehen*, wenn ich mich bedanke.«

Sie hätte ihn wahrscheinlich nicht angeschnauzt, wenn sie nicht so müde und erschöpft gewesen wäre, aber es waren zwei lange Tage gewesen und Dakota wollte nur noch unter die Dusche und dann ins Bett. Sie war nicht in der Stimmung dazu, sich mit Slades Mist auseinanderzusetzen.

»Du hast recht. Es tut mir leid«, sagte er sofort. »Und gern geschehen.«

Dakota blinzelte. Also gut. Sie hatte sich bereits ihre nächsten Worte zurechtgelegt, wenn er ihren Dank weiterhin nicht wollte, vergaß sie aber schnell wieder, als er sich so schnell und einfach entschuldigte.

»Gut.«

»Also ... bist du bereit abzusteigen?«

Dakota verzog das Gesicht. »Nein.« Aber sie warf ihr Bein über den Sitz und machte sich trotzdem bereit dazu.

Wie jedes Mal hielt Slade sie an der Taille fest,

während sie aufstand. Es dauerte wie immer ein paar Augenblicke, bis sie ihr Gleichgewicht wiedergefunden hatte. Sie blieb in Slades Armen stehen, bis sie das Gefühl hatte, allein gehen zu können.

»Ich bin bereit«, sagte sie, nachdem einige Momente vergangen waren, ohne dass er sich bewegt hätte, wie er es normalerweise tat.

»Verdammt, du bist wunderschön«, hauchte Slade.

Dakota schnaubte. »Ich bin verschwitzt, dreckig, vom Wind zerzaust und gehe, als hätte ich einen Stock im Arsch. Ich glaube, du brauchst eine Brille.«

»Du bist verschwitzt, dreckig, vom Wind zerzaust und gehst komisch, aber ich kann dich sehr gut sehen, Liebling. Und was ich sehe, ist eine anspruchslose Frau, die in einer beschissenen Situation steckt, mit all ihrem Hab und Gut in diesem verbeulten alten Rucksack, die aber trotzdem offen für neue Erfahrungen ist, einem alten pensionierten Navy-Furz eine Chance gibt und sich nach einer acht Stunden langen Motorradtour kein einziges Mal darüber beschwert, dass es ihr beschissen geht.«

»Äh ... okay, was auch immer.«

»Und du musst lernen, ein Kompliment anzunehmen«, sagte Slade grinsend.

Sein Lächeln bewirkte etwas in ihr. Dakota liebte es, wenn er grinste. Es fühlte sich an wie Schmetterlinge im Bauch.

»Wird mein pensionierter alter Navy-Furz mir jetzt helfen, ins Haus zu gehen, damit ich duschen kann?«, fragte sie frech.

Als Antwort beugte Slade sich zu ihr vor und küsste sie. Es war nicht kurz, aber auch nicht lang. Mit seiner Zunge strich er über ihre Unterlippe und als sie für ihn den Mund öffnete, schob er sie hinein, strich einmal über ihre Zunge und zog sich dann zurück. Dakota schwankte auf ihn zu, als er sich zurückzog und blinzelte.

»Komm schon, Liebling, ich stelle dir Wolf vor, der uns bereits seit fünf Minuten beobachtet, und wer auch immer noch drinnen ist.«

»Oh, hat er schon darauf gewartet, dass wir reinkommen?«, fragte Dakota stirnrunzelnd. »Wie unhöflich von uns.«

Slade antwortete nicht, sondern drehte sie so, dass sie an seiner Seite stand, wofür sie dankbar war, denn sie war sich nicht sicher, ob sie allein gehen konnte. Dann führte er sie zur Tür an der Seite des Hauses.

Bereit oder nicht, es sah so aus, als würde sie Slades Freunde kennenlernen. Dakota blickte kurz zum Himmel auf und sandte ein schnelles Gebet nach oben. *Bitte mach, dass mein Leben bald wieder normal ist. Ich möchte wirklich Zeit mit diesem Mann verbringen können, ohne Angst haben zu müssen, dass Terroristen hinter mir her sind.*

KAPITEL ZEHN

Eine Stunde später hatte Dakota geduscht, weitere Schmerztabletten genommen und saß zusammengekauert an Slades Seite auf Wolfs Couch, während ihre Situation besprochen wurde.

»Fourati ist also Amerikaner?«, fragte Wolf.

»Ja, ich bin mir ziemlich sicher«, sagte Dakota.

»Verdammt«, fluchte der SEAL und fuhr sich mit der Hand durchs Haar. »Kein Wunder, dass die Regierung ihn nicht gefunden hat, wenn nach einem Ausländer gesucht wurde. Das macht es schwieriger, ihn aufzuspüren.«

»Ich weiß«, stimmte Slade zu.

»Warum bist du überhaupt in die Sache involviert?«, fragte Cookie Slade. Cookie war einer der SEALs in Wolfs Team und Slade arbeitete oft mit ihm zusammen. Wolf hatte ihn gebeten zu kommen, um über Dakotas Lage zu sprechen. Den Rest des Teams würden sie später auf den neuesten Stand bringen. Im Moment waren nur die drei Männer und Dakota anwesend.

»Das kann ich nicht beantworten«, sagte Slade. »Unterm Strich ist es eine Frage der nationalen Sicherheit, Fourati auszuschalten. Und zwar nicht nur, weil er hinter Dakota her ist. Obwohl das im Moment mein Hauptanliegen ist.«

»Wie kommt es, dass die Zeitungen nicht darüber berichtet haben, dass du die einzige Überlebende der Explosion warst?«, fragte Cookie und wechselte das Thema. »Findet das noch jemand seltsam?«

»Es ist nicht seltsam«, sagte Dakota. »Ich hatte Angst und ich hatte zwar gehofft, dass Aziz tot war, aber ich war mir nicht sicher. Ich habe ein oder zwei Tage gewartet, um wegen meines Armes einen Arzt aufzusuchen, nur um sicherzugehen. Seine Rede darüber, dass ich die Mutter seiner Kinder sein sollte, die er zu Terroristen ausbilden würde, war mir noch frisch in Erinnerung. Es war ein absolutes Chaos innerhalb und außerhalb des Flughafens und ich wollte nur noch nach Hause. Ich habe niemandem erzählt, dass ich da drin war, also wusste die Presse einfach nichts davon.«

Slade verstärkte den Griff um Dakota und funkelte Cookie an. Es gefiel ihm nicht, dass seine Frage sie aufgewühlt hatte.

»Das macht Sinn ... aber du wusstest, dass sie bei der Bombardierung dabei war, oder?«, fragte Wolf und sah Slade an.

»Ja, aber erst seit Kurzem. Meine ... Kontaktperson hat mir von ihr erzählt. Auf Rekrutierungsvideos im Internet wurde von ihr gesprochen und sogar ein Bild von ihr von diesem Tag gezeigt«, informierte Slade seine Freunde und hasste es, wie sich Dakotas Körper bei seinen Worten noch mehr verkrampfte.

»Also weiß in seinem Netzwerk jeder über sie Bescheid«, schlussfolgerte Wolf.

»Scheint so«, stimmte Slade zu.

»Also müssen wir diesen Fourati-Typen finden und ihn ausschalten, bevor es zu spät ist«, fügte Cookie hinzu.

»Nein«, widersprach Slade. »Ich muss diesen Fourati-Typen finden und ihn ausschalten. Wolf, du und dein Team habt damit nichts zu tun. Die Angelegenheit ist geheim und ich werde euch nicht weiter hineinziehen, als euch darum zu bitten, Dakota zu beschützen, während ich mich um den Rest kümmere. Ich bin im Ruhestand. Das war ausdrücklich der Grund, warum ich gebeten wurde, mich darum zu kümmern.«

»Das ist Blödsinn, und das weißt du selbst«, knurrte Wolf. »SEALs arbeiten nicht allein. Wir sind ein Team.«

»Das ist nicht genehmigt. Ich kann euch jedoch so viel versichern, dass der Auftrag von der höchsten Ebene der Regierung kam. Ihr dürft euch nicht einmischen.«

»Aber wir haben uns bereits eingemischt«, argumentierte Cookie.

»Vielleicht sollte ich besser gehen«, sagte Dakota. »Wenn ihr durch mich in Schwierigkeiten geraten könntet, sollte ich besser gehen.«

»Du gehst nirgendwo hin«, sagte Wolf.

Zur gleichen Zeit sagten Slade und Cookie: »Nein.«

Slade legte seinen Finger unter Dakotas Kinn und zwang sie, ihn anzusehen. Er hasste den Ausdruck von Unsicherheit und Angst in ihren Augen. »Ich werde das für dich in Ordnung bringen, Liebling. Ich werde Fourati ausschalten und er wird dir nicht wehtun. Bald wird das alles nur eine weitere Geschichte sein, die wir unseren

Freunden und unseren Familien erzählen können, wenn wir alt und grau sind, verstanden?«

»Aber ...«

»Nein, kein Aber! Du gehst nirgendwo hin.«

Der Ausdruck von Angst wurde durch Irritation ersetzt. »Du nervst.«

»Ich weiß, aber ich bin der nervige alte Navy-Furz, der sich darum kümmern wird, dass du wieder ein sicheres Leben haben kannst ... hoffentlich mit mir an deiner Seite.«

»In Ordnung.«

»In Ordnung«, wiederholte er. Dann wandte er sich an Wolf und Cookie. »Eure Aufgabe dabei ist es, Dakota im Auge zu behalten, wenn ich es nicht kann.«

»Das hätten wir sowieso getan«, sagte Wolf zu ihm. »Aber du musst ...«

»Nichts für ungut, aber nein. Ich möchte niemanden von euch tiefer mit reinziehen, als es bereits geschehen ist. Wenn es dir damit besser geht, solltest du aber wissen, dass Tex mit dabei ist.«

»Warum hast du das nicht gleich gesagt?«, fragte Cookie. »Wenn Tex dabei ist, ist Fourati so gut wie erledigt. Fiona und ich erwarten, dass du mit Dakota nächste Woche zum Abendessen vorbeikommst.« Er grinste überheblich und es war deutlich zu sehen, dass er seinem Freund vertraute.

»Abgemacht.«

Slade konnte fühlen, wie Dakota den Kopf zwischen ihm und seinen Freunden hin- und herbewegte, und es brachte ihn zum Lächeln. SEALs konnten manchmal rau und ungehobelt sein, aber die Männer vor ihm hatten Herzen aus Gold. »Caroline kommt bei Dude unter?«

Wolf nickte. »Richtig.«

»Und ihr wollt immer noch keine Kinder … obwohl sie jede freie Minute mit Dudes Tochter verbringen möchte?«, fragte Slade Wolf.

Wolf schüttelte den Kopf. »Caroline liebt Kinder, aber wir wollen wirklich keine eigenen.« Er zuckte mit den Schultern. »Es ist schwer zu erklären.«

»Nicht nötig«, beruhigte Slade ihn. »Ich wollte selbst einmal ein Haus voller kleiner Wadenbeißer, aber tief in mir wusste ich, dass Cynthia nicht die Richtige dafür war.« Jetzt war er an der Reihe, mit den Schultern zu zucken. »Jetzt bin ich zu alt, um darüber nachzudenken.« Er schauderte spöttisch. »Ich wäre fast siebzig, wenn sie mit der Highschool fertig wären. Kannst du dir das vorstellen?«

Wolf schaute zu der Frau an seiner Seite und Slade versteifte sich. Scheiße, hatte er sie beleidigt? Wollte Dakota Kinder? Sie kannten sich noch nicht lange genug, um überhaupt Sex gehabt zu haben, geschweige denn über Babys zu sprechen. Hatte er es vermasselt?

Er drehte sich zu Dakota um und sah, wie sie mit wehmütigem Blick ins Leere starrte.

»Alles in Ordnung, Süße? Ich hoffe, ich habe nichts gesagt, was dich davon abhält, den Rest deines Lebens mit mir verbringen zu wollen«, fragte Slade etwas nervös.

Sie verzog den Mund zu einem Lächeln. »Nein, Slade, alles gut. Ich bin selbst kein junger Hüpfer mehr. Vor etwa zwölf Jahren habe ich mit meiner Mutter über genau dieses Thema gesprochen. Ich habe damals über künstliche Befruchtung nachgedacht. Ich war Single, hatte aber einen Punkt in meinem Leben erreicht, an dem ich dachte, ich müsste entweder sofort ein Kind haben oder niemals.« Dann wandte sie den Blick ab und fuhr fort.

»Aber nachdem sie mir erzählt hatte, was sie durchgemacht hat und aufgeben musste, habe ich entschieden, dass ich nicht alleinerziehend sein wollte. Ich liebe meine Arbeit und komme manchmal erst spät nach Hause. Es wäre einem Kind gegenüber nicht fair, so lange zu arbeiten. Und es wäre nicht fair, meine Arbeit zu vernachlässigen, damit ich mich zu Hause um mein Kind kümmern könnte. Versteh mich nicht falsch, meine Mutter war nicht verärgert darüber, dass sich ihr Leben als Mutter verändert hatte, aber es hätte mein Leben komplett auf den Kopf gestellt und ich war mir nicht sicher, ob ich das wirklich wollte.«

Sie sah wieder zu Slade auf. »Damit du dich entspannen kannst, du hast mich nicht beleidigt und ich werde nicht von dir erwarten, mit fünfzig noch Vater zu werden.«

»Gott sei Dank«, hauchte er, beugte sich hinunter und küsste sie auf die Stirn.

»Aber ich hätte nichts dagegen, mich um die Babys anderer Leute zu kümmern«, fuhr sie fort und sah Wolf an. »Eure Freunde haben Kinder?«

»Ja«, sagte Wolf zu ihr. »Jessyka wird dich für immer lieben, wenn du dich ab und zu um ihre Kinder kümmerst. Sie hat ein ganzes Haus voll davon und ist immer auf der Suche nach einem Dummen ... ähm ... Babysitter.«

Alle lachten über Wolfs gutmütigen Spaß.

»In diesem Sinne ... ich muss mit Tex reden und Dakota ist müde«, sagte Slade zu seinen Freunden. »Bist du bereit fürs Bett, Liebling?«

Sie nickte. »Auf jeden Fall.«

»Macht es dir etwas aus, wenn ich noch ein bisschen mit meinen Freunden rede?«, fragte Slade. Er wollte keine Geheimnisse vor Dakota haben, aber er wollte sie auch nicht unnötig beunruhigen. Er musste Termine absprechen und Wolf und Cookie in seine unmittelbaren Pläne einweihen und wann er das Haus verlassen würde.

»Natürlich nicht«, sagte Dakota zu ihm. »Wirst du ... ähm«, sie errötete und platzte heraus: »Später runterkommen?«

Slade beugte sich vor, streichelte die Haut hinter ihrem Ohr und flüsterte: »Ja, Liebling, ich komme später runter. Halt mir einen Platz im Bett frei, okay?«

Sie nickte und wurde noch röter.

Wolf und Cookie waren rücksichtsvoll genug wegzusehen, während sie sprachen. Aber da beide lächelten, wusste Slade, dass sie das kurze Gespräch mitgehört hatten.

Slade half Dakota beim Aufstehen, da er wusste, dass sie es allein nicht würdevoll geschafft hätte. Er hatte zuvor seine Sachen vom Motorrad geholt und sie zusammen mit ihrem Rucksack in den Keller gebracht. Er musste zu seiner Wohnung fahren und mehr Klamotten holen. Er würde auch ein paar Dinge einkaufen müssen, aber für heute Nacht würden sie zurechtkommen.

Er führte sie langsam die Treppe hinunter, weil die Muskeln in ihren Oberschenkeln offensichtlich noch schmerzten. Dann küsste er sie lange und fest, bevor er wieder zu seinen Freunden ging.

Die nächste Stunde verbrachten sie damit, logistische Dinge zu besprechen, wie sie Dakotas Sicherheit im

Haus gewährleisten würden und was Slades nächste Schritte wären. Als sie fertig waren, versuchte Slade noch einmal, sich bei seinen Freunden zu bedanken. »Ich weiß das sehr zu schätzen. Ich könnte Dakota auch mitnehmen, aber ich denke, es ist sicherer für sie, außer Sichtweite zu bleiben. Wenn Fourati nicht weiß, dass sie zurück in der Stadt ist – was unwahrscheinlich ist –, ist es besser, wenn sie sich versteckt.«

»Du fängst an, mich zu verärgern«, sagte Wolf geradeheraus. »Wenn es um Caroline, Alabama, Fiona oder eine andere unserer Frauen gehen würde, würdest du sofort helfen.«

»Verdammt sicher«, bestätigte Slade.

»Wir kümmern uns umeinander«, mischte Cookie sich ein. »Du hast vielleicht nicht in unserem Team gekämpft, Cutter, aber du bist genauso ein Teil davon wie wir.«

»Danke«, sagte Slade. »Wirklich.«

»Noch mal, es ist kein Dank nötig. Je eher wir deinen Hintern wieder im Büro haben, desto besser«, grummelte Wolf.

»Der neue Typ hat es immer noch nicht drauf?«, fragte Slade.

»Er ist ein Idiot. Er wusste heute nicht einmal, wie man einen sicheren Webbrowser einrichtet. Ich kam an seinem Schreibtisch vorbei und er hat dieses verdammte Google-Ding benutzt, um nach etwas zu suchen. Ich dachte, Hurt würde ausrasten. Wir haben ihn früher nach Hause geschickt und ihm gesagt, er braucht morgen nicht wiederzukommen, wenn er nicht endlich sein Gehirn einsetzt.«

Slade grinste. Kommandant Hurt war ziemlich locker,

aber wenn es um die Männer in den Teams ging, für die er verantwortlich war, gab er sich mit nicht weniger als absoluter Perfektion zufrieden. Das Leben der SEALs hing davon ab. Er wusste, dass Greg Lambert wahrscheinlich die besten Absichten gehabt hatte, aber die Vertretung hatte er eindeutig geschickt, ohne zu wissen, wie ahnungslos dieser Mann in administrativen Angelegenheiten war. Das nächste Mal, wenn er mit ihm sprach, würde er Lambert dafür die Hölle heißmachen.

Als er daran dachte, dass Wolfs Team oder andere Männer, mit denen er auf dem Stützpunkt zusammenarbeitete, aufgrund der Inkompetenz seiner Vertretung in Gefahr geraten könnten, zuckte Slade zusammen. Er war weniger als eine Woche weg, aber er vermisste es bereits. Es war verrückt. Wer hätte jemals gedacht, dass er einen Schreibtischjob vermissen würde? Aber er mochte es, hinter den Kulissen zu arbeiten und die Männer an der Front zu beschützen. Manchmal ging es nur darum sicherzugehen, dass sie vollgeladene Batterien hatten, bevor sie zu einer Mission aufbrachen, aber selbst das könnte im Ernstfall über Leben und Tod entscheiden.

Ja, er war alt und erfahren genug, um zu wissen, dass die aufregende Arbeit in den Teams für die jungen und enthusiastischen Männer war. Er hatte diesen Abschnitt seines Lebens hinter sich gelassen. Er wollte nur seinen Teil dazu beitragen, dass seine SEAL-Kameraden sicher waren und zu einer liebevollen Frau nach Hause zurückkehren konnten. Wie Dakota.

Bei dem Gedanken musste er lächeln.

»Damit verabschiede ich mich«, sagte Cookie mit einem Grinsen. »Ich werde mit Abe und den anderen reden und sie wissen lassen, was los ist.«

»Vergiss Dakotas Vater nicht. Ich würde es Fourati zutrauen, ihn zu benutzen, um an sie heranzukommen«, sagte Slade, als sie aufstanden.

»Ich bin dran. Wenn es nicht anders geht, kann Dakota ihren alten Herrn vielleicht davon überzeugen, bei Benny und Jess einzuziehen. Ich weiß nicht, was er von Kindern hält, aber ihre Brut würde ihn bestimmt auf Trab halten. Wir machen uns andauernd lustig über sie, weil ihre Gören die wohlerzogensten Kinder sind, die ich je gesehen habe. Es würde ihnen bestimmt gefallen, wenn ein weiterer Erwachsener da ist, um sie zu unterhalten.«

»Klingt gut«, sagte Slade zu Cookie. »Wenn ihr glaubt, dass es notwendig ist, werden wir es einrichten. Ich werde mit Tex reden und fragen, ob er meint, dass Mr. James in Gefahr ist.«

»Gut, bis später«, sagte Cookie und ging mit einem Nicken in Richtung Küche und dann zum Seitenausgang des Hauses.

»Rufst du Tex an?«, fragte Wolf.

»Ja.«

»Alles klar. Ich überlasse es dir. Ich gehe nach oben und schalte die Alarmanlage ein«, sagte Wolf zu Slade. Er hatte ihm und Dakota bereits gezeigt, wie sie funktionierte, und ihnen den Code gegeben.

Slade nickte. »Ich werde versuchen, mich früh aus dem Bett zu schleichen, und ein paar Besorgungen erledigen. Ich möchte, dass Dakota ausschläft, aber so wie sie nachts an mir klammert, bin ich mir nicht sicher, ob mir das gelingt«, sagte er grinsend zu Wolf.

»Das ist natürlich ein schwerwiegendes Problem.«

»Auf jeden Fall«, stimmte Slade zu. »Sehen wir uns morgen früh?«

»Jawohl, ich habe die Genehmigung, morgen früh das Training ausfallen zu lassen. Ich werde hier mit deiner Frau abhängen, bis du zurückkommst.«

Slade sackte erleichtert zusammen. »Vielen Dank.«

Wolf winkte ab.

»Ach, noch etwas. Gibt es hier in der Nähe ein Café und einen Donut-Laden?«

»Ja, ungefähr drei Blocks entfernt. Steht deine Frau darauf?«

»Oh ja. Sucht in ganz großem Stil. Sie musste schon zu lange auf ihre Pfefferminzmokkas verzichten. Ich dachte, eine Überraschung am Morgen würde ihr nichts ausmachen.«

»Sie wird sich gut mit den anderen Frauen verstehen«, sagte Wolf zu ihm. »Ich versuche schon lange, Ice davon zu überzeugen, dass sie zu Hause Kaffee kochen kann, aber sie besteht darauf, dass es einfach nicht dasselbe ist.«

Die Männer grinsten sich mitleidig an. Dann nickte Wolf seinem Freund zu und sagte: »Bis später.«

»Bis später, Wolf.«

Sobald der andere Mann die Treppe hinaufgegangen war, rief Slade Tex an. Während er darauf wartete, dass er abhob, staunte er, wie schnell seine Welt sich verändert hatte. Vor einer Woche hatte er Dakota noch nicht einmal gekannt. Jetzt stellte er sich vor, wie er sein Leben neu ordnen würde, um Platz für sie zu machen. Er wollte früh aufstehen, nur um ihr aus dem Café einen Pfefferminzmokka zu holen. Aber es war die Einsicht, dass er tatsächlich aufgeregt war, was die Zukunft für sie bringen würde, die ihn zufrieden aufseufzen ließ.

Er hatte sein Leben wie auf Autopilot gelebt. Er hatte jeden Tag das Gleiche getan, das Gleiche gegessen, die gleichen Leute gesehen. Nein, einen Terroristen zu jagen war nicht gerade die Abwechslung, die er sich in seinem Leben gewünscht hatte, aber Dakota war es. Er wusste ohne Zweifel, dass jeder Moment mit ihr aufregend sein würde, und er war voller Vorfreude darauf. Alles nur ihretwegen.

»Cutter«, sagte Tex, als er ans Telefon ging.

»Tex«, gab Slade zurück.

»Bist du bei Wolf?«, fragte Tex, ohne um den heißen Brei herumzureden.

»Ja, wir sind vor ein paar Stunden angekommen. Cookie ist gerade gegangen.«

»Ich schicke dir ein Ortungsgerät für Dakota«, informierte Tex ihn.

»Ich glaube nicht ...«, begann Slade, aber Tex unterbrach ihn.

»Es ist notwendig. Fiona hat auch nicht geglaubt, dass sie von einem Sexsklavenring entführt werden würde. Benny hat nicht damit gerechnet, bewusstlos geschlagen zu werden, sodass seine Frau sich dem Entführer ergeben musste. Melody dachte nicht ...«

»Schon kapiert«, knurrte Slade und stoppte die Rede von Tex.

»Es sind Ohrringe. Ich habe welche für das Kind eines Freundes machen lassen. Ich finde sie selbst ziemlich schick. Ich werde auch ein paar der anderen GPS-Tracker mitschicken, die sie in ihre Kleider stecken kann, nur für den Fall der Fälle. Sie werden aber erst in ein paar Tagen ankommen.«

»Kein Problem. Wir werden in der Zwischenzeit vorsichtig sein. Was hast du über Fourati herausgefunden?«

»Nicht viel. Ich habe versucht, Recherchen über einen blonden Typen in den Zwanzigern durchzuführen, der Interesse an terroristischen Aktivitäten zeigt, aber es kam nichts dabei heraus. Entweder ist er völlig neu im Terrorgeschäft und hat großes Glück, oder er ist unglaublich schlau.«

»Was wurde sonst noch über Dakota gepostet?«, fragte Slade.

Tex zögerte und Slade verkrampfte sich der Magen. »Er demonstriert seine Entschlossenheit, sie zu finden. Im Dark Web werden fast stündlich neue Bilder gepostet. Rekrutierungsplakate darüber, dass Fouratis Frau die Rettung für Ansar al-Scharia sein wird und dass ihre Kinder in den kommenden Jahren gefeiert und verehrt werden würden.«

»Was für Bilder?«, stieß Slade heraus und ignorierte den letzten Teil für den Moment. Fourati konnte sagen, was er wollte, das bedeutete nicht, dass es wahr werden würde, aber Bilder waren eine andere Sache.

»Für mich sehen sie aus wie mit Photoshop bearbeitet«, sagte Tex ruhig. »Bilder von ihr in traditionellem tunesischen Outfit, Bustier, Seidenhose, beigefarbener Schal, Seite an Seite mit einem Mann, dessen Gesicht geschwärzt ist, oder auf Knien, wie sie zu diesem Mann aufschaut.«

»Okay, er holt sich Bilder aus dem Netz und bearbeitet sie.«

»Richtig, außer ...« Tex verstummte.

»Außer was?«, fragte Slade ungeduldig.

»Vor ein paar Stunden wurde ein Bild von Dakota auf einem Motorrad gepostet. Es trägt die Überschrift: ›Wenn Sie diese Frau sehen, nehmen Sie sie in Gewahrsam, bis der Herrscher der Ansar al-Scharia sie beanspruchen kann.‹«

»Verdammter Mist«, sagte Slade. »Weißt du, wo es aufgenommen wurde?«

»Es ist sehr unscharf, als wäre es von weit weg aufgenommen worden«, sagte Tex, ohne die Frage zu beantworten.

»Vielleicht ist es nicht Dakota.«

»Sie ist es, Cutter. Es ist dein Motorrad. Ich muss es wissen, ich war dabei, als du das verdammte Ding gekauft hast. Sie ist es definitiv.«

»Also hat er einen Aushang mit allen Details über sie veröffentlicht«, schloss Slade.

»Sieht so aus«, sagte Tex emotionslos.

»Ich muss diesen Fourati-Typen finden und seine Kommunikationskanäle stilllegen.« Slade erzählte Tex etwas, das er bereits wusste.

»Sie herunterzufahren wird einfach sein. Ich muss mich nur in die Hauptseite hacken, die er verwendet, um mit seinen Anhängern zu kommunizieren, und eine Unterlassungsanordnung veröffentlichen, die angeblich von ihm stammt. Ich kann kreativ sein und es so formulieren, dass seine potenziellen Rekruten es für authentisch halten. Aber er muss neutralisiert werden, damit es funktionieren kann, sonst startet er einfach eine neue Seite. Ihn zu finden ist das Schwierige.«

»Was, wenn ich ihn aufhetze?«, fragte Slade.

»Dich selbst als Köder benutzen?«, hakte Tex nach.

»Ja, inzwischen wird er wissen, dass sie bei mir ist. Und wenn er auch nur ansatzweise gut im Recherchieren ist, wird er herausgefunden haben, wer ich bin. Er wird mich loswerden wollen, um sie leichter in die Hände zu bekommen. Seien wir ehrlich, wenn ich mit ihr untertauche, würde uns niemand finden, es sei denn, ich will es. Aber ich möchte Dakota wirklich nicht aus ihrem Leben reißen. Das hat sie nicht verdient. Ich würde ihn lieber jetzt ausschalten, damit sie sich von all diesem Blödsinn befreien kann. Wenn ich mich als leichtes Ziel aufstelle, wird er versuchen, mich aus dem Weg zu räumen. Dann kann ich ihn ausschalten.«

»Riskant«, kommentierte Tex.

»Ja, aber welche andere Wahl habe ich? Ich könnte auf der Straße an ihm vorbeigehen, ohne zu wissen, dass er es ist. Wenn ich kontrolliere, wo und wie wir uns treffen, habe ich zumindest eine Chance, ihn aufzuhalten und Dakota in Sicherheit zu bringen.«

»Und einen weiteren Angriff auf US-Boden zu verhindern«, fügte Tex hinzu.

Slade schwieg einen Moment, bevor er zugab: »Es macht mich vielleicht zu einem Arschloch, Tex, aber das ist mir im Moment scheißegal. Er will Dakota zu seiner Sexsklavin machen. Er will sie schwängern und ihr das Baby wegnehmen. Er will sie für seine kranke Perversion benutzen. Das wird nicht passieren.«

»Du könntest sie benutzen, um …«

»Nein«, sagte Slade, bevor Tex ausgeredet hatte, »sie wird kein Köder sein. Sie hat Todesangst vor diesem Kerl, Tex. Das werde ich ihr nicht antun, nicht einmal, wenn wir ihn damit morgen erwischen würden.«

»Okay, es war nur ein Vorschlag«, sagte Tex ruhig.

»Ein beschissener.«

»Irgendetwas entgeht uns«, sagte Tex und machte weiter. »Ich weiß nicht was, aber es ist wichtig. Sei vorsichtig, Slade. Es gefällt mir nicht. Alle meine Sinne warnen mich davor, dass etwas schiefgehen könnte.«

»In Ordnung.«

»Ich weiß, dass du andere Scheiße zu tun hast, aber lass sie nicht aus den Augen, wenn du es vermeiden kannst«, sagte Tex zu ihm.

»Nachdem ich diese Dinge erledigt habe, hatte ich das nicht vor. Höchstens ein paar Tage, dann weiche ich ihr nicht mehr von der Seite. Aber du musst dich beeilen. Ich brauche deine Hilfe, um das zu beenden, Tex.«

»Werde ich. Sobald ich herausfinde, was uns entgeht, rufe ich an. Bis später.« Tex legte auf, offensichtlich mehr daran interessiert, die Suche nach Fourati fortzusetzen, als höflich zu sein.

Slade nahm es ihm nicht übel. Er warf einen Blick auf die Uhr. Es war spät, aber er musste noch einen Anruf tätigen. An der Ostküste war es noch später, aber das war ihm scheißegal.

Er wählte die Sondernummer, die ihm zugeteilt worden war, und wartete.

»Lambert.«

»Cutsinger hier.«

»Haben Sie Fourati gefunden?«, fragte der ehemalige Kommandant, ohne um den heißen Brei herumzureden.

»Noch nicht. Aber ich habe die Zeugin gefunden. Sie steht jetzt unter meinem Schutz.«

»Gut, hat Sie Ihnen eine Personenbeschreibung gegeben?«

Slade fuhr fort und erzählte Greg Lambert alles, was Dakota ihm über den Tag am Flughafen gesagt hatte, einschließlich ihrer Beschreibung von Fourati. Als er fertig war, schwieg Greg für einen langen Moment.

»Also ist er Amerikaner«, sagte er schließlich.

»Scheint so, Sir.«

»Ich hätte nicht gedacht, einmal den Tag zu erleben, an dem ich Bürger unseres eigenen Landes davon abhalten muss, sich gegenseitig in die Luft zu sprengen. Bandenkriege sind eine Sache. Drogen, Waffen, Emotionen, die hochgehen ... das ist alles das eine, aber Leute wie Timothy McVeigh und Aziz Fourati, wenn das überhaupt sein Name ist, sind etwas ganz anderes. Ich werde nie verstehen, wie jemand seine eigenen Mitbürger töten kann.«

Slade stimmte ihm zu, antwortete aber nicht.

Greg seufzte. »Okay, ich werde die Beschreibung an die Experten hier weitergeben. Ich werde ihnen sagen, dass ich eine Quelle habe, die die Informationen beschafft hat. Wenn ich etwas Neues herausfinde, melde ich mich. In der Zwischenzeit lassen Sie es mich wissen, wenn Sie etwas brauchen. Ich werde Ihnen nicht sagen, wie Sie Ihre Arbeit machen sollen, aber möglicherweise werden wir dieses Arschloch nur bekommen, wenn wir die Zeugin als ...«

Slade blendete aus, was der Mann sagte. Warum zum Teufel dachten alle, dass die einzige Möglichkeit, Fourati zu fassen, darin bestände, eine unschuldige Frau, die bereits durch die Hölle gegangen war, noch mehr in Gefahr zu bringen?

Er merkte, dass Lambert aufgehört hatte zu reden, und sagte hölzern: »Ich werde das im Auge behalten, Sir.«

Er wusste nicht, was zum Teufel der Mann vorgeschlagen hatte, aber wenn es um Dakota ging, würde es nicht dazu kommen.

»Ich erwarte, dass Sie professionell bleiben«, mahnte Greg, der offensichtlich bemerkt hatte, dass Slade mit seinem Vorschlag nicht zufrieden war. »Einer der Gründe, warum ich mich an Sie gewendet habe, ist, dass Sie dafür bekannt sind, besonnen zu sein und nicht auf jede verdammte Jungfrau in Not hereinzufallen, die Sie gerettet haben. Ich kann Ihre Vertretung auf dem Stützpunkt dauerhaft machen, wenn Sie aus den Fugen geraten.«

»Es ist mir scheißegal, wenn Sie mich von diesem Auftrag abziehen«, sagte Slade mit leiser, tödlicher Stimme. »Ich werde dieses Arschloch schnappen und seinem elenden Leben ein Ende setzen, und wenn es das Letzte ist, was ich tue. Aber drohen Sie mir nie wieder! Wenn Sie mich feuern wollen, dann tun Sie es. Die von Ihnen arrangierte Vertretung ist der letzte Scheiß. Er wird dafür sorgen, dass jedes SEAL-Team unter Hurts Kommando innerhalb eines Jahres eliminiert wird. Aber dann werde ich nicht mehr da sein. Ich werde mit Dakota untertauchen und Sie werden keinen von uns jemals wiedersehen. Und Ihre Chancen, Fourati zu finden, werden sich in Luft aufgelöst haben. Ich weiß, dass Sie Ihre Frau an Krebs verloren haben, und das tut mir furchtbar leid, aber das gibt Ihnen nicht das Recht, ein Arschloch zu sein, wenn es um andere unschuldige Leben oder zwischenmenschliche Beziehungen geht.«

»Scheiße, Sie haben recht, es tut mir leid«, sagte Lambert in einem ruhigen Ton. »Tun Sie, was Sie tun müssen. Ich zähle darauf, dass Sie das schaffen, Cutter.

Ich und unser Land. Ich wollte nicht unterstellen, dass das Leben von Miss James weniger wert ist als das der hundert oder tausend Menschen, die sterben könnten, wenn Fourati seine Pläne umsetzt. Aber ich habe immer noch Albträume von den Opfern des elften Septembers. Jedes Mal wenn ich die Augen schließe, sehe ich Leute von den brennenden Türmen springen. Ich möchte nicht, dass so etwas noch einmal passiert. Nicht, wenn ich es verhindern kann.«

»Verstanden«, sagte Slade mit etwas weniger gereizter Stimme. »Ich rufe wieder an, wenn ich noch etwas herausfinde.«

»Seien Sie vorsichtig«, sagte Greg leise.

»Immer«, gab Slade zurück. »Bis später.«

»Tschüss.«

Slade legte auf und zwang sich, sich zu entspannen. Plötzlich überkam ihn der Drang, Dakota zu sehen. Nachdem er mit dem Telefonieren fertig war, ging Slade zur Kellertür. Er warf einen letzten Blick durch das kleine Haus. Die Lichter der Alarmanlage leuchteten und zeigten an, dass sie eingeschaltet und scharf war. Alles sah in Ordnung aus. Zufrieden, dass sie im Moment so sicher wie möglich war, schlüpfte Slade leise durch die Tür und ging hinunter in den Keller zu Dakota.

Einen Moment lang stand er neben dem Doppelbett und beobachtete Dakota. Sie lag auf der Seite, einen Arm ausgestreckt, als würde sie nach ihm greifen, und den anderen dicht an ihre Brust gelegt. Sie trug wieder ein T-Shirt. Slade konnte nicht sehen, was sie sonst noch trug, weil sie die Decke bis zur Taille hochgezogen hatte.

Das Verlangen, neben ihr im Bett zu liegen, war stärker als das Bedürfnis zu atmen. Schnell ging er ins

Badezimmer, um sich umzuziehen und die Zähne zu putzen.

Innerhalb von Minuten schlüpfte Slade unter die Bettdecke und kuschelte sich von hinten an Dakotas warmen Körper. In dem Moment, in dem er seine Beine zwischen ihre schob, unterdrückte er ein Stöhnen. Ihre Beine waren so nackt wie seine. Er hob die Decke hoch und sah, dass sie außer dem Hemd nur ein weißes Baumwollhöschen trug.

Sein Schwanz füllte sich sofort mit Blut, bereit und willens, das zu tun, was Gott dafür beabsichtigt hatte. Slade biss die Zähne zusammen und ignorierte das Unbehagen in seinem Körper. Stattdessen konzentrierte er sich darauf, wie unglaublich sich Dakota anfühlte.

Als er seinen Arm um ihre Taille legte, drehte sie sich schläfrig zu ihm um.

»Alles in Ordnung?«, murmelte sie im Halbschlaf. Ihre Stirn ruhte an seiner Brust, ihre Arme waren dazwischen verschränkt und sie schob ihre Beine wieder zwischen seine.

Er war von ihrer Wärme und ihrem Duft umgeben, und die Art, wie sie sich so vertrauensvoll an ihn schmiegte, füllte Slades Herz mit Liebe.

Er liebte sie, jeden Zentimeter von ihr. Er hatte sie noch nicht nackt gesehen, er hatte noch nicht das Privileg gehabt, mit ihr zu schlafen. Er kannte weder ihre Lieblingsfarbe noch wusste er, wann ihr Geburtstag war. Aber das alles brauchte er nicht, um zu wissen, dass sie jetzt das Wichtigste in seinem Leben war. Wichtiger als seine Arbeit, sein Zuhause, seine Geschwister, seine Freunde. Sie war sein Ein und Alles.

»Schhh«, flüsterte er. »Alles gut, schlaf weiter.«

»Okay«, murmelte sie und er spürte, wie jeder Muskel in ihrem Körper im Schlaf erschlaffte.

Seine Erektion drückte hart gegen ihren Bauch, aber Slade bemerkte es kaum. Im Moment konnte er nur daran denken, wie richtig Dakota sich in seinen Armen anfühlte.

KAPITEL ELF

Zwei Tage später dachte Dakota, sie würde verrückt werden. Seit ihrer Ankunft mit Slade hatte sie das Haus nicht verlassen und sie fühlte sich langsam wie eine Gefangene. Bei dem Gedanken fühlte sie sich schuldig, da sie wusste, dass Slade und Wolf nur versuchten, sie zu beschützen, aber es machte sie wahnsinnig.

Slade war an diesem Morgen abgereist, um eine supergeheime SEAL-Sache zu erledigen. Er wollte ihr nicht sagen was, sondern hatte sie nur auf die Stirn geküsst und ihr versprochen, bald wiederzukommen. Obendrein war sie nicht nur klaustrophobisch, weil sie zu ihrem Schutz eingesperrt war, sie stand auch kurz davor, vor Geilheit in Flammen aufzugehen.

An zwei Morgen hintereinander war sie mit Slades Händen auf ihrem Körper aufgewacht. Diesen Morgen hatte sie praktisch einen Orgasmus gehabt, noch bevor sie vollständig aufgewacht war. Slades Hand lag auf ihrem Höschen und seine Finger waren mit ihren Säften überzogen.

Alles, was es brauchte, war ein Blick in seine lustergefüllten dunklen Augen, als er fachmännisch ihre Klitoris massierte und sie explodierte. Als ihre Oberschenkel zu zittern begonnen hatten und sie sich vor Ekstase rekelte, zögerte er ihr Vergnügen länger hinaus, indem er einen Finger in ihren Körper gleiten ließ und stöhnte, als ihre Muskeln ihn umklammerten. Als sie seine Erregung sah und seinen Finger auf ihrem G-Punkt spürte, war sie noch einmal gekommen und hatte sich gewünscht, es wäre sein Schwanz, der tief in ihr steckte.

Dann hatte er sie umgehauen, als er seine Hand zwischen ihren Beinen herausgezogen und sofort den Finger, der in ihr gewesen war, abgeleckt hatte. Er hatte die Augen geschlossen und dabei gestöhnt.

Dann hatte er sie angesehen, »Verdammt fantastisch« gesagt und sie geküsst, bis sie sich nicht mehr an ihren Namen erinnern konnte. Bei ihrem eigenen Moschusgeschmack auf seiner Zunge und dem Gefühl seines Bartes auf ihrem Gesicht wäre sie fast noch einmal gekommen. Als er sich zurückzog, hatte sie versucht, den Gefallen zu erwidern. Sie wollte ihn endlich aus der Nähe sehen. Aber er hatte ihre Hand gestoppt, als sie über seinen Bauch hinunter zu der Erektion gewandert war, die sie an ihrem Bein gespürt hatte. Er hatte ihre Handfläche geküsst und gesagt, dass er gehen müsse, aber später auf ihr Angebot zurückkommen würde. Nach seiner Rückkehr würde er noch eine Sache erledigen müssen, aber dann würde er mehr Zeit mit ihr verbringen können. Er würde Fourati weiterjagen, könnte das aber mit Tex' Hilfe tun, ohne sie allein lassen zu müssen. Dann hatte er sie befriedigt und schläfrig im Bett zurückgelassen und verlangt, dass sie weiterschlief.

Wie erwartet war Slade weg, als sie endlich aufgestanden war, geduscht hatte und in die Küche schlendern konnte. Aber überraschenderweise war Caroline da. Sie hatte die Frau am Abend zuvor kennengelernt, als Wolf mit ihr im Schlepptau vorbeigekommen war. Anscheinend hatte sie ihren Mann davon überzeugt, dass sie in ihrem eigenen Haus sicher sein würde, solange er oder einer der anderen Männer aus seinem Team da wäre.

Und jetzt saß Caroline mit einem anderen SEAL namens Benny in der Küche, als sie die Treppe hinaufkam.

Nachdem sie den Pfefferminzmokka aufgewärmt hatte, den Slade für sie geholt hatte, informierte Benny sie beim Frühstück mit Käseomelette und Speck, dass ihr Vater bei Bedarf zu ihm und seiner Frau ziehen könnte. Sie würden dafür sorgen, dass er in Sicherheit war und sich nicht langweilen würde.

Dakota war vor Erleichterung und Dankbarkeit beinahe in Tränen ausgebrochen, aber es gelang ihr, sie zurückzuhalten. Während ihr Leben auf den Kopf gestellt worden war, hatte sie ihr Bestes getan, um ihren Vater herauszuhalten. Aber da Fourati immer noch auf freiem Fuß war, würde Slade kein Risiko eingehen, dass der Terrorist ihn vielleicht als Druckmittel einsetzen könnte.

»Was willst du heute machen?«, fragte Caroline von der anderen Seite des Tisches. Sie hatten sich beim Frühstück etwas kennengelernt und Dakota mochte die andere Frau. Sie war bodenständig, überhaupt nicht anmaßend und sie verstanden sich gut miteinander. Es war schön, einmal mit einer Frau über etwas anderes als Lehrer, Schule und Klassenarbeiten zu sprechen.

Dakota zuckte mit den Schultern. »Keine Ahnung, ich möchte nicht weiter fernsehen, Brettspiele sind nicht mein Ding und im Kochen bin ich nicht besonders gut. Ich bin offen für alle Ideen, die ihr habt.«

»Wir könnten Wolf einen Streich spielen«, schlug Benny mit einem Grinsen im Gesicht vor.

Caroline verdrehte die Augen. »Ich kann nicht glauben, dass ihr immer noch diese kindischen Scherze miteinander treibt. Was gibt es Neues?«

Das Lächeln auf Bennys Gesicht wurde breiter, als er auf sein Handy sah und nach etwas suchte.

Dakota fand Bennys Benehmen sehr unterhaltsam. Im einen Moment sah er wie ein unreifer kleiner Junge aus, aber wenn er ans Telefon ging und mit Wolf sprach, sah sie seine andere Seite, die gefährliche Seite. Anscheinend war Slade besorgt gewesen, nachdem Tex ihn darüber informiert hatte, dass Fourati auf seiner Rekrutierungs-Webseite im Dark Web gepostet hatte, dass seine Frau bald selbst eine Rede vor seinen Anhängern halten würde. Daraufhin hatte Wolf Benny angerufen, um ihn zu warnen.

Dakota gefiel das gar nicht. Denn wenn Aziz sie eine Rede halten lassen wollte, müsste er sie in seine Gewalt bringen. Aber Benny hatte Wolf versichert, dass Dakota in Sicherheit war und sie nicht vorhatten, das Haus zu verlassen.

Die Entschlossenheit in Bennys Gesicht war leicht zu erkennen. Der Anschein eines verspielten Jungen war verschwunden. Es beruhigte sie ein wenig zu wissen, dass er trotz seines Humors immer noch ein knallharter Navy SEAL war.

Aber jetzt war er wieder der unterhaltsame Gastgeber

und versuchte, sie zum Lächeln zu bringen, damit sie sich nicht wie in Gefangenschaft fühlte. Benny zeigte sein Handy zuerst Caroline und erklärte lachend, was sie darauf sah. »Du weißt doch, dass dieser neue Typ scheiße ist, oder?«

Caroline nickte. »Äh, ja, Wolf hat nicht aufgehört, über ihn zu meckern, seit Slade sich freigenommen hat.«

»Genau, der Typ ist vielleicht Mathematiker, aber er hat keine Ahnung von Computern. Immer wieder müssen wir ihm die einfachsten Dinge erklären, die er eigentlich wissen müsste. Es nervt. Also haben Mozart und Cookie ihn heute Morgen abgelenkt und ihn gefragt, ob er ihnen in einem anderen Büro bei etwas helfen könnte. Dude und Abe haben in der Zeit seinen Computer sabotiert. Sie haben Rauchbomben an einige der Tasten seiner Tastatur angeschlossen. Anscheinend hat Dude das mal irgendwo gesehen, aber bisher keine Gelegenheit gehabt, es auszuprobieren. Er hat zu Hause eine Tastatur vorbereitet und sie mit Zachs ausgetauscht, während er abgelenkt war.«

»Was ist das, Benny?«, fragte Caroline und neigte den Kopf, als würde ihr das helfen, das Bild vor ihr zu verstehen. Benny beugte sich vor und deutete auf den Bildschirm, während er sprach.

»Zach kam aus dem anderen Raum zurück, murmelte, was für Arschlöcher Mozart und Cookie seien, setzte sich und begann zu tippen. Sofort begann Rauch aus seiner Tastatur aufzusteigen. Er geriet in Panik und drückte weitere Tasten, wodurch noch mehr Rauch aufstieg! Aber anstatt einen Feuerlöscher zu holen oder um Hilfe zu rufen, begann er stattdessen, wie ein kleines Kind auf die Tastatur einzuschlagen. Auf dem Bild ist der gesamte Bereich um seinen Schreibtisch herum mit Rauch gefüllt«, informierte Benny Caroline.

Er zeigte ein paar weitere Bilder und lachte weiter. »Siehst du, es wurde immer schlimmer. Wir mussten so sehr lachen, dass wir ihm nicht einmal sagen konnten, dass er aufhören sollte. Ich konnte mein Handy kaum still genug halten, um Bilder zu machen. Es wurde so schlimm, dass Hurt aus seinem Büro kam und uns anbrüllte, dass wir kindisch seien. Er nahm Zach die Tastatur weg, schmiss sie immer noch rauchend in den Flur und knallte die Bürotür zu. Es war urkomisch.«

»Es sieht nicht so aus, als hätte Zach das lustig gefunden«, bemerkte Caroline, konnte sich aber ein Grinsen nicht verkneifen.

»Weil er ein Arsch ist«, erklärte Benny und wandte sich dann Dakota zu. »Und ein Riesenbaby. Er hat uns böse angeschaut, gesagt, wir seien erbärmlich, und dann das Büro verlassen. Als ich gegangen bin, um hierherzukommen und Wolf abzulösen, war er immer noch nicht zurück. Ich hasse es, wenn Leute keinen Spaß verstehen. Dakota, sag mir, dass du das nicht zum Totlachen findest.«

Dakota nahm das Telefon, das Benny ihr hinhielt, und grinste, als sie die Bilder von ihrem Streich sah. Für sie klang es zum Schießen.

Auf dem ersten Bild war der Rücken eines Mannes zu sehen, der an einem Schreibtisch saß. Vor ihm stieg Rauch aus der Tastatur auf.

Aus irgendeinem Grund stellten sich Dakota plötzlich die Nackenhaare auf.

Sie wischte mit dem Finger über den Bildschirm, um schnell zum nächsten Bild zu scrollen. In diesem war der

Rauch dicker, aber die Kamera war näher an dem Mann, der am Schreibtisch saß. Sie wechselte zum nächsten Bild und ihr blieb fast die Luft weg, als sie es anstarrte.

»Es ist witzig, oder?«, fragte Benny, der ihre Reaktion falsch verstand.

»D-das ist Zach?«, fragte Dakota. »Der Typ, der Slades Posten im Büro eingenommen hat?«

»Ja, sieht nicht gerade wie ein Bürohengst aus, oder?«, fragte Benny rhetorisch. »Er wurde von einem anderen Büro versetzt. Ich weiß nicht genau woher, aber er ist ein hoffnungsloser Fall. Hurt ist kurz davor, ihn rauszuschmeißen. Zum Teufel mit dem, der die Fäden gezogen hat, um ihm diese Stelle zu verschaffen. Vor dem Vorfall mit der Rauchbombe hat der Kommandant heute Morgen sogar Cutter gebeten, zu kommen und dem Kerl zu zeigen, wie man den einfachsten Scheiß macht. Natürlich hat dein Mann zugestimmt. Er ist ein Perfektionist, wenn es um seine Arbeit geht. Er hatte Angst, dass Zach es sonst total vermasseln würde.«

Benny stand auf, um seine Kaffeetasse nachzufüllen, wobei ihm der betroffene Ausdruck auf Dakotas Gesicht entging.

Dakota versuchte, ihre Gesichtszüge zu kontrollieren. Sie wollte vor Benny und Caroline nicht panisch aussehen. Sie war sich zu neunzig Prozent sicher, dass Zach und Aziz ein und dieselbe Person waren, aber sie wollte nicht voreilig urteilen, bis sie sich sicher war.

Sie sah noch einmal auf die Bilder auf dem Handy.

Rauch verdunkelte »Zachs« Gesichtszüge, aber als sie genauer hinsah, war sie sich sicher, dass der Mann kein anderer war als Aziz.

Der Mann, nach dem sie gesucht hatten, war die ganze Zeit direkt vor ihrer Nase gewesen.

»Habt ihr im Büro über mich gesprochen? Habt ihr darüber geredet, warum Slade beurlaubt ist?«, fragte Dakota Benny zitternd.

»Was meinst du?«, fragte er. Seine Stimme veränderte sich abrupt von dem fröhlichen Tonfall, den er benutzt hatte, als er über den Scherz gesprochen hatte, zu einem intensiven prüfenden Ton.

Dakota zweifelte nicht daran, dass die SEALs in Bezug auf ihre Missionen verschwiegen waren, aber hier ging es um andere Dinge. Sie wusste, wie die Angestellten in ihrem Büro gewesen waren. Es wurde viel miteinander gequatscht, manchmal auch über vertrauliche Informationen, über die nicht gesprochen werden sollte.

»Hurt hat uns allen gesagt, dass Cutter sich beurlauben lässt, aber nicht warum. Wir sprechen nie über unsere Missionen, wenn wir dabei von jemandem belauscht werden könnten, der nichts davon wissen darf«, sagte Benny mit ernstem Ton und wachsamem Blick.

»Hat jemand V-Vegas erwähnt?«, stammelte Dakota.

Benny setzte sich wieder hin und beugte sich zu ihr vor. Er war jetzt ganz professionell und sah ihr in die Augen. »Nein, wir tratschen vielleicht wie kleine Mädchen, wenn wir unter uns sind, aber wir würden niemals über vertrauliche Informationen reden. Unser Leben hängt davon ab. Was ist los, Dakota? Sprich mit mir.«

Dakota hatte gehört, wie Slade mit Tex darüber gesprochen hatte, dass Aziz sich gut mit Technik auskennen müsste, wenn er sie anhand ihrer Internetrecherchen in Rachel ausfindig gemacht hatte. Was, wenn er sie gar nicht auf diese Weise gefunden hatte? Was, wenn er Slade irgendwie verfolgt hatte? Es wäre eine Möglichkeit, dass er einen Peilsender an Slades Motorrad oder seinem vermeintlich sicheren Telefon angebracht hatte. Aber Slade oder Tex hätten das sicherlich überprüft ... oder?

Sie schüttelte den Kopf und versuchte, die Panik zu kontrollieren, die in ihr aufkeimte. Wolf, Benny und die anderen SEALs dachten, dieser Zach hätte keine Ahnung von Computern. Entweder hatte Aziz Hilfe dabei, seine anti-amerikanischen und pro-terroristischen Inhalte online zu stellen, oder er war ein verdammt guter Schauspieler, wenn er auf dem Stützpunkt war.

»Zach ist Aziz«, flüsterte sie.

Benny sagte ihr weder, dass sie nicht wusste, wovon sie sprach, noch dass sie sich irren müsse. Er starrte sie nur einen Moment lang mit zusammengekniffenen Augen an. Sein Kiefer zuckte. Dann sah er auf das Telefon in seiner Hand.

Gerade als er eine Nummer wählen wollte, zersprang das Fenster über der Küchenspüle.

Die Alarmanlage begann sofort zu schrillen. Das Geräusch war ohrenbetäubend und schmerzte in den Ohren.

Wie in Zeitlupe sah Dakota, wie Benny auf dem Tisch zusammensackte und sein Handy mit nur drei eingegebenen Ziffern in die Luft geschleudert wurde.

Dakota bemerkte, dass Caroline der Mund offen stand. Sie nahm an, dass sie schrie, obwohl sie es wegen des Alarms nicht hören konnte. Dann sah sie, wie ihre neue Freundin den Kopf in Richtung des inzwischen zerbrochenen Fensters drehte.

Dakota hatte weder gehört, wie der Mann durch das Fenster im Nebenzimmer das Haus betreten hatte, noch hatte sie bemerkt, wie er sich ihr genähert hatte.

Sie war gerade aufgesprungen, als ihr Stuhl nach hinten umfiel und ein Arm um ihren Hals gelegt wurde. Sie wurde fest an einen steinharten Körper gedrückt und eine Hand mit einem mit Chloroform getränkten Lappen bedeckte ihre Nase und ihren Mund.

Bevor sie das Bewusstsein verlor, sah Dakota noch, wie Caroline verzweifelt mit einem maskierten Mann kämpfte, der sie in den anderen Raum zerrte.

KAPITEL ZWÖLF

Slade sah sich in seiner Wohnung um. Er wollte sichergehen, dass er bis auf absehbare Zeit nicht zurückkommen musste. Er hatte so viele Klamotten eingepackt, dass es für die Zeit seiner Abwesenheit reichen sollte. Solange es die Möglichkeit gab, Wäsche zu waschen, wäre es in Ordnung. Er packte eine zusätzliche Pistole und extra Munition ein und schnappte sich sogar ein paar seiner Messer.

Als er noch im aktiven Dienst war, war er berüchtigt für seine Expertise mit Letzterem gewesen. Sowohl im Werfen als auch beim Einsatz im Nahkampf. Es war schon eine Weile her, dass er sie gebraucht hatte. Sein Schreibtischjob war nicht gerade gefährlich, aber etwas sagte ihm, dass er sie heute mitnehmen sollte.

Zum Teil lag es daran, dass er vorbereitet sein wollte, aber es war mehr als das. Tex' Nachricht über das Video, das Fourati von seiner »Frau« gepostet hatte, die bald eine Rede halten würde, beunruhigte ihn. Er wusste, dass

Benny und Caroline bei Dakota im Haus waren, aber er wäre nicht zufrieden, bis er sich ihnen anschließen und sich selbst davon überzeugen konnte, dass alles in Ordnung war.

Er ließ den Blick durch das Wohnzimmer schweifen. Das Gewicht der Messer in den Halftern an seinen Knöcheln und an seiner Taille war beruhigend. Slade konnte sehen, wie die Wellen träge gegen das Ufer schlugen. Kinder spielten im Sand und ihre Eltern badeten in der Sonne. Ein paar verrückte Surfer waren im Wasser, obwohl es verdammt kalt draußen war. Aus eigener Erfahrung wusste er, dass das Wasser eiskalt sein musste.

Er hatte alle verderblichen Speisen aus dem Kühlschrank und der Speisekammer entsorgt und die Zeitschaltuhren für ein paar Lampen so eingestellt, dass es aussah, als wäre jemand zu Hause. Die Zeitung hatte er abbestellt und seine Post zu Wolfs Haus nachsenden lassen. Wolf hatte gesagt, dass er sich um das Bezahlen der Rechnungen und wichtige Schreiben kümmern würde, falls er mit Dakota untertauchen müsste.

Slade holte tief Luft und sah sich ein letztes Mal um. Er wollte Dakota hierhaben. Hier in seinen Räumen, in seiner Küche, in seinem Bett. Sie hatte keine Wohnung, in die sie zurückkehren konnte. Er hoffte also, er könnte sie davon überzeugen, bei ihm einzuziehen, sobald die Bedrohung durch Fourati vorüber war. Es war verrückt. Ihre Beziehung war noch frisch, aber tief im Inneren war es Slade scheißegal. Er wollte sie bei sich haben.

Slade nickte und ermahnte sich selbst, mit den Tagträumen aufzuhören. Er drehte sich abrupt um und ging, ohne einen weiteren Blick zurückzuwerfen. Wolf war bereits auf dem Heimweg und hatte gesagt, er würde ihn dort treffen. Er schloss die Tür ab und ging schnell zu seiner Harley. Er konnte es kaum erwarten, Dakota zu sehen.

Dakota wachte langsam auf. Sie stöhnte und drehte den Kopf herum. Sie öffnete die Augen zu Schlitzen und starrte benommen auf das, was vor ihr war. Caroline lag neben ihr auf dem Betonboden. Sie trug ein langes schwarzes Gewand, das sie vom Hals bis zu den Zehen bedeckte.

Als Dakota ihre neue Freundin in dem seltsamen Kleidungsstück sah, erinnerte sie sich genau daran, was passiert war. Sie setzte sich auf und zuckte zusammen. Ihr Kopf fühlte sich seltsam an, wahrscheinlich Nebenwirkungen von dem, was verwendet worden war, um sie auszuschalten.

Sie sah an sich herunter und keuchte erschrocken. Sie trug nicht so ein langes schwarzes Gewand wie Caroline. Stattdessen hatte sie eine Art traditionelles Kleid aus dem Nahen Osten an. Nein, nicht wirklich ein Kleid.

Sie stand langsam auf und hielt sich mit einer Hand an der Wand fest, um das Gleichgewicht zu behalten. Dann sah sie erneut an sich herunter. Sie trug eine beigefarbene, weite Seidenhose. Der Stoff war so weit, dass es fast aussah, als würde sie einen Rock tragen. Dakota betastete das Material. Es war weich und luxuriös und gruselig. Ihre nackten Brüste wurden durch ein Bustier bedeckt. Es war aufwendig mit roten und goldenen

Fäden bestickt und hatte verschiedene Arten goldener Münzen in das Muster eingenäht. Um den Hals trug sie eine passende Halskette mit über einem Dutzend dieser kleinen Münzen. Als sie den Kopf drehte, bemerkte Dakota, dass sie auch Ohrringe trug.

Zusätzlich zu der Halskette und den Ohrringen waren an jedem Arm mindestens sechs Armreife unterschiedlicher Breite und aus unterschiedlichem Metall. An ihren Knöcheln konnte Dakota weitere Schmuckstücke spüren. Sie war barfuß und der Betonboden war kalt. Auf dem Boden neben der Stelle, wo sie gelegen hatte, lag ein beigefarbener Seidenballen.

Dakota zitterte. Das konnte nichts Gutes bedeuten.

Caroline bewegte sich nicht und Dakota schlurfte durch den kleinen Raum zu ihr, wobei bei jedem Schritt das Metall an ihrem Körper melodisch klirrte. Sie kniete sich neben ihre Freundin und schüttelte sie sanft. Caroline reagierte nicht.

Dakota sah sich erneut im Raum um. Es gab keine Möbel. Es war einfach ein kleiner Raum mit Betonboden und einem rechteckigen Fenster. Die Wände waren weiß. Sie strengte sich an, etwas zu hören, aber es war vollkommen still.

Es gab nichts, was man als Waffe verwenden könnte, nichts, was ihnen bei der Flucht helfen würde, gar nichts. Dakota begann, in Panik zu geraten, und schüttelte Caroline erneut, diesmal etwas fester.

»Komm schon, wach auf«, flehte Dakota flüsternd. »Ich habe Angst.«

Als wären ihre Worte alles, worauf die andere Frau gewartet hatte, sprangen ihre Augen auf, als hätte sie die ganze Zeit vorgetäuscht zu schlafen. Dakota konnte sehen, dass Caroline sie erkannte, und war so erleichtert wie schon lange nicht mehr, als Caroline sich in eine sitzende Position hochdrückte, eine Hand an ihren Kopf legte, als ob er wehtat, und fragte: »Was ist passiert?«

»Ich bin mir nicht sicher. Ich glaube, Benny wurde erschossen und wir wurden betäubt. Die Männer werden nach uns suchen, oder?«

»Scheiße, Benny! Großer Gott, ich hoffe, er ist nicht tot. Jessyka wird ausflippen. Aber ja, ich weiß, dass die Männer nach uns suchen werden«, sagte Caroline mit Gewissheit. »Nicht nur das. Sie werden eher früher als später hier sein, denn ...« Sie verstummte, als würde ihr etwas Lebenswichtiges fehlen.

»Was? Warum?«

»Wo sind meine Klamotten?«, fragte Caroline.

»Ich weiß es nicht. Als ich aufgewacht bin, war ich so angezogen«, sagte Dakota und deutete auf ihr aufwendiges Outfit. »Und du warst in diesem Gewand.«

»Ich bin darunter völlig nackt«, sagte Caroline zu Dakota. Sie betastete ihre Ohrläppchen. »Und sie haben meinen Schmuck abgenommen.«

Dakota wollte keine Schlampe sein, aber Carolines fehlende Ohrringe waren im Moment ihr geringstes Problem. »Mir auch«, sagte sie zu der anderen Frau. »Ich meine, ich trage jetzt Ohrringe, aber nicht die Diamantstecker, die ich trug, als wir entführt wurden.«

»Nein, du verstehst nicht«, sagte Caroline ernst. »In den Ohrringen, die ich sonst trage, sind GPS-Sender versteckt, genau wie in meinem BH.«

»Was? Warum?«, fragte Dakota schockiert.

»Weil es manchmal kein Spaß ist, mit einem Navy SEAL verheiratet zu sein. Meine Freundinnen und ich sind zu oft in brenzlige Situationen geraten, also haben unsere Männer diese GPS-Sender von Tex für uns anfertigen lassen. Auf diese Weise können sie uns finden, wenn wir in Schwierigkeiten geraten.«

Bis zu diesem Moment hatte Dakota nicht verstanden, warum jemand freiwillig einen Peilsender tragen wollte. »Also weiß niemand, wo wir sind, und sie werden nicht kommen.«

»Sie werden kommen«, konterte Caroline. »Aber es wird länger dauern, als ich dachte, weil weder unsere Kleidung noch unser Schmuck hier sind. Wenn sie uns nicht hier umgezogen haben, werden die GPS-Sender unseren Männern nicht helfen.«

»Oh Mist. Caroline, warum sind wir unterschiedlich gekleidet?«, fragte Dakota, der ihr Aufzug plötzlich gar nicht gefiel.

»Ich weiß es nicht, aber es kann nichts Gutes bedeuten.« Caroline sagte genau das, was Dakota gedacht hatte.

»Nichts an der ganzen Situation ist gut«, stimmte Dakota zu. »Was sollen wir machen?«

»Auf alle Fälle werden wir nicht wie hilflose Frauen herumsitzen«, sagte Caroline streng und stand auf, während sie das lange schwarze Gewand schüttelte. Das Kleidungsstück hing an ihrem Körper herunter. Es hatte keine Kapuze, aber außer Hals, Gesicht und Händen war keine Haut zu sehen. »Schau, so beschissen die Lage auch scheint, ich war schon einmal in einer ähnlichen Situation.«

Dakota starrte Caroline ungläubig an. »Wirklich?«

»Ja, und ich habe eines gelernt. Okay, ich habe zwei Dinge gelernt: Wir müssen mutig sein und tun, was wir können, um uns selbst zu helfen.«

»Aber in diesem Raum gibt es nichts, gar nichts«, konterte Dakota.

»Das sehe ich«, murrte Caroline und rümpfte die Nase, als sie sich umsah. Sie ließ den Blick wieder zu Dakota wandern. »Aber wir sind in diesem Raum. Wir müssen auf alles vorbereitet sein. Ich gehe davon aus, dass Aziz hinter unserem kleinen Ausflug steckt.«

Dakota nickte. »Es tut mir leid. Er ist besessen von mir.« Ihr kam ein Gedanke. »Ach nein.«

»Was?«

»Er möchte, dass ich seine Frau werde und dass ich ein Kind von ihm bekomme, das er zu einem Terroristen erziehen kann.«

»Scheiße!«, flüsterte Caroline. »Trägst du ein Hochzeitsoutfit?«

Dakota schluckte und bestätigte: »Ich denke schon.«

Caroline packte ihren Arm und beugte sich vor. Die Dringlichkeit in ihrem Tonfall war deutlich zu hören. »Kennst du meine Geschichte?«

Dakota verstand nicht, was sie meinte, und schüttelte nur den Kopf.

»Okay, wir haben nicht viel Zeit, es muss genügen, dir zu sagen, dass ich viel Scheiße durchgemacht habe. Aber ich bin da wieder herausgekommen und wir beide werden auch hier herauskommen. Matthew und Slade werden uns retten. Wir müssen für sie durchhalten und wir müssen schlau sein und ihnen dabei helfen, uns zu finden, wenn sich die Gelegenheit bietet.«

»Ich verstehe nicht.«

»Ich habe gelernt, dass diese Arschlöcher unsere Männer gern verspotten. Sie prahlen gern damit, dass sie es einem SEAL gezeigt haben. Ich weiß nicht, was passieren wird, aber wenn Aziz dich so kleidet, wird er wahrscheinlich eure sogenannte Hochzeit für seine Anhänger aufzeichnen wollen. Das bedeutet, es wird ein Video geben. Was wiederum bedeutet, dass er es wahrscheinlich online stellen wird, damit er mit dir angeben kann.«

Dakota zitterte. Sie wollte nicht auf Video aufgenommen werden und sie wollte definitiv nicht Aziz heiraten. Einen Moment lang schloss sie verzweifelt die Augen, dann straffte sie die Schultern. Wenn Caroline nicht in Panik geriet, würde sie es auch nicht tun. »Was ist dein Plan?«

Caroline wusste nicht, wie viel Zeit sie hatten, bis jemand kam, um sie zu holen, also sprach sie schnell. Sie gab Dakota eine kurze Zusammenfassung dessen, was ihr widerfahren war und was sie getan hatte, um Wolf zu helfen, sie zu finden. Sie wussten nicht, was Aziz vorhatte, aber sie wollten auf alles vorbereitet sein.

Als die Tür geöffnet wurde und zwei Männer eintraten, hatten sie einen Plan ... so in der Art jedenfalls. Sie hatten aus dem Fenster geschaut und die Umgebung studiert. Sie hatten vielleicht keine physischen Waffen, aber sie hatten ihren Verstand. Sie wussten nicht, welche Steine ihnen in den Weg gelegt werden würden, aber Dakota fühlte sich besser, weil sie wusste, dass sie sich nicht in eine Ecke kauern und weinen würde. Vielleicht würde sie es nicht lebend überstehen, aber sie würde nicht kampflos untergehen.

Slade hielt vor Wolfs Haus und sofort standen ihm die Nackenhaare zu Berge. Er nahm seinen Helm ab und lief zur Küchentür. Wolf hockte zusammengekauert in der Mitte der Küche vor Benny, der reglos auf dem Rücken auf den hellbraunen Fliesen lag.

»Was zum Teufel ist passiert?«, stieß Slade heraus und eilte an Wolfs Seite neben seinen Teamkameraden.

»Pfeil«, sagte Wolf zu ihm und deutete auf die Nadel, die neben dem bewusstlosen SEAL lag.

Wortlos stand Slade auf und verließ den Raum. Er durchsuchte Wolfs Haus von oben bis unten und rief nach Caroline und Dakota. Er hatte gehofft, die Frauen würden sich irgendwo verstecken, aber als er in die Küche zurückkam, wusste er, dass seine größte Befürchtung wahr geworden war.

»Wie zum Teufel ist das passiert?«, fragte er und fuhr sich aufgeregt mit der Hand durchs Haar. Er hatte Dakota im Stich gelassen. Er hatte ihr gesagt, dass ihr nichts passieren würde, dass sie sicher wäre, dass Fourati sie nicht in die Finger bekommen würde. Er hatte sich in jeder Hinsicht geirrt.

»Das Fenster über der Spüle ist zerbrochen. Ich vermute, wer auch immer auf Benny geschossen hat, hat es durch dieses Fenster getan. Sein Telefon lag auf dem Tisch und die ersten drei Ziffern meiner Nummer waren eingetippt.«

»Warum ist der Alarm nicht losgegangen?«, fragte Slade sauer.

»Ist er«, erwiderte Wolf in einem Tonfall, der durchklingen ließ, dass er kurz vorm Ausrasten war. »Aber mein verdammter Code wurde eingegeben. Deshalb wurde ich nicht benachrichtigt.«

»Wer kennt deinen Code?«

»Das Team, Caroline, du und Dakota. Das sind alle.«

»Es muss noch jemand anderen geben«, beharrte Slade.

»Gibt es nicht«, sagte Wolf zu ihm.

»Was ist mit den Nachbarn?«, fragte Slade. »Hätten sie nicht die Polizei gerufen?«

»Nicht unbedingt. Manchmal kommt Caroline nicht schnell genug an den Code, um die Alarmanlage auszuschalten. Die ersten paar Male haben die Nachbarn die Polizei gerufen, aber inzwischen haben sie gelernt, es nicht mehr zu tun.«

»Scheiße«, fluchte Slade.

»Was auch immer passiert ist, die Frauen müssen schnell ausgeschaltet worden sein. Ich habe Ice Selbstverteidigung beigebracht. Sie hätte nicht ohne Gegenwehr aufgegeben. Ich rufe Tex an.« Wolf tippte auf sein Handy und hielt es an sein Ohr.

Etwas, das Slade gesehen hatte, als er hektisch das Haus durchsucht hatte, beunruhigte ihn. Er ging aus der Küche zurück in den Flur.

Auf dem Boden lagen zwei Haufen mit Kleidung und Accessoires.

Er erkannte die Jeans und das T-Shirt, die er Dakota am Vortag gekauft hatte. Sie war so zufrieden mit seiner Kleiderwahl für sie gewesen. Slade hörte, wie Wolf sich hinter ihn stellte und sagte: »Verdammt noch mal, heb ab, Tex. Nimm ab!«

Slade blickte auf die Kleidung hinunter, die die Frau, die er liebte, höchstwahrscheinlich an diesem Morgen angezogen hatte, und fühlte, wie sein Herz von einer Eisschicht eingeschlossen wurde. Sie hatten sie ihr ausgezogen. Sie hatten ihre alle Kleider ausgezogen und sie auf dem Boden liegen lassen. Anscheinend hatten sie genügend Zeit gehabt, da niemand die Polizei alarmiert hatte. Er hatte keine Ahnung, warum sie ihr die Kleider ausgezogen hatten. Um sie zu vergewaltigen? Um ihn zu verspotten? Der Mann, der er geworden war, nachdem er aus dem aktiven Dienst ausgeschieden war, wurde in den Hintergrund gedrängt. Jede Weichheit und Gutmütigkeit, die er entwickelt hatte, nachdem er sich von Tod und Zerstörung ferngehalten hatte, löste sich in Luft auf. Alles, was übrig blieb, war der hochqualifizierte Killer, den die Navy ausgebildet hatte.

Slade wusste, dass Dakota wahrscheinlich verletzt war und dass Fourati berührt hatte, was ihm gehörte. Er war schon vorher entschlossen gewesen, den Mann zu töten, aber jetzt stand der Ausgang ihres Aufeinandertreffens fest. Fourati würde verdammt noch mal sterben. Der Kleiderhaufen vor ihm war Grund genug.

»Tex? Wolf hier. Ich brauche Carolines Koordinaten«, befahl der andere Mann knapp.

Sekunden vergingen, die beiden Männern wie Stunden vorkamen.

Slades Kiefermuskeln zuckten, als er weiter auf die Kleiderhaufen auf dem Boden starrte. Er versuchte, den Gedanken daran, was Dakota durchmachen musste, auszublenden, aber es gelang ihm nicht. Slade hatte zu viele gebrochene Frauen gesehen, nachdem sie in die Hände von Terroristen geraten waren. Er hatte zu viele Vergewaltigungsopfer ins Leere starren sehen, nur noch eine Hülle ihres früheren Selbst. Der Gedanke, dass dies seiner Dakota widerfahren könnte, war abscheulich. Es schürte weiter den Hass in seiner Seele.

»Sie ist im Haus«, sagte Tex über den Lautsprecher des Telefons.

»Nein, ist sie nicht. Wir haben alles abgesucht«, blaffte Wolf.

»Alle GPS-Sender zeigen ihren Standort genau dort an«, beharrte Tex. »Was zum Teufel ist los?«

Ohne seinem Freund zu antworten, kniete Wolf sich neben die Kleidung seiner Frau und sortierte nur mit dem Zeigefinger die einzelnen Gegenstände. Hemd, Hose, Unterwäsche, BH ... und darunter lagen ihr Ehering, eine Halskette und ein Paar Ohrringe.

»Sie sind hier«, sagte Wolf und stand auf, sah aber immer noch auf die Habseligkeiten seiner Frau hinab. »Alle ihre GPS-Sender sind hier. Woher zum Teufel wussten sie davon?«, fragte Wolf in einem unheimlichen Tonfall. Er klang fast ruhig, aber Slade und Tex konnten die Wut hinter seinen Worten hören.

Anstatt zu antworten, fragte Tex: »Hast du schon Dakotas Sender bekommen, Cutter?«

»Nein, aber das spielt keine Rolle, denn diese Wichser haben den Frauen nicht nur die Kleidung ausgezogen, sondern auch alle Schmuckstücke abgenommen. Falls ich mich nicht deutlich ausgedrückt habe, sie haben unsere Frauen ausgezogen, bevor sie dieses Haus verlassen haben. Du musst dich mit deinem Computer in jeden verdammten Satelliten, Computer und jedes Telefon in einem Umkreis von einhundert Kilometern hacken und sie verdammt noch mal finden. Und zwar sofort!« Mit jedem Wort war seine Stimme lauter geworden, bis er geschrien hatte.

»Scheiße, ich muss Lambert anrufen«, fügte Slade hinzu. »Ich weiß, dass diese Mission nicht genehmigt werden sollte, aber ich schwöre bei Gott, wenn er nicht sofort den Vizepräsidenten und den Präsidenten hinzuzieht, wird es ihm leidtun.«

»Ich bin dran«, beruhigte Tex ihn. »Ich werde Lambert anrufen.«

»Das ist nicht deine Mission«, sagte Slade seinem Freund.

»Vielleicht nicht, aber ich habe Lambert deinen Namen gegeben. Ich rufe ihn an, erzähle ihm, was los ist, und sorge dafür, dass du alle Hilfe bekommst, die du brauchst, um Caroline und Dakota zu finden.«

»Scheiße«, wiederholte Slade, nicht sicher, ob ihm im Moment etwas Besseres einfallen könnte.

»Wenn du dich dadurch besser fühlst, Fourati will Dakota nicht töten«, versuchte Tex seinen Freund zu beruhigen.

»Das stimmt«, sagte Slade bitter. »Er will sie nur immer wieder vergewaltigen, bis sie schwanger ist.«

»Außerdem will er Dakota vielleicht nicht wehtun, aber Ice ist ihm scheißegal. Warum hat er sie auch mitgenommen?«, fügte Wolf hinzu.

Beide Männer konnten im Hintergrund hören, wie Tex auf seinem Computer tippte und klickte. Das Geräusch war normalerweise beruhigend, aber im Moment war es alles andere als das. Nicht, wenn ihre Frauen in Schwierigkeiten waren.

»Ruf mich zurück, sobald du etwas weißt«, befahl Wolf. »Ich muss nach Benny sehen. Ich habe bereits einen Krankenwagen gerufen.«

»Was ist mit Benny passiert?«, rief Tex. »Gottverdammt, was zum Teufel ist los?«

»Das wollen wir auch gern wissen«, sagte Wolf und gab dann nach. »Ich habe Benny mit dem Gesicht nach unten auf meinem Küchentisch gefunden, mit einem Pfeil in seinem Hals.«

»Ich werde mich melden«, sagte Tex und beendete das Gespräch.

Wolf und Slade sahen sich lange an. Als hätten sie jahrelang zusammengearbeitet, drehten die Männer sich gleichzeitig um und gingen durch das Wohnzimmer zurück in die Küche.

Beide bemerkten das zerbrochene Fenster, durch das die Entführer offensichtlich das Haus betreten hatten, ignorierten es aber. Es war jetzt nicht wichtig. Sie brauchten zuerst medizinische Hilfe für Benny und mussten das Team zusammenrufen.

Slade dachte daran, wie Lambert gesagt hatte, dass dies eine Solomission sei, und runzelte die Stirn. Das war definitiv nach hinten losgegangen.

Egal, er hatte Wolf und einigen der anderen ohnehin schon das meiste erzählt. Er brauchte jetzt so viel Hilfe, wie er bekommen konnte. Außerdem stand nicht nur Dakotas Leben auf dem Spiel, sondern Caroline steckte auch bis zum Hals mit drin. Wolfs Männer würden sich auf keinen Fall zurücklehnen und nichts tun.

Es war Slade egal, ob Lambert sich weigern würde, ihm auch nur einen Cent zu bezahlen. Dakota war das Einzige, was für ihn zählte. Er würde die Bedrohung, die Aziz Fourati für die amerikanische Bevölkerung darstellte, ausschalten. Aber noch wichtiger, er würde die Bedrohung für seine Frau ausschalten.

Slade betastete geistesabwesend das Messer an seiner Hüfte, während er sich neben Benny kniete. Er würde Fourati eine hautnahe und persönliche Lektion darüber erteilen, warum sein Spitzname Cutter war. Sein Messer würde das Letzte sein, woran der Mann sich jemals erinnern würde ... da es seine Halsschlagader durchtrennen würde, bis sein Blut auf den Boden tropfte.

KAPITEL DREIZEHN

Dakota stand stocksteif und ihre Augen füllten sich mit Tränen, die sie nicht vergießen wollte. Sie betete bei allem, was ihr heilig war.

Zwei Männer waren gekommen, um sie und Caroline abzuholen, und sie waren nicht sanft mit ihnen umgegangen. Beide Frauen hatten sich erfolglos gegen die Griffe ihrer Entführer gewehrt. Caroline hatte dem einen Kerl in die Eier getreten, aber die voluminöse Robe, die sie trug, hatte sie behindert und der Kerl hatte sie mit der Hand so fest zurückgeschlagen, dass sie rückwärts gestolpert und auf ihren Hintern gefallen war.

Als Dakota sah, wie ihre neue Freundin hinfiel, fing sie an, gegen den Mann, der sie festhielt, anzukämpfen, und versuchte, ihm die Augen auszukratzen. Aber er war ihrer Hand ausgewichen, hatte sich umgedreht und sie mit der Stirn gegen die nächste Wand gerammt. Sie hatte Sterne gesehen und der Kampf hatte ein schnelles Ende gefunden.

Sie war mit Caroline in einen anderen Raum

gebracht worden, wo Dakota zum ersten Mal seit diesem schrecklichen Tag am Flughafen Aziz wiedersah.

Der Mann, den sie als Aziz Fourati kannte, war definitiv dieselbe Person wie dieser Zach. Sie hatte ihn auf Bennys Bildern sofort erkannt. Sie hatte keine Ahnung, wie um alles in der Welt er eine Stelle als freier Mitarbeiter für die Navy bekommen hatte und bei den Hintergrundprüfungen zu seiner Person nicht aufgefallen war, aber letztendlich spielte das keine Rolle mehr. Er hatte es geschafft und jetzt war sie wieder in seinen Fängen.

Dakota zitterte vor Angst. All ihre Albträume wurden wahr, aber diesmal träumte sie nicht. Slade war nicht da, um sie wach zu küssen, sie festzuhalten und ihr zu sagen, dass alles in Ordnung wäre. Der Gedanke an Slade gab ihr Kraft. Sie erinnerte sich an das, was Caroline gesagt hatte. Sie musste durchhalten, damit sie Slade und seinen Freunden helfen konnte, sie zu finden. Das war das ultimative Ziel.

»Ah, hübsche Dakota, es ist so schön, dich wiederzusehen. Dein Hochzeitsoutfit ist absolut umwerfend«, sagte Aziz. Der Mann, der sie festhielt, blieb vor Aziz stehen, sodass sie keine andere Wahl hatte, als ihn anzusehen.

»Ich wünschte, ich könnte behaupten, dass es schön ist, dich wiederzusehen«, erwiderte sie bissig.

Er machte ein gleichgültiges Geräusch, als wäre sie eher ein widerspenstiges Kind als eine erwachsene Frau. »Ich hatte so gehofft, dass du zur Besinnung kommst. Ich habe dir Zeit gegeben, über dein Schicksal nachzudenken und dich damit abzufinden. Ich bin enttäuscht, dass du immer noch dagegen ankämpfst. Du wirst heute meine Frau werden. Und dann wirst du meine Kinder haben. Und du wirst aufhören, mir zu trotzen. Diese drei Dinge garantiere ich dir.«

Dakota unterdrückte einen Brechreiz. Sie hob den Kopf und spuckte ihn an. Der Speichel hinterließ nicht ganz die gewünschte Wirkung, aber das Gefühl war definitiv gut.

Der amüsierte Ausdruck auf seinem Gesicht verschwand und Dakota erkannte den Mörder, den sie vor vielen Wochen auf dem Flughafen gesehen hatte.

»Deine Zukünftige hat keine guten Manieren«, sagte jemand hinter ihr.

Aziz verzog verächtlich die Lippen. »Die werden wir ihr beibringen. Setz dich, meine Braut«, befahl er in einem schroffen Ton.

Dakota hatte nicht die Absicht, das zu tun, was er sagte, aber sie hatte keine andere Wahl. Der Mann hinter ihr führte sie zu einem Stuhl und zwang sie, sich zu setzen. Dann hielt er sie fest, während zwei andere Männer ihre Knöchel an den Stuhlbeinen festbanden.

Ihr Herz raste in ihrer Brust. Das Gefühl, in Aziz' Gegenwart gefesselt und hilflos zu sein, mochte sie wirklich nicht. Zumindest könnte er sie im Sitzen nicht vergewaltigen ... oder? Sie warf einen Blick nach rechts und sah, dass Caroline von zwei Männern festgehalten wurde. Sie standen rechts und links neben ihr und hatten ihre Arme nach oben gerissen, sodass sie unbeholfen auf den Zehenspitzen stand. Dakota konnte eine Prellung in ihrem Gesicht sehen, wo sie zuvor geschlagen worden war. Ihr Magen zog sich vor Sorge zusammen. Sie hatten ihr ein Stück Stoff in den Mund gestopft und ihre Lippen zugeklebt. Die Geräusche, die sie machte, waren gedämpft und schwach.

Caroline so hilflos unter Schmerzen zu sehen, tat ihr selbst weh. Sie musste sich daran erinnern, dass sie nicht allein in dieser Situation war. Egal wie oft Slade ihr gesagt hatte, dass sie mutig war, in diesem Moment fühlte Dakota sich nicht mutig. Aber seltsamerweise fühlte sie sich besser, Caroline bei sich zu haben. Wenn sie allein gewesen wäre, wäre sie völlig ausgeflippt. Sie hatte verdammte Angst, daran bestand kein Zweifel, aber sie schwor sich, nicht einfach zu tun, was Aziz von ihr verlangte. Je länger sie es hinauszögern konnte, desto länger hatten Slade und seine Freunde Zeit, sie und Caroline zu finden. Sie würde einstecken können, was er auszuteilen hatte.

»Also, Folgendes wird passieren«, sagte Aziz und hatte seine ruhige Fassade wiedergefunden. »Wir werden eine Hochzeitszeremonie abhalten. Du sitzt ruhig da und antwortest mit Ja, wenn du dazu aufgefordert wirst. Wenn du etwas sagst oder tust, das den Eindruck erwecken könnte, dass du nicht meine Braut werden möchtest, wirst du es bereuen.«

»Ich werde dich nicht heiraten«, sagte Dakota weniger kraftvoll, als sie es wollte, und zog an ihren Armen, die von den beiden Männern festgehalten wurden, die ihre Beine an den Stuhl gefesselt hatten. »Das ist verrückt. Du bist verrückt.«

Aziz reagierte nicht auf ihren Kommentar, sondern schüttelte enttäuscht den Kopf. »Du willst mich wirklich nicht wütend machen, meine Braut.«

»Warum nicht? Was wirst du tun? Sag schon! Das Gebäude in die Luft jagen? Mich vergewaltigen? Letzteres hast du sowieso vor. Mach schon, tu es. Wenn du eine gefügige Frau haben willst, hast du dir die falsche ausgesucht.«

»Ich hatte irgendwie gehofft, dass du so reagierst«, sagte Aziz auf seltsame Weise. »Ich wusste, dass du leidenschaftlich bist und Elan hast, als ich dich am Flughafen gesehen habe. Ich habe dich eine Weile beobachtet, weißt du«, sagte er. »Ich habe für mich entschieden, dass du aus einem bestimmten Grund genau zu derselben Zeit dort warst wie ich – um meine zu sein. Ich bin dir gefolgt und habe nicht zugeschlagen, bis du in meinem Netz warst. Du hast noch versucht, dir etwas auszudenken, um das Unvermeidliche aufzuhalten. Das war mutig von dir, aber es war zu spät, fürchte ich.«

Dakota sah ihn entsetzt an. Er war ihr am Flughafen gefolgt? Er hatte damit gewartet, Geiseln zu nehmen, bis er wusste, dass sie dabei wäre?

Dakota musste diese Informationen verarbeiten und sah sich um. Unter den Männern im Raum waren Amerikaner und Männer aus dem Nahen Osten. Offensichtlich wussten sie, dass Aziz kein Tunesier war, aber es war ihnen egal. Alle sahen aus wie Anfang zwanzig. Aziz trug etwas, das aussah wie ein traditionelles tunesisches Gewand. Eine Art langes Hemd, das bis zu den Knien reichte. Es hatte einen tiefen V-Ausschnitt. Darunter trug er ein kastanienbraunes Seidenhemd. Seine Hose hatte dieselbe Farbe. Wenn sie sich nicht irrte, war das Stickmuster auf seinem langen Hemd mit dem auf ihrer Kleidung identisch. Dazu trug er spitze Lederpantoffeln und auf dem Kopf eine eng anliegende rote Mütze aus Filz, an der eine schwarze Quaste hing.

Dakota atmete kurz und schnell. Aziz sah ebenfalls aus, als wäre er für eine Hochzeit gekleidet. Es war nicht so, dass sie gedacht hatte, er bluffte, aber jetzt, wo sie einen Moment Zeit hatte, um über das nachzudenken, was er gesagt hatte, und gesehen hatte, was er trug, war es offensichtlich, dass er sie wirklich heiraten wollte. Man würde Aziz niemals abkaufen, dass er aus dem Nahen Osten kam, egal was er trug. Die Regierung hatte es aufgrund seiner Webseite und seiner Beiträge einfach angenommen. Sie zuckte zusammen, als er wieder anfing zu sprechen.

»Es wird eine Zeit kommen, in der ich deine Leidenschaft fördern werde. Eine Zeit, in der ich mich nach deinen Fingernägeln auf meiner Haut sehnen werde. Das wird es noch aufregender machen, dich zu nehmen. Aber heute ist leider nicht dieser Tag. Heute musst du eine anständige arabische Ehefrau sein. Es ist wichtig, meinen Rekruten zu beweisen, dass ich die Kontrolle habe, auch über meine Frau.« Er trat näher und kniete sich zu ihren Füßen. Er legte seine Hände auf ihre Schenkel und schob sie langsam, aber sicher auseinander.

Dakota versuchte mit aller Kraft, ihre Beine zusammenzudrücken, aber Aziz war stärker als sie. Er drückte ihre Oberschenkel fest genug, um ihr Schmerzen zu bereiten, aber sie schluckte es runter und gab kein äußeres Anzeichen dafür, dass er ihr wehtat.

Er lächelte mit einem unheimlichen Gesichtsausdruck, bei dem es Dakota kalt den Rücken runterlief.

»Dein Name ist jetzt Anoushka«, informierte er sie. »Das bedeutet liebenswürdig. Von nun an werde ich dich so nennen und du dich selbst auch. Du wirst nie wieder auf deinen heidnischen amerikanischen Namen reagieren. Dein neues Leben beginnt jetzt, Anoushka. Du wirst die verehrte Ehefrau des Anführers von Ansar al-Scharia sein. Du wirst lernen, mir zu gefallen und zu dienen. Alles, was du bisher gekannt hast, gehört jetzt der Vergangenheit an.«

»Ich werde dir niemals dienen«, sagte Dakota zu ihm. »Du kannst mich vergewaltigen, schlagen und einsperren, aber wenn du es am wenigsten erwartest, werde ich dir in den Rücken fallen. Du wirst immer wachsam sein müssen, weil ich alles tun werde, um dich zu Fall zu bringen.«

»Sehr schade«, sagte Aziz ohne eine Spur von Sorge in seinem Ton. »Glaubst du wirklich, du als einfache Frau könntest den Auserwählten ausschalten?«

»Ich habe keine Angst vor dir«, sagte Dakota. »Und du bist kein Auserwählter.«

»Wirst du bei unserer Hochzeitszeremonie mitarbeiten?«, fragte Aziz, als hätte sie nichts gesagt.

»Niemals«, schwor sie sich selbst.

»Schade«, wiederholte Aziz achselzuckend. Er drückte ihre Beine noch einmal so fest, dass Dakota diesmal zusammenzuckte, und lächelte. Er stand auf und deutete auf einen der Männer, die an der Wand standen.

»Nicht einmal, wenn du zusammengeschlagen wirst?«, fragte er.

Sobald das letzte Wort seinen Mund verlassen hatte, drehte sich der Mann, auf den er gezeigt hatte, zur Seite und trat mit dem Fuß nach ihr. Er traf ihr Knie und Dakota schrie auf vor Schmerz. Es fühlte sich an, als hätte sie sich etwas gebrochen oder zumindest eine Sehne gerissen. Sie hatte noch nie in ihrem Leben solche Schmerzen gehabt. Für einen Moment konnte sie an nichts anderes denken als die Qualen, die von ihrem Bein ausstrahlten. Sie vergaß, wo sie war, und sogar, dass Aziz ihr eine Frage gestellt hatte.

»Wirst du bei unserer Hochzeitszeremonie mitarbeiten?«, fragte Aziz noch einmal.

Die Tränen, die Dakota zurückgehalten hatte, liefen ihr über die Wangen, aber sie schüttelte trotzig den Kopf.

Aziz nickte dem Mann erneut zu und er trat ihr noch einmal gegen das Knie, dasselbe Knie.

Ihr wurde schwarz vor Augen und Dakota dachte, sie würde ohnmächtig werden. Die schwarze Leere kam ihr tatsächlich entgegen. Aziz griff nach ihr, packte eine ihrer Brustwarzen durch das Bustier und drehte sie. Dakota kämpfte gegen die Männer an, die ihre Arme festhielten, und versuchte, sich von Aziz abzuwenden. Er kniff fester, als er sich zu ihr beugte und sein Gesicht nur Zentimeter von ihrem entfernt war.

»Ich kann das die ganze Nacht lang tun, bis du zustimmst«, sagte er.

Obwohl der Schmerz schlimmer war als alles, was sie jemals in ihrem Leben gefühlt hatte, funkelte Dakota Aziz an und keuchte: »Ich kann alles einstecken, was du auszuteilen hast. Ich werde dich niemals heiraten.« Sie hoffte, dass sie mutig und stark klang und nicht verzweifelt und kurz davor nachzugeben.

Bei ihren Worten ließ Aziz abrupt ihre Brustwarze los. Er stand vor ihr, die Hände hinter dem Rücken verschränkt. Er verzog den Mund zu einem schiefen Grinsen und sagte: »Das habe ich mir gedacht. Meine Frau ist stark.«

Dakota behielt seine Augen im Blick, als sie auf ihre Brüste schaute, um nachzusehen, ob ihre Brustwarze noch dran war. Sie pochte und es fühlte sich an, als hätte er sie abgerissen. Sie atmete durch den Schmerz und versuchte, tapfer zu sein. Caroline hatte gesagt, dass sie stark sein müssten, und das versuchte sie verdammt noch mal.

Aziz gestikulierte wieder hinter sie. Diesmal traten die Männer, die Caroline festhielten, vor sie.

Dakota riss die Augen auf. Was hatte Aziz jetzt vor?

»Da ich mir dachte, dass du alles ertragen würdest, was ich dir antue, habe ich einen Plan B entwickelt«, sagte Aziz. Er ging zu einem kleinen Tisch, den Dakota bisher nicht bemerkt hatte. Er stellte sich davor, damit sie nicht sehen konnte, was darauf lag. Er stand mit dem Rücken zu ihr, begutachtete, was auf der Tischplatte lag, und fragte noch einmal: »Wirst du bei unserer Hochzeitszeremonie kooperieren?«

»Nein«, flüsterte Dakota, die jetzt wirklich Angst hatte.

Ohne ein weiteres Wort nahm Aziz etwas vom Tisch und drehte sich um. Aber anstatt auf sie zuzugehen, ging er zu Caroline.

Entsetzt sah Dakota zu, wie er Caroline an den Haaren am Hinterkopf packte und nach hinten zog. Sie versuchte, zu treten und zu schlagen, aber ein vierter Mann kniete sich hinter sie und hielt mit beiden Armen ihre Beine fest, wodurch sie bewegungsunfähig war.

Aziz hatte das Messer, das er vom Tisch genommen hatte, in der Hand und hielt es Caroline an die Kehle. Er drehte sich um und starrte Dakota an, während er das Messer langsam nach unten zog. Mit Leichtigkeit zerschnitt er den Stoff der Robe, die Caroline trug, als würde er ein Stück zartes Rindfleisch zerschneiden.

Als er fertig war, war Caroline vom Hals bis zu den

Knien entblößt. Da sie unter dem Kleidungsstück völlig nackt war, wurde ihr Körper jetzt allen im Raum zur Schau gestellt.

Dakota kämpfte sowohl gegen den Griff der Männer als auch gegen ihre Fesseln an. Plötzlich tat ihr Knie überhaupt nicht mehr weh. Er wollte Caroline ihretwegen wehtun. »Hör auf!«, forderte sie atemlos.

»Ich kann es kaum erwarten, in deinem üppigen Körper zu versinken, Anoushka. Du wirst mir viele Stunden Freude bereiten. Allerdings bin ich kein selbstsüchtiger Anführer. Sobald du den Erben von Ansar al-Scharia in dir trägst, werde ich meinen vertrauenswürdigsten und tapfersten Kriegern erlauben, an der Prämie teilzuhaben, die mir zuteilwurde.« Aziz starrte sie an. »Ich sehe, du verstehst. Ich teile gern meine Braut. Ich habe kein Problem damit zuzusehen, wie jeder einzelne Mann, der mir und unserer Sache die Treue schwört, sich mit dir vergnügt.«

»Nein«, sagte Dakota mit kaum hörbarer Stimme. Seine Worte waren zu viel für sie.

»Ja, Anoushka. Deine einzige Aufgabe von jetzt an besteht darin, mir zu gefallen und zu gehorchen, in allen Belangen. Du wirst in meiner Gegenwart auf die Knie gehen und mir erlauben, dich zu nehmen, wann und wo immer ich will. Du wirst deine Beine für jeden spreizen, dem ich es erlaube. Du wirst nicht dagegen ankämpfen, wenn ich filmen möchte, wie ich deinen Körper mit dem Geschenk des Lebens fülle. Und wenn doch? Ich denke, ich werde diese hier behalten, um sicherzugehen, dass du verstehst, was passieren wird, wenn du mir nicht gehorchst.«

Aziz ließ Carolines Haare los, fuhr mit der Messerspitze noch einmal zwischen ihren Brüsten entlang und hinterließ eine dünne Blutlinie.

»Nein, hör auf!«, befahl Dakota und kämpfte wieder einmal darum, dem Griff der Männer neben ihr zu entkommen. »Das ist verrückt!«

»Wirst du bei unserer Hochzeitszeremonie mitarbeiten?«, fragte Aziz noch einmal.

Dakota wusste, dass Aziz nicht scherzte. Er wusste, dass sie ihn weiterhin ablehnen würde, egal was er ihr antat. Sie würde lieber sterben, als ihn zu heiraten, aber sie konnte auf keinen Fall dasitzen und zusehen, wie er jemand anderen folterte. Er würde Caroline bei sich behalten, wenn auch nur als Mittel zum Zweck ... nämlich, damit Dakota alles tat, was er wollte.

Anscheinend war Aziz der Meinung, dass sie nicht schnell genug geantwortet hatte. Er ging zurück zum Tisch, legte das Messer weg und nahm etwas anderes. Er ging die paar Schritte zurück zu Caroline.

»Warte, bitte hör auf!«, bettelte Dakota.

Aziz ignorierte sie und hielt eine kleine Zange hoch. Er grinste sadistisch und wandte sich dann wieder an Caroline.

»Ich kooperiere«, schrie Dakota verzweifelt. »Ich werde dich heiraten! Ich werde sagen, was immer du willst, lass sie nur in Ruhe!«, fuhr sie fort und versuchte, ihn dazu zu bringen, sich von Caroline zu entfernen. Die andere Frau hatte bereits zu viel durchgemacht. Auf keinen Fall würde Dakota sie weiter Qualen erleiden lassen. Nicht, wenn sie es verhindern konnte.

Ohne sich von Caroline zu entfernen, drehte Aziz den Kopf zu ihr. »Ah, Anoushka, das sind die Worte, die ich hören möchte. Aber woher weiß ich, dass du sie ernst meinst?« Er bewegte die Zange noch einmal auf Caroline zu und ihr erschrockenes Kreischen war durch den Knebel zu hören.

»Du wusstest, dass ich nicht zulassen würde, dass du jemand anderem meinetwegen wehtust. Lass sie gehen und lass uns das hinter uns bringen«, sagte Dakota so ruhig sie konnte. Sie konnte Caroline nicht mehr ins Gesicht sehen, aber aus dem Augenwinkel sah sie, wie die andere Frau verzweifelt den Kopf schüttelte. Dakota wusste nicht, ob sie das wegen des Schmerzes tat, den Aziz ihr zufügen wollte, oder wegen ihrer Worte. Aber es war egal. Aziz würde Caroline foltern, bis Dakota tat, was er wollte. Sie würde ihrer Freundin die Schmerzen ersparen.

Dakota wusste nur zu gut, dass Aziz Caroline nicht gehen lassen würde, nachdem er sie geheiratet hatte. Er hatte ihr gerade gesagt, dass er die andere Frau als Druckmittel behalten würde, damit sie tat, was er wollte. Und sie würde tun, was immer er wollte. Sie konnte mit Schmerzen umgehen, aber sie könnte nicht damit umgehen, dass er Caroline ihretwegen Schmerzen zufügte.

Aziz ließ Caroline los und trat zurück. Er reichte die Zange einem seiner Kumpane und ging zurück zu Dakota.

Sie hielt seinem Blick stand und legte so viel Hass in ihren Gesichtsausdruck, wie sie konnte.

»Du machst mich zu einem sehr glücklichen Mann, Anoushka«, erklärte Aziz ihr in einem geradezu zärtlichen Tonfall. »Eine Warnung noch, solltest du irgendetwas tun, um unsere Hochzeitszeremonie zu entehren, werde ich nicht zögern, eine Pause einzulegen und der kleinen Ice dort drüben zu zeigen, was wirkliche Schmerzen sind.«

»Verstanden«, sagte Dakota zu ihm und fragte nicht einmal, woher er Carolines Spitznamen kannte. Er wusste alles über sie und die SEALs, warum sollte er das nicht auch wissen? Vielleicht musste sie Aziz heiraten, aber sie gab die Hoffnung nicht auf, dass Slade und seine Freunde sie finden würden. Sie wünschte nur, sie würden es vor ihrer Hochzeitsnacht tun.

Dakota wusste, sie würde nie wieder dieselbe sein, sollte Aziz sie vergewaltigen. Sicher, sie würde es überleben, aber etwas in ihr würde sterben. Sie würde sich nie wieder sauber fühlen und würde ihre Chance, mit Slade zusammen zu sein, für immer verlieren.

Ich versuche, stark zu sein, sagte sie im Stillen zu dem Mann, der ihr alles bedeutete, *aber ich weiß nicht, ob ich das schaffe. Bitte komm und hol mich hier raus.*

KAPITEL VIERZEHN

Slade ging in Wolfs Wohnzimmer auf und ab, während sie darauf warteten, dass Tex sich meldete. Benny war im Krankenhaus. Er war noch vollkommen bewusstlos gewesen, als der Krankenwagen eingetroffen war. Sein Herzschlag war stark, weshalb der Notarzt davon ausging, dass er betäubt und nicht vergiftet worden war. Sie mussten abwarten, bis er wieder zu Bewusstsein kam, bevor sie Informationen darüber erhalten konnten, was kurz vor der Entführung der Frauen passiert war.

Die anderen Männer in Wolfs Team hatten sich versammelt. Abe, Cookie und Dude waren in der Küche. Mozart, der sechste Mann im Team, hatte sich mit den Frauen und Kindern verschanzt. Die Männer würden nicht riskieren, dass noch jemand in die Schusslinie geriet. Obwohl Slade wusste, dass Mozart bei ihnen sein wollte, um Caroline und Dakota zu retten und denjenigen zu fassen, der Benny ausgeschaltet hatte, wusste er auch, dass die anderen Frauen und Kinder im Moment genauso wichtig waren. Auf keinen Fall dürften sie zulassen, dass Fourati auch sie erwischte.

Kommandant Hurt kümmerte sich um die Polizei und hielt die Behörden auf Abstand, damit die SEALs in Ruhe planen konnten. Er war ein guter Mann und er wusste, wann er die Regeln brechen und wegschauen musste.

Zu diesem Zeitpunkt war es Slade scheißegal, wer involviert war. Für ihn galt, je mehr, desto besser. Diese Männer hatten so etwas zu oft durchgemacht, um es zählen zu können. Ihre Frauen waren zu oft in Gefahr geraten. Slade brauchte ihre Erfahrung als Soldaten und als Ehemänner, um Dakota zu retten. Wenn er Ärger mit Greg Lambert bekam, dann war es eben so. Er war einfach so frustriert über die ganze Situation. Er wollte einfach nur Dakota und Caroline sicher und unverletzt zurückbekommen.

Sein Telefon klingelte. Slade nahm sofort ab und stellte es auf Lautsprecher, damit die anderen das Gespräch mithören konnten.

»Cutter.«

»Hier ist Tex.« Er wartete nicht auf Bestätigung. »Sie streamen gerade ein verdammtes Video. Es ist live.«

Slade gestikulierte wild zu Wolf und der Mann lief ins Nebenzimmer und kam mit einem Laptop zurück.

»Ich habe euch allen den Link geschickt. Ich bin mir nicht sicher, wie stabil oder sicher die Seite ist, aber solange sie aktiv ist, zeichne ich das Video auf.«

Slade antwortete nicht. Er sah nur ungeduldig zu, wie Wolf seine E-Mail öffnete und dann auf den Link klickte, den Tex gesendet hatte.

Es wurde still im Raum, als die Männer das, was sie sahen, auf sich wirken ließen.

Dakota saß auf einem Stuhl und hatte einen beigefarbenen Seidenschal um Schultern und Kopf gewickelt. Vor ihr, mit dem Rücken zur Kamera, saß ein Mann. Er trug ebenfalls ein Tuch über dem Kopf. Kein Zentimeter seiner Haut oder seines Haares waren für die Kamera sichtbar.

Dude kommentierte: »Er achtet sehr darauf, seine Identität geheim zu halten.«

»Aus diesem Blickwinkel ist es unmöglich zu sagen, wie er aussieht«, stimmte Abe zu.

Slade biss die Zähne zusammen und ballte die Hände zu Fäusten. Fourati war ihm im Moment scheißegal. Seine ganze Aufmerksamkeit galt Dakota. Sie sah in das Gesicht des Mannes, der mit geradem Rücken vor ihr saß, und rührte keinen Muskel. Jemand im Hintergrund sprach, wahrscheinlich auf Arabisch, aber Slade hörte nichts davon. Stattdessen versuchte er herauszufinden, was Dakota dachte.

Sie sah verängstigt aus ... und sauer. Als er sah, wie wütend sie war, entspannte er sich ein wenig. Wenn sie verärgert war, dann war sie nicht gebrochen ... noch nicht.

»Wo ist Caroline?«, fragte Wolf in den Raum, während das Video weiterlief. Die Kamera wackelte nicht. Sie musste auf einem Stativ oder einer anderen stabilen Oberfläche stehen.

Slade hatte keine Ahnung, wie eine traditionelle tunesische Hochzeitszeremonie ablief, aber als jemand außerhalb des Bildes auf Englisch zu sprechen begann, dachte er, dass das nicht dazugehören würde.

»Anoushka, nimmst du Aziz Fourati zu deinem Mann und versprichst, jedem seiner Befehle zu gehorchen und sie zu befolgen? Wirst du ihn vor allen Bedrohungen verteidigen und sogar dein Leben für die Sache von Ansar Al-Scharia geben?«

»Ja«, sagte Dakota sofort.

Slade runzelte die Stirn. Warum hatte sie so leicht zugestimmt? Was hatte Fourati ihr angetan, um sie so gefügig zu machen?

Die Stimme hinter der Kamera fuhr fort: »Versprichst du, deinen Mutterleib der Sache der Ansar al-Scharia zu widmen? Wirst du freiwillig die heiligen Säfte deines Mannes in deinen Körper aufnehmen, um unseren nächsten Herrscher zu zeugen?«

»Ja«, sagte Dakota erneut.

Slade sah, wie sie diesmal zusammenzuckte, aber sie hielt Blickkontakt mit dem Mann vor ihr.

»Aziz, die Frau vor dir gehört nun dir und du kannst mit ihr tun, was du willst. Sie gehört dir, um sie zu bestrafen, zu loben, sie anzubeten. Sie wird uns den nächsten Anführer schenken und wir werden diesen Tag für die kommenden Jahre preisen. Dies ist der Beginn der Herrschaft von Ansar al-Scharia und so soll es sein.«

Der Mann, der vor Dakota saß, senkte den Kopf und kniete sich dann vor Dakota auf den Boden. Er tat etwas, das sie aus dem Blickwinkel der Kamera nicht sehen konnten. Slade wollte am liebsten durch den Computerbildschirm greifen und Dakota von ihm wegreißen, als sie angewidert das Gesicht verzog.

Dann begann die Stimme hinter der Kamera, wieder auf Arabisch zu sprechen. Der Mann, den Dakota offenbar gerade geheiratet hatte, bewegte sich zur Seite außer Sichtweite, ohne sein Gesicht der Kamera zuzuwenden.

Die Stimme im Hintergrund verstummte und die Kamera zoomte auf Dakota. Sie warf einen Blick nach links, zuckte erneut zusammen und blickte dann wieder in die Kamera. Dann begann sie zu sprechen. Ihre Stimme war flach und hatte keinerlei Intonation. Es war offensichtlich, dass sie Wort für Wort etwas ablas, das vor sie gehalten wurde.

Mein Name ist Anoushka Fourati. Mein Mann, Aziz Fourati, ist der von Gott auserwählte Anführer von Ansar al-Scharia. Ich fühle mich geehrt, ausgewählt worden zu sein, um seinen Nachkommen für die Zukunft unserer Bewegung zu empfangen. So Gott will, wird dieses Kind in angemessener Zeit zur Welt kommen. In der Zwischenzeit kämpft weiter. Lasst euch nicht von den Heiden dieses Landes in die Irre führen. Unsere Zeit wird kommen. Wir brauchen mehr Soldaten. Ich bin bereit, für meinen Mann, für meinen Gott und für Ansar al-Scharia zu sterben. Seid ihr es auch? Werdet ihr in den Himmel aufsteigen, um bei unserem Gott zu sein, oder werdet ihr bis in alle Ewigkeit in den Abgründen der Hölle schmoren, zusammen mit den anderen Bürgern dieses Landes, die keinen Glauben haben? Weitere Anweisungen werden bald folgen. Hoch lebe Aziz Fourati.

Dakota blieb mit gespreizten Beinen sitzen. Sie umklammerte die Armlehnen des Stuhls, auf dem sie saß. Ihr Gesicht war leer von allen Emotionen. Bevor der Bildschirm schwarz wurde, sah Slade ein letztes Mal in

Dakotas Augen. Sie schaute erneut zur linken Seite der Kamera und nickte einmal mit dem Kopf.

»Was für eine Scheiße!«, rief Wolf. »Wo ist Ice? Haben wir gerade mit angesehen, wie Cutters Frau dieses Arschloch Fourati geheiratet hat? Tex, du hast besser etwas für uns«, endete er mit kalter, harter Stimme.

»Ich schicke euch eine Kopie des Videos«, antwortete Tex.

»Und?«, fragte Slade. »Wo sind sie? Hast du den Stream zurückverfolgt?«

»Das war nicht möglich«, sagte Tex widerstrebend. »Sie haben einen wirklich guten Techniker.«

»Tex, du bist ein wirklich verdammt guter Techniker«, sagte Cookie. »Ich kann nicht glauben, dass du keine Spur hast.«

»Tex«, sagte Slade leise mit Verzweiflung in der Stimme, »wir haben nichts, keinen GPS-Sender, gar nichts. Dafür hat Fourati gesorgt. Wir haben nicht einmal ein Bild von diesem Typen. Wir wissen nur, dass er blond und Amerikaner ist. Wir brauchen mehr. Du musst ihn finden.«

»Ich versuche es«, sagte Tex zu seinem alten Freund. »Ich schwöre bei Gott, dass ich es versuche.«

»Sie hat ihn gerade geheiratet«, flüsterte Slade. »Er wird sie vergewaltigen. Ich weiß nicht, wie er sie kontrolliert, aber wenn wir es nicht bald schaffen, sie zu befreien, wird er die Frau, die ich liebe, verletzen. Sie wird danach nie wieder dieselbe sein.«

»Ich habe keine konkrete Spur«, sagte Tex ernst, »aber ich weiß, dass sie in eurer Umgebung sein müssen. Das Signal wurde mehrfach umgeleitet, aber es sind alles lokale Sendetürme und Server. Sie können nicht weit entfernt sein. Erstens hatten sie keine Zeit, sehr weit zu fahren, und zweitens muss er irgendeinen Kontakt zu euch haben. Wie hätte er sonst von den GPS-Sendern wissen können?«

Erleichtert, dass Tex wieder im Spiel zu sein schien, lehnte Slade sich zurück und hörte zu, während Tex mit ihnen sprach.

»Er muss die lokale Stromversorgung genutzt haben, um zu senden. Mit einem einfachen Modem hätte er das nicht bewerkstelligen können. Das Kamera-Setup, das sie verwendet haben, ist ausgefeilter als ein einfaches Handy und die Übertragung erfolgte über Facebook Live. Wo immer sie sind, es kann nicht sehr abgelegen sein«, sagte Tex und sprach mehr mit sich selbst als zu den anderen.

»Der Raum, in dem sie sich befanden, war aus Beton«, fügte Cookie hinzu.

»Was ist mit ihrer Kleidung? Die ist nicht gerade aus dem Walmart vor Ort. Vielleicht wurde sie speziell angefertigt«, warf Abe ein.

»Ja«, nickte Tex begeistert. »Ich werde nach Online-Bestellungen traditioneller tunesischer Kleidung suchen.«

»Die Kameraausrüstung war auch sehr gut«, bemerkte Wolf. »Das Video sah fast professionell aus.«

»Verstanden«, sagte Tex. »Ich werde auch nach Käufen von Videoausrüstung suchen. Vielleicht haben wir Glück.«

»Es gibt keine Alternative«, sagte Slade. »Wir müssen Glück haben.«

»Tex, wir werden das Filmmaterial überprüfen und sehen, ob uns noch etwas auffällt. Kannst du die Stimmen rausschneiden, um festzustellen, ob es Hintergrundgeräusche gibt, die uns auf ihren Standort hinweisen könnten? Fahrzeuge, Boote, Flugzeuge, verdammte Vögel, alles«, sagte Wolf.

»Wird gemacht«, stimmte Tex zu. »Vielleicht kann ich auch Stimmen hinter den Kulissen isolieren. Manchmal flüstern Leute hinter der Kamera und glauben, sie seien nicht zu hören. Ich werde außerdem prüfen, wer den Stream angesehen hat. Vielleicht haben einige seiner Rekruten Informationen und wir können über sie an Fourati herankommen. Bis später.«

Slade legte auf.

Wolf setzte sich sofort mit seinem Laptop auf die Couch. »Erinnert ihr euch daran, wie Ice uns einen Hinweis gegeben hat, wo sie festgehalten wurde, als dieses Arschloch aufgenommen hatte, wie er sie zusammengeschlagen hat? Vielleicht hat sie mit Dakota darüber gesprochen. Es ist möglich, dass sie dasselbe getan hat.«

»Ja, Caroline hat damals über Möwen und Boote gesprochen, was uns dazu veranlasst hatte, in Küstennähe zu suchen. Dakota ist schlau, vielleicht hat sie das auch getan«, sagte Dude leise.

Die Männer versammelten sich um den Laptop, um das Video noch einmal anzusehen, in der Hoffnung, in Dakotas Rede Hinweise zu finden. Sie mussten weitermachen.

Dreißig Minuten und zweiundzwanzig Wiederholungen später konnte Slade es nicht länger aushalten. Seine Fassung hing nur noch am seidenen Faden. Wenn er noch einmal hörte, wie seine Dakota sich als Anoushka Fourati bezeichnete, würde er verdammt noch mal den Verstand verlieren.

Er stemmte sich von der Couch hoch und ging aufgeregt auf und ab. »Da ist nichts. Sie hat es Wort für Wort abgelesen. Sie hatte zu viel Angst, um etwas anderes zu sagen als das, was er aufgeschrieben hatte«, sagte Slade frustriert und widerstand dem Drang, gegen die Wand zu schlagen.

»Da muss etwas sein. Habt ihr gesehen, wie sie nach links geschaut hat, unmittelbar bevor sie sprach, und noch einmal, bevor die Aufzeichnung beendet wurde? Wen oder was hat sie angesehen?«, fragte Dude.

»Sie könnte einen von Fouratis Handlangern angesehen haben, der vielleicht eine Waffe auf sie richtete, um sicherzugehen, dass sie nicht aus der Reihe tanzt«, sagte Abe achselzuckend.

»Oder sie hat einfach verzweifelt versucht, irgendwo anders hinzuschauen als in die Kamera«, schlug Cookie vor.

Slade blendete die Männer aus. Wolf startete das Video zum dreiundzwanzigsten Mal. Slade wusste, dass der Mann genauso verzweifelt war wie er, irgendetwas zu finden. Seine Frau war genauso irgendwo da draußen wie Dakota. Zumindest hatte Slade mit eigenen Augen sehen können, dass Dakota im Moment körperlich unversehrt war. Wolf hatte nicht einmal das. Sie wussten nicht einmal mit Sicherheit, ob Caroline noch am Leben war. Mit jeder Minute, die verging, schienen ihnen die Frauen zu entgleiten.

Slade stand hinter der Couch und starrte über die Köpfe der anderen SEALs auf den Computerbildschirm. Er konnte nicht hören, was Dakota sagte, aber es spielte keine Rolle, da er ihre verdammte Rede bereits auswendig kannte.

Für einen Moment bildete er sich ein, etwas zu bemerken, aber der flüchtige Gedanke war fast so schnell verschwunden, wie er aufgetaucht war.

Er neigte den Kopf und konzentrierte sich stärker auf den Computerbildschirm.

Dakota saß mit geradem Rücken auf dem Stuhl. Der beigefarbene Schal, der ihr über die Stirn drapiert worden war, bewegte sich durch eine leichte Brise, die durch den Raum zu wehen schien. Auf ihrer Stirn konnte er schwach einen blauen Fleck erkennen. *Dieses Arschloch hat sie angefasst. Er hat ihr wehgetan. Dafür wird er bezahlen.*

Dakota bewegte unentwegt die Hände, während sie sprach, als würden ihre Handbewegungen dabei helfen, den Arschlöchern, die zusahen, ihren Standpunkt zu vermitteln. Es war seltsam. Slade war in den letzten Tagen nicht aufgefallen, dass sie beim Sprechen ihre Hände benutzte. Sie hatte sie eher im Schoß gefaltet, wenn sie ihm etwas Wichtiges erzählt hatte, und nicht damit herumgewedelt.

Das war es.

»Spiel es noch mal von vorn ab«, befahl Slade.

»Aber ...«, begann Wolf zu protestieren.

»Ich sagte, spiel es von vorn ab«, wiederholte Slade. »Und schalte den verdammten Ton aus.«

Ohne ein weiteres Wort tat Wolf, was Slade verlangte. Das Video begann von vorn und Slade konzentrierte sich auf Dakotas Handbewegungen.

»Wonach suchen wir?«, fragte Dude in den jetzt stillen Raum.

»Ich weiß es nicht genau«, sagte Slade, als das Video fertig war. »Es ist nur eine Ahnung. Noch mal, Wolf.«

Der andere SEAL tat, was Slade verlangte, und startete das Video erneut.

Slade kniff die Augen zusammen. Ihm entging etwas. Aber was?

»Heilige Scheiße«, flüsterte Cookie und wandte sich an Slade. »Kennt Dakota Gebärdensprache?«

Slade zuckte mit den Schultern. »Ich habe keine Ahnung. Verdammt, ich weiß überhaupt nicht viel über sie. Ich weiß nicht, wo sie aufgewachsen ist, wie alt sie war, als sie ihre Jungfräulichkeit verlor, welche Speisen sie nicht mag und was sie tut, wenn sie ...«

»Ich bin mir ziemlich sicher, dass sie Gebärdensprache benutzt«, unterbrach Cookie ihn, bevor Slade ausgesprochen hatte. »Wir hatten ein paar Kurse mit Cooper. Ich könnte schwören, dass das, was Dakota mit ihren Händen macht, dem sehr ähnlich ist, was Kiera und Coop machen, wenn sie miteinander reden.«

»Heilige Scheiße, ich glaube, du hast recht«, sagte Slade und wünschte sich jetzt inständig, dass Cooper mehr Zeit gehabt hätte, ihnen die Gebärdensprache beizubringen.

Die fünf Männer wandten sich wieder dem Bildschirm zu und sahen konzentriert zu.

»Verdammter Mist«, hauchte Wolf. »Sie spricht mit ihren Händen zu uns, nicht mit Worten.«

Slade zog sein Telefon heraus und wählte.

»Hurt.«

»Ich brauche Coops Nummer.«

»Bin dran«, sagte der Kommandant sofort. »Was ist los?«

»Ich schaue auf ein Video von meiner Frau, die gerade diesen verdammten Aziz Fourati geheiratet hat, und sie hat mir eine Nachricht geschickt. Ich brauche jemanden, der Gebärdensprache kann, um mir zu sagen, was zum Teufel sie mir mitteilen will.«

»Warte, ich richte eine Konferenzschaltung ein«, sagte Hurt und verstummte.

Innerhalb einer Minute war der Kommandant zurück. »Ich bin wieder dran und ich habe Coop und Kiera in der Leitung«, sagte er.

»Ich brauche deine sichere E-Mail-Adresse«, verlangte Slade von Cooper. Der Mann mochte im Ruhestand sein und seine Zeit mit Kindern in der Schule für Gehörlose verbringen, in der seine Freundin arbeitete, anstatt Verbrecher zu töten, aber nach seiner sofortigen Zustimmung zu urteilen hatte er nichts von seinem Engagement verloren.

Slade deutete auf Wolf und er schob den Laptop hinüber. Slade tippte die E-Mail-Adresse ein, die Cooper ihm gegeben hatte. »Ich schicke dir ein Video«, erklärte Slade der leise sprechenden Frau und dem pensionierten SEAL. »Kümmere dich nicht um den Ton. Er ist irrelevant. Sie benutzt Gebärdensprache. Du musst mir sagen, was Dakota uns mitteilen will.«

»Was ist passiert, hat …«, wollte Kiera fragen, wurde aber von Slade unterbrochen.

»Ich habe keine Zeit, deine Fragen zu beantworten. Es tut mir leid, dass ich so kurz angebunden bin. Aber während ihr das Video aufruft, kann ich euch sagen, dass wir es mit einer Situation auf Leben und Tod zu tun haben. Ein Terrorist hat Caroline Steel entführt. Meine Frau war bei ihr und wurde gerade dazu gezwungen, einen wirklich bösen Mann zu heiraten, und wir haben keine Ahnung, wo sie sind. Ich kann sie nur retten, wenn ihr mir helft herauszufinden, was sie mir sagen will. Könnt ihr mir bitte helfen?«

»Natürlich werden wir das«, sagte Kiera sofort. »Cooper öffnet jetzt das Video.«

Die Männer in Wolfs Wohnzimmer hörten durch den Lautsprecher des Telefons das Klicken und warteten, während Kiera und Cooper sich den Film ansahen.

»Und?«, fragte Slade, als eine angemessene Zeit vergangen war.

»Ich lerne schnell, aber ich glaube, das ist außerhalb meiner Expertise. Ich überlasse Kiera hier die Führung«, sagte Cooper zu den Männern.

»Heiliger Mist«, hauchte Kiera.

»Was?«

»Wartet, gebt mir eine Sekunde«, sagte Kiera und klang unsicher. »Lasst es mich zur Sicherheit noch einmal sehen. Einige Zeichen sind undeutlich.«

»Wie kann ein Handzeichen undeutlich sein?«, fragte Abe leise.

»Wenn man nicht sehr präzise ist. Das ist eines der ersten Dinge, die Dolmetschern beigebracht werden. Die Handzeichen müssen klar und eindeutig sein. Du kannst es mit der Aussprache beim Sprechen vergleichen. Sie macht die Zeichen nicht sehr deutlich, weil sie schlauerweise verbergen will, was sie tut«, erklärte Kiera.

»Tief durchatmen, Baby«, hörten die Männer Cooper leise sagen. »Du kannst das.«

Einige Augenblicke später sagte Kiera schließlich: »Am Anfang sieht es so aus, als würde sie etwas buchstabieren.«

»Was?«, platzte Wolf heraus und sein Ton verriet, wie dringlich die Situation war.

»Z-A-K ist meiner Meinung nach das, was sie am Anfang buchstabiert. Drei Buchstaben. Sie macht es mindestens zweimal.«

Einen Moment lang sagte niemand ein Wort und Kiera fuhr fort: »Ich weiß aber nicht, was das bedeuten soll, tut mir leid.«

»Wartet!«, rief Cookie aus, sprang von der Couch auf und lief in die Küche. Er kam zurück und hielt Bennys Handy in der Hand. Er tippte den Pin ein – für solche Fälle hatten alle Männer denselben Pin auf ihren Handys – und öffnete die App, die Benny sich zuletzt angesehen hatte, bevor er von dem Pfeil getroffen wurde.

Er zeigte der Gruppe das Bild.

»Ja, wir kennen jemanden namens Zach«, sagte Wolf knapp zu der Frau am anderen Ende der Leitung. »Was sonst?«

Slade biss die Zähne zusammen und versuchte, den Drang zu unterdrücken, etwas zu zerbrechen. Er starrte auf das Bild von Zach auf Bennys Handy. Der Mann war an diesem Morgen sauer über den Scherz gewesen und gegangen. Hatte ihr Spaß den Mann so sehr gereizt? Scheiße.

Bevor er sich weiter ärgern konnte, begann Kiera wieder zu sprechen. »Der Rest dessen, was sie sagt, ist für mich verwirrend. Soweit ich es beurteilen kann, hat sie außer Z-A-K noch vier weitere Wörter gebärdet. Die ersten drei sind die Zahl acht, dann Strand und Keller.«

»Acht Männer?«, fragte Wolf konzentriert.

»Die Nummer eines Nummernschilds oder einer Adresse?«, warf Dude ein.

»Tut mir leid, ich weiß es nicht«, sagte Kiera leise.

»Sie sagen nur, was sie denken, Baby, du kannst nicht wissen, was sie gemeint hat«, sagte Cooper leise zu Kiera.

»Strand ist einfach. Sie ist irgendwo in der Nähe des Ozeans«, sagte Cookie.

»Das hilft uns gar nicht, denn halb San Diego liegt am verdammten Meer«, grummelte Abe.

»Ja, aber Strandhaus grenzt es ein«, konterte Dude.

»Was sonst?«, fragte Slade Kiera, ohne die Ungeduld in seiner Stimme zu verbergen. Er fühlte sich schlecht. Seine Frustration an Kiera auszulassen, die nur zu helfen versuchte, war nicht cool, aber er konnte es nicht verhindern.

»Das letzte Wort war Keller«, erinnerte Kiera sie.

»Was bedeuten könnte, dass sie sich unter der Erde oder unter einem Gebäude befinden, nicht unbedingt in einem Haus«, betonte Cookie.

»Oder dass sie in einem verdammten Keller sind«, zischte Wolf, auch er war offensichtlich mit seiner Geduld am Ende.

»Bei dem letzten Wort bin ich mir nicht hundertprozentig sicher«, sagte Kiera widerstrebend. »Es macht wirklich keinen Sinn.«

»Was ist es?«, fragte Slade.

»Tornado.«

»Was zum Teufel soll das bedeuten?«, fragte Abe niemand Spezielles.

»Ich weiß, es macht keinen Sinn. Aber soweit ich das beurteilen kann, hat sie definitiv das Zeichen für Tornado gemacht. Aber ...« Kiera verstummte. Dann sagte sie: »Moment mal.«

Slade wartete ungeduldig auf das, was Kiera prüfte. Jede Sekunde, die verging, ging ihm auf die Nerven.

»Ich ... ich weiß es nicht. Aber für mich sieht es so aus, als hätte sie erst den Buchstaben C und dann das Zeichen für Tornado gemacht. Sie hat es zweimal gemacht und es sah jedes Mal gleich aus. Ich glaube nicht, dass das C ein Versehen war.«

»Ein Tornado und der Buchstabe C? Ich verstehe es nicht«, sagte Wolf und fuhr sich frustriert mit der Hand durch die Haare. »C für Caroline? C wie Coast? C wie ›come and get me‹? Es könnte fast alles bedeuten.«

Slade schloss die Augen und versuchte nachzudenken. Er hörte, wie die anderen Männer darüber diskutierten, was Dakota gemeint haben könnte, aber er verdrängte ihre Stimmen. Tornado, C, C, Tornado. Strand, Keller, acht und C.

Dann fiel es ihm ein. Plötzlich war es so klar, als hätte Dakota ihm das Wort zugeschrien. »Coronado! Tornado war wahrscheinlich das Wort, was Coronado am ähnlichsten war, ohne dass sie es vollständig buchstabieren musste. Das Arschloch ist hier, verdammt.«

»Das macht Sinn«, sagte Wolf langsam. »Zach hat auf dem Stützpunkt gearbeitet. Wahrscheinlich hat er sich dort Zugang zu den Supercomputern verschafft. Wenn er mit dem technischen Scheiß so gut ist, wie Tex glaubt, hat er sich wahrscheinlich direkt in den Hauptcomputer gehackt. Er konnte das Signal leicht umlenken.«

»Es gibt ziemlich viele Strandhäuser dort drüben. Vor allem auf der Südseite«, bemerkte Abe.

»Ich melde mich wieder«, sagte Slade zu Kiera, Coop und Hurt und fühlte sich nicht im Geringsten schlecht, als er auflegte, obwohl der Kommandant gerade etwas sagen wollte. Er wählte sofort wieder und Greg Lambert nahm ab.

»Hier Lambert.«

»Er hat verdammt noch mal direkt neben dem Team gearbeitet, als ich mich beurlauben ließ«, sagte Slade anstelle einer Begrüßung.

»Was? Wer?«, fragte Greg.

»Zach Johnson, der Typ, den Sie als meine Vertretung geschickt haben. Wir haben gerade ein Video von Zach, auch bekannt als Aziz Fourati, gesehen, in dem er meine Frau dazu gezwungen hat, ihn zu heiraten. Sie hat uns mit Gebärdensprache eine Nachricht übermittelt. Sie hat seinen Namen buchstabiert. Zach ist verdammt noch mal Aziz!«

»Verdammte Scheiße«, sagte Greg leise. Dann lauter: »Sein Name stand ganz oben auf der Liste der vertrauenswürdigen Mitarbeiter, als ich nach einem Ersatz für Sie gesucht habe. Ich habe es nicht einmal hinterfragt. Er war bereits auf dem Stützpunkt, daher schien es eine leichte Entscheidung zu sein.«

»Verdammt, wir sind komplett auf sein Schauspiel hereingefallen, dass er nichts von Computern versteht«, blaffte Abe.

»Als ich heute Morgen versucht habe, ihm zu helfen, kam mir etwas komisch vor«, kommentierte Slade. »Ich konnte es nicht genau einordnen, aber jetzt macht es Sinn. Es war, als würde er sich zu sehr bemühen, wie ein Idiot auszusehen, wenn es um den Computer ging. Jeder, der die letzten zwanzig verdammten Jahre miterlebt hat, müsste wissen, dass man die Scheiße, die er angeklickt hat, nicht anklicken sollte.«

»Also ist er eigentlich ein Technikfreak ... wie konnte er uns einen Schritt voraus sein? Wie hat er Dakota aufgespürt?«, fragte Dude.

»Er war keine wirkliche Bedrohung für sie, bis Lambert mich gebeten hat, den Fall zu übernehmen«, sagte Slade.

»Du bist also der Schlüssel«, vermutete Wolf. »Aber wie?«

»Mein Computer?«, fragte Slade.

Wolf schüttelte den Kopf. »Unsere Computer sind sicher.«

»Vielleicht hat er ihn gehackt, sobald er Zugang hatte«, entgegnete Dude.

»Möglich, aber einige der Informationen über Dakota hätte er auf keinen Fall darüber erfahren können. Mein Computer war sauber. Ich verwende ihn niemals für private Dinge«, informierte Slade die Gruppe.

»Was ist mit den Telefonen?«, fragte Abe.

Slade schüttelte den Kopf. »Ich habe nur ein einziges Mal das Bürotelefon benutzt, und zwar, als Lambert das erste Mal anrief ... bevor Zach oder Aziz oder wie auch immer wir ihn nennen, meine Stelle übernahm.«

»Was ist mit Ihrem Handy?«, fragte Lambert.

Alle schwiegen für eine Sekunde.

»Es wurde von der Navy ausgestellt«, sagte Slade langsam.

»Das Handy sollte sicher sein«, sprach Cookie aus, was alle wussten.

»Verdammt, Cookie, ich schätze, es ist nicht so sicher, wie wir dachten«, sagte Slade kopfschüttelnd. »Ich habe es die ganze Zeit benutzt, um Tex auf dem Laufenden zu halten. Ich habe ihm gesagt, wo ich war und wo ich hinwollte. Er hat am Telefon über die GPS-Sender der anderen Frauen gesprochen und dass er welche für Dakota geschickt hätte. Zum Teufel, Wolf hat mir sogar seinen Sicherheitscode übers Telefon gegeben, als wir auf dem Weg zu seinem Haus waren. Fourati hat wahrscheinlich jedes dieser verdammten Gespräche mitgehört. Es könnte sein, dass er jetzt gerade zuhört. Er musste nichts weiter tun, als mitzuspielen. Ich habe ihm Dakota auf einem verdammten Silbertablett serviert.«

»Ich werde so viele Informationen wie möglich über Zachary Johnson einholen«, sagte Greg zu der jetzt extrem angepissten Gruppe. »Ich besorge alle bekannten Adressen von ihm und von jedem, der auch nur entfernt mit ihm bekannt ist. Eltern, Geschwister, sein verdammter UPS-Lieferant, der zufällig ein Paket zugestellt hat. Ich werde sie alle ausfindig machen. Ich wollte nicht, dass das passiert«, sagte Greg zu Slade. »Als ich Sie gebeten habe, diese Mission zu übernehmen, habe ich nicht damit gerechnet.«

»Ich habe auch nicht mit Dakota gerechnet«, sagte Slade leise. »Und das ist nicht Ihre Schuld, nichts davon. Besorgen Sie uns einfach so schnell wie möglich die Informationen.«

»Ich melde mich wieder«, sagte Greg und legte auf.

Slade legte auf und bedeutete Wolf, sein Telefon zu holen, wobei er sein eigenes auf den Tisch fallen ließ, als wäre es vergiftet. Er warf einen Blick zum Fenster und bemerkte, wie schnell die Zeit zu vergehen schien. Verdammt, sie brauchten zu lange. Er brauchte Informationen, und er brauchte sie jetzt.

Wolf verstand, was er wollte, und warf es ihm zu.

»Wir haben keine andere Wahl, wir müssen hoffen, dass dein Telefon sauber ist«, sagte Slade, bevor er eine Nummer eintippte.

»Tex am Apparat.«

»Tex, hier ist Cutter. Ich brauche eine Liste von Strandhäusern in Coronado. Alles, was einen Keller oder etwas Ähnliches unter der Erde hat. Das könnte jedoch eine lange Liste sein.«

»Verdammt, wie bist du an diese Informationen gekommen? Hat Dakota das alles in ihrer Rede gesagt?«, fragte Tex, während er auf seinem Computer tippte.

»Das erzähle ich dir später«, beruhigte Slade seinen Freund.

Wolf und die anderen Männer setzten sich bereits in Bewegung und steuerten auf die Tür zu. Slade folgte ihnen. Adrenalin strömte durch seinen Körper. Er war bereit, diesen Scheiß zu Ende zu bringen. Es war viel zu lange her, seit dieses Video gestreamt wurde. Wer wusste, was Fourati in der Zwischenzeit Dakota antat.

»Okay, ich habe eine Liste aller Strandhäuser in Coronado. Es sieht so aus, als gäbe es dreiunddreißig Häuser mit Kellern.«

»Hat eines von ihnen einen ungewöhnlich hohen Stromverbrauch? Was ist mit Autos in den Einfahrten oder in der Nähe? Irgendwelche Bootsanlegestellen? Irgendwas mit einer Acht in der Adresse?«

Tex tippte ununterbrochen und Slade konnte seinen Freund leise murmeln hören, während er die Suche durchführte.

»Nichts Auffälliges, Cutter.«

»Scheiße, Tex! Da muss doch was sein. Fourati und Zach sind dieselbe Person. Der Typ, der mich ersetzt hat.«

»Was? Ich dachte, dieser Typ wäre ein Idiot.«

»Offenbar ist er nicht so ein Idiot, wie alle dachten«, sagte Slade trocken. Er setzte sich auf den Rücksitz von

Cookies Geländewagen und hielt sich am Griff fest, als der Mann rückwärts aus Wolfs Auffahrt fuhr, als wären die Höllenhunde hinter ihm her. Slade war es recht. Solange sie nicht die Aufmerksamkeit der Polizei erregten, die ihnen einen Strafzettel geben wollte, wäre ihm alles recht, um so schnell wie möglich nach Coronado zu kommen. »Mein Handy war kompromittiert. Ich benutze jetzt Wolfs. Dieser Mistkerl hat jedes meiner Gespräche abgehört. Er ist mir direkt bis nach Rachel und dann zurück nach San Diego gefolgt. Er weiß alles über Wolfs Team ... und über mich. Ich habe ihn direkt zu Dakota geführt. Wir brauchen diese Informationen, Kumpel.«

»Scheiße«, fluchte Tex. »Okay, warte, das gibt der ganzen Sache eine Wendung. Wenn dieser Scheißkerl sich in dein Handy gehackt hat, muss er eine Spur hinterlassen haben. Niemand ist so gut. Die Navy lässt nicht ... oh ja, da bist du ja, Arschloch ...«

Slade hörte ungeduldig zu, während Tex tat, was Tex am besten konnte – nämlich sein Computerwissen nutzen, um Terroristen aufzuspüren ... und vermisste Frauen zu finden.

»Ich habe ihn. Da ist das Haus mit Strandblick. Es gehört Dolores und Richard Johnson. Du wirst nie erraten, wie ihr Sohn heißt.«

»Die Adresse, Tex«, sagte Slade ungeduldig. Um Zachs Eltern würde er sich später Sorgen machen.

»Richtig, nachdem ihr die Brücke überquert habt, biegt ihr links in die Orange Avenue ein. Am Ende der Straße befindet sich eine Wohnsiedlung. Die Häuser sind um einen Park herum angeordnet. Die Adresse lautet 418 Ocean Boulevard.«

»Bist du dir sicher?«, fragte Slade.

»Verdammt positiv. Der Mistkerl ist nicht so schlau, wie er denkt«, sagte Tex.

»In der Adresse ist eine Acht«, kommentierte Wolf, aber Slade blendete ihn aus. Es war ihm egal, was Dakota ihm sagen wollte. Adresse, Nummernschild, achtundachtzig verdammte Terroristen. Er würde sie alle umbringen, wenn sie ihr irgendetwas antun würden.

»Danke, Tex, wir sind auf dem Weg«, sagte Slade.

»Ich schließe seine Webseite, damit er nichts mehr posten kann.«

»Gut.«

»Und ich werde mit dem Admiral auf dem Stützpunkt sprechen und ihn wissen lassen, dass es einen Sicherheitsbruch gegeben hat. Er sollte sich besser sofort darum kümmern oder es wird die Hölle los sein«, fluchte Tex.

Slade interessierte sich nicht dafür. Seine einzige Sorge galt im Moment Dakota.

»Ruf mich an, wenn deine Frau in Sicherheit ist«, forderte Tex.

»Wird gemacht«, sagte Slade zu ihm und legte auf. Er gab Wolf das Telefon zurück und versuchte, sich auf die bevorstehende Rettungsaktion zu konzentrieren. Seine ganze Konzentration war darauf gerichtet, Dakota und Caroline zu befreien und Zach ein Ende zu bereiten – und allen anderen, die ihm in die Quere kamen.

»Wie ist der Plan?«, fragte er die anderen Männer im Fahrzeug, als sie in Richtung Coronado fuhren und der untergehenden Sonne entgegenrasten.

KAPITEL FÜNFZEHN

Dakota kauerte mit Caroline auf dem Boden. Die beiden Frauen hatten ihre Arme umeinander gelegt und flüsterten.

»Bist du in Ordnung?«, fragte Dakota.

»Ja, mir geht es gut.«

»Es tut mir so leid, ich habe nicht …«

»Das ist nicht deine Schuld«, sagte Caroline heftig. »Er hat das getan, nicht du.«

»Aber er hat dich verletzt«, sagte Dakota traurig.

»Ja, aber du hast ihn aufgehalten, bevor er Schlimmeres tun konnte. Außerdem bin ich schon schlimmer verletzt worden.«

»Blutest du noch?« Dakota streckte die Hand aus und legte sie auf Carolines Brustbein. Als die andere Frau heftig einatmete, wurde ihr klar, was sie tat.

»Jesus, es tut mir leid«, sagte Dakota zu ihr und zog schnell ihre Hand zurück. »Ich wollte nicht … ich meine, wir kennen uns nicht einmal richtig. Ich sollte dich nicht so anfassen und …«

Caroline griff nach Dakotas Hand, legte sie wieder zwischen ihre Brüste und hielt sie dort fest. Die beiden Frauen saßen einen langen Moment so da, schöpften Kraft voneinander und schlossen eine persönliche und empathische Bindung.

»Mir geht es gut«, beruhigte Caroline Dakota erneut. Ihre Lippen verzogen sich zu einem Grinsen, als sie sagte: »Es ist nur ein Kratzer und dank dir hat er mich nicht schlimmer verletzt. Wir müssen jedoch etwas herausfinden, bevor er zurückkommt.« Caroline ließ ihre Hand in ihren Schoß fallen und Dakota packte sie und hielt sie fest.

»Ich schwöre, ich werde tun, was immer er will, damit er dich nicht noch einmal verletzt«, versprach Dakota. »Ich könnte es wahrscheinlich aushalten, wenn er mir wehtut, aber ich kann es nicht ertragen, wenn er dir etwas antut.«

»Ich würde dir gern sagen, dass es egal ist, aber das kann ich nicht«, sagte Caroline mit sanfter Stimme. »Eine von uns muss hier raus und Hilfe holen.«

Dakota deutete auf ihr Knie, das so angeschwollen war, dass eine Beule zu sehen war, obwohl sie noch die Seidenhose trug. »Ich kann kaum gehen, geschweige denn laufen. Dieses Arschloch hat mein Knie wirklich außer Gefecht gesetzt. Du musst gehen. Es ist wahrscheinlich sowieso besser. Wenn du hier raus bist, kann Aziz dir nicht mehr wehtun, um mich gefügig zu machen.«

Bei dem Gedanken an den Terroristen, den sie gerade geheiratet hatte, zitterte Dakota vor Abscheu. Nachdem sie die Rede beendet hatte, die sie zuvor hatte halten müssen, hatte Aziz zwei seiner Männer aufgefordert, die

Kabelbinder an ihren Knöchel durchzuschneiden, mit denen sie am Stuhl festgebunden war. Er hatte sie hochgezogen und seinen Arm um ihre Taille gelegt, damit sie nicht zu Boden fiel, wenn sie ihr verletztes Knie belastete.

»Das hast du wunderbar gemacht, meine Braut. Leider wird sich die Vollendung unserer Hochzeit hinauszögern. Unsere Ehe ist eine große Neuigkeit und ich muss mit meinen Rekruten reden. Wenn du versprichst, artig zu sein, lasse ich dich bei deiner Freundin.«

Dann hatte er sie erwartungsvoll angeschaut, und Dakota hatte genickt und leise gesagt: »Ich werde artig sein.«

»Das freut mich zu hören, Anoushka. Es wäre zu schade, wenn ich deiner Freundin wehtun müsste. Ich hasse den Anblick von Blut.«

Dakota hatte dem Drang widerstanden, mit den Augen zu rollen, und war still geblieben, als sie mit Caroline in einen anderen kleinen Raum gebracht wurde, in dem eine schmutzige Matratze auf dem Boden lag und ein Holzstuhl in der Ecke stand. Andere Möbel gab es nicht.

»Bitte sehr, meine Braut.«

»Das sieht nicht gerade gemütlich aus«, sagte Dakota trocken.

»Je mehr du mir zeigst, dass du dich an dein Eheversprechen hältst, desto besser wird deine Unterkunft sein«, sagte Aziz selbstgefällig. »Da ich dir aber, trotz dessen, was du bei unserer Hochzeitszeremonie zu Gott geschworen hast, noch nicht vertraue, werden wir unsere Ehe hier vollziehen. Deine Freundin Caroline kann dort drüben auf dem Stuhl sitzen«, er deutete mit dem Kinn in die Richtung. »Zwei meiner vertrautesten Anhänger werden neben ihr stehen und wenn du dich mir in irgendeiner Weise widersetzt, wird sie den Preis bezahlen, verstanden?«

Dakota hatte sofort genickt, entsetzt über das, was der Abend bringen würde.

»Gut, mach es dir gemütlich. Ich werde zurück sein, sobald ich die Finanzierung meines Vorhabens gesichert habe.« Er küsste sie sanft auf die Stirn, als wäre er wirklich ein liebevoller Ehemann. »Unsere Hochzeit war das Einzige, worauf mein Geldgeber gewartet hat. Jetzt, da er weiß, dass ich meiner Pflicht nachgekommen bin, wird er bezahlen. Und wir werden unserem ultimativen Ziel näher sein.«

»Welchem Ziel?«, fragte Dakota, die Angst vor der Antwort hatte.

»Den Bombenanschlag von L.A. wie einen Witz aussehen zu lassen«, gab Aziz bereitwillig zu. »Schlaf jetzt und entspann dich.« Er lehnte sich an sie, packte ihr Kinn mit einem grausamen Griff und zog ihr Gesicht zu seinem. »Ich werde zurückkommen und dich bis zur Unterwerfung ficken. Und wenn ich fertig bin, lasse ich vielleicht auch einige meiner treuen Anhänger ran, um sie zu belohnen. Es ist mir ehrlich gesagt scheißegal, von wem du schwanger wirst. Es spielt überhaupt keine Rolle. Es wäre wahrscheinlich sogar besser, wenn das Gör dunkle Haare hätte.«

Dann hatte er seinen Mund auf ihren gedrückt. Dakota hatte sich geweigert, ihren Mund zu öffnen, aber er hatte auf ihre Unterlippe gebissen, bis sie vor Schmerz gekeucht hatte und er seine Zunge in ihren Mund stecken konnte.

Nach einem Moment zog er sich zurück, ließ sie aber

nicht los. »Das musst du besser machen, meine Braut, wenn du möchtest, dass deine Freundin unbehelligt bleibt.« Dann lachte er. »Andererseits, tu es nicht. Ich würde mich gern auch mit ihr vergnügen.« Und damit hatte Aziz sie im Raum allein gelassen.

Dakota schüttelte den Kopf und versuchte, die Erinnerung zu verdrängen. »Ich bin mir nicht sicher, ob wir überhaupt eine Chance bekommen zu fliehen«, sagte sie verzweifelt zu Caroline. »Ich glaube nicht, dass wir etwas tun können.«

»Quatsch«, erwiderte die andere Frau mit deutlicher Entschlossenheit in ihrem Ton. »Du hast die Nachricht übermittelt, wie wir besprochen haben, oder?«

»Ja, aber ich weiß nicht, ob Slade es verstehen wird. Ich weiß nicht viel über ihn, außer dass er eine Harley hat und verdammt sexy ist.«

Caroline schüttelte den Kopf und drückte Dakotas Hand, bis es fast schmerzte. »Einer der Männer wird es verstehen.«

»Kennt Wolf oder einer seiner Teamkameraden Gebärdensprache?«

»Sie sind dabei, es zu lernen, aber ich weiß nicht, wie gut sie sind. Aber sie haben ihre eigenen Handzeichen, mit denen sie sich verständigen. Aufgrund der Erfahrung mit dem, was ich getan habe, werden sie wissen, dass sie auf eine Art Nachricht achten müssen«, beruhigte Caroline sie. »Das weiß ich.«

»Hoffentlich! Es ist schon eine Weile her, seit ich das letzte Mal Gebärdensprache benutzt habe. Ich hoffe, ich habe es nicht vermasselt.«

»Ich weiß, dass mein Mann und die anderen unterwegs sind, aber wir können nicht herumsitzen und auf sie warten. Wir müssen uns selbst helfen.« Caroline stemmte sich hoch und schwankte leicht, bevor sie ihre Knie durchdrückte und durch den Raum ging.

Caroline erkundete ihr Gefängnis, obwohl es nicht viel zu sehen gab. Das Fenster war zugenagelt und ließ sich nicht bewegen, sodass sie auf diese Weise nicht herauskommen konnten. Es war ihnen auch nicht möglich, den Stuhl auseinanderzubrechen, um eine Waffe herzustellen. An ihrer Kleidung gab es ebenfalls nichts, was als Waffe durchgehen würde. Und die Spangen in Dakotas Haar waren als Verteidigungswerkzeug nutzlos.

Trotz der schlechten Chancen waren die beiden Frauen nicht bereit aufzugeben. Caroline setzte sich wieder neben Dakota auf die Matratze und sie überlegten. Mit Dakotas angeschlagenem Knie und Carolines in der Mitte aufgeschlitzter Robe, die sie komplett freilegte, wenn sie sie nicht zusammenhielt, waren sie etwas behindert, ganz zu schweigen davon, dass sie in der Unterzahl waren. Beide schworen aber, nicht aufzugeben, besonders nachdem Caroline Dakota ihre ganze Geschichte erzählt hatte. Sie hatte ihr erzählt, wie sie auf offenem Meer nur knapp dem Tod entkommen war, als Cookie mit dem lebensrettenden Sauerstoff aufgetaucht war.

»Gib niemals auf«, sagte Caroline. »Auch wenn du denkst, dass alles verloren ist, warte noch einen Moment ab.«

Dakota nickte. »Du auch nicht.«

»Wir können das schaffen. Unsere Männer werden uns retten«, sagte Caroline entschlossen.

Dakota konnte die Gewissheit in den Augen der

anderen Frau sehen. Sie zweifelte nicht daran, dass ihr Mann unterwegs war. »Wie lange denkst du, ist es her?«

»Ich habe keine Ahnung. Es wird jedoch bereits dunkel, also müssen es mehrere Stunden sein«, sagte Caroline.

Dakota schloss die Augen und lehnte sich hinter sich gegen die Wand. Sie und Caroline hatten sich wieder in die Arme geschlossen, während sie darauf warteten, was passieren würde.

Ich kann das schaffen, sagte Dakota zu sich selbst. *Slade wird kommen. Ich weiß es. Wir haben uns vielleicht gerade erst kennengelernt, aber er wird kommen.* Sie erinnerte sich an die letzte Woche und wie Slade auf dem Beifahrersitz ihres Wagens gesessen und ihr beim Schlafen zugesehen hatte. Wie er sie in dem Wohnwagen des Motels in Rachel festgehalten hatte. Daran, wie sie auf seinem Motorrad mitgefahren war und sich an ihm festgehalten hatte. Wie sie vor Betreten des Hotelzimmers in Goldfield zu den Sternen aufgeblickt hatten. Er hatte sie in seine Arme genommen und sie hatten schweigend nach oben geblickt, bevor Slade sie auf den Kopf geküsst und hineingeführt hatte. Daran, wie Slade sie angelächelt hatte, als sie in Goldfield eine Pizza gegessen hatten, und wie gut sich seine Hände auf ihrem Körper anfühlten.

Ja, Slade würde sie holen. Ihre einzige Aufgabe bestand darin durchzuhalten, bis er da war.

Die fünf Männer verließen lautlos den Geländewagen. Sie hatten ein paar Grundstücke von dem Haus entfernt geparkt, in dem sie Zach und die Frauen vermuteten.

Der sich verdunkelnde Himmel half bei ihrer Deckung. Sie waren sich nicht sicher, wie viele seiner Anhänger er bei sich hatte, gingen aber davon aus, dass es bis zu einem Dutzend sein könnten. Zwölf gegen fünf schien aussichtslos zu sein, aber die Männer pirschten sich nicht nur lautlos an das Haus am Strand an, sie waren auch hochqualifizierte Killer und ihre Mission war persönlich.

»Ich habe Hurt kontaktiert«, sagte Wolf leise zu den anderen. »Er hat das neue SEAL-Team unter seinem Kommando gerufen, um uns zu unterstützen und den Strand zu überwachen. Ich würde es diesem Arschloch zutrauen, auf alles vorbereitet zu sein.«

»Meinst du Gumby, Rocco und ihr Team?«, fragte Cookie. »Die Jungs, die uns in der Türkei geholfen haben?«

»Ja, die meine ich«, bestätigte Wolf.

»Verdammt, ja«, flüsterte Abe.

Slade war es scheißegal, wer was deckte. Seine ganze Konzentration galt dem Haus und der Suche nach Dakota, bevor es zu spät war.

»Abe, Cutter und ich gehen linksherum. Dude und Cookie, ihr übernehmt die rechte Seite«, befahl Wolf und übernahm das Kommando über die kleine Gruppe. »Schaltet alle Gegner aus, denen ihr über den Weg lauft ... lautlos. Wir wollen Zach nicht darauf aufmerksam machen, dass wir hier sind.«

Seit sie herausgefunden hatten, wer Fourati war, nannten sie ihn »Zach«. Die Tatsache, dass der Mann nicht nur die Navy, sondern jeden an der Nase herumgeführt hatte, machte sie wirklich sauer. Außerdem war Aziz Fourati nur ein Name, den er benutzte. Das war nicht wirklich er. Egal wie sehr er ein internationaler Terrorist sein wollte, er war es nicht.

Zach war ein verwöhnter, reicher Junge, der aus irgendeinem Grund beschlossen hatte, Terrorist zu werden. Slade war es scheißegal, wie und warum der Mann zu dem geworden war, was er war. Er war sich sicher, dass nach der Rettung der Frauen die gesamte Geschichte des Mannes herauskommen würde, aber letztendlich spielte es keine Rolle. Er war ein toter Mann, weil er Dakota berührt hatte.

Die Zimmertür wurde krachend geöffnet und Dakota und Caroline fuhren überrascht zusammen. Sie waren im Laufe der Zeit immer misstrauischer und gestresster geworden, als weder Aziz noch einer seiner Anhänger zurückgekehrt war.

Die Männer bewegten sich schnell, als sie in den Raum stürmten. Zwei Männer in schwarzen Roben packten Caroline und zwei weitere rissen Dakota auf die Füße, bevor sie nur schwach protestieren konnten.

Dakota kämpfte gegen den Griff der beiden Männer, die sie schon zuvor festgehalten hatten. Ihr Knie pochte und es war unerträglich, auf dem Bein zu stehen, aber sie weigerte sich, kampflos zu Boden zu gehen.

»Sieht so aus, als hätten sie noch etwas Feuer in sich, Aziz«, sagte einer der Männer gedehnt, sichtlich amüsiert über Dakotas Kampf.

Dakota warf Caroline einen Blick zu und sah, wie sie ebenfalls gegen die Männer ankämpfte, die sie festhielten.

»Tz, tz, tz, Anoushka«, murmelte Aziz, als er vor ihr stand. Wie die anderen Männer um sie herum war er jetzt ebenfalls mit einer schwarzen Robe bekleidet. »Ich hatte so gehofft, dass du die Zeit konstruktiver verbringst, während du auf mich wartest.« Er beugte sich vor und nahm mit brutalem Griff ihr Kinn in seine Hand. »Ich mag es, wenn meine Frau sich gegen mich sträubt«, sagte er mit einem Funkeln in den Augen. »Das macht mich an.«

»Fick dich«, stieß Dakota hervor und riss den Kopf aus seinem Griff.

Aziz deutete mit dem Kopf auf einen anderen Mann, der in der Tür stand. »Es scheint, als müsste ich dir noch etwas Benehmen beibringen, bevor du schwanger wirst. Du bist mir scheißegal, aber ich möchte unseren zukünftigen Anführer nicht verletzen.«

Der Mann, dem Aziz das Zeichen gegeben hatte, ging auf Dakota zu und schlug ihr wortlos mit der Faust ins Gesicht.

Die Männer, die sie festhielten, ließen sie los, und wie ein Stein fiel sie auf den Betonboden. Sie hob die Hand an ihr Gesicht und versuchte, das schmerzerfüllte Stöhnen in ihrer Kehle zu unterdrücken.

Noch bevor sie sich von dem Schlag erholt hatte, trat der Mann ihr mit seinem Stiefel in den Bauch. Dakota rollte sich zusammen und versuchte, ihren Körper zu schützen. Er trat weiter nach ihr, während sie versuchte, von ihm wegzukommen.

»Dakota!«, schrie Caroline. »Oh mein Gott, hör auf, du bringst sie um!«

»Ah, du denkst, ich sollte mich vielleicht besser um dich kümmern, hm?«, fragte Aziz, als hätte er wahnsinnig viel Spaß. Mit einem Nicken wandte sich der Mann, der Dakota getreten hatte, an Caroline.

Benommen sah Dakota zu, wie er nach ihrer Freundin griff. Dann wurde ihr die Sicht von Aziz verstellt. Er hatte sich vor sie gekniet und sprach leise.

»Du wirst lernen, dass dir Trotz nichts als Schmerzen einbringt. Ich mag vielleicht einen kleinen Streit mit meiner Frau, aber ich habe meine Grenzen. Keine Sorge, du wirst herausfinden, wie weit du mich treiben kannst, Anoushka. Früher oder später wirst du dich mir unterwerfen. Aber im Moment glaube ich, dass du ein wenig Hilfe brauchst, um dich zu entspannen, hm?«

Dakota wusste nicht, wovon er sprach, und versuchte, die Augen offen zu halten. Das Atmen tat ihr weh und ihr Knie schmerzte, aber sie schaffte es trotzdem, den Mann vor ihr wütend anzustarren. »Ich werde ...« Sie holte tief Luft und obwohl es wehtat, fühlte es sich gut an, Aziz zu trotzen. Sie verengte die Augen, als sie ihren Gedanken beendete. »... mich niemals unterwerfen. Du wirst mir niemals den Rücken zuwenden können. Du wirst mich nie allein lassen können. Ich werde den Rest meines Lebens alles dafür tun zu entkommen.«

Aziz grinste. Es war ein fieses, böses Grinsen, von dem Dakota wusste, dass sie es noch jahrelang in ihren Albträumen sehen würde. »Oh, du wirst dich mir unterwerfen, schöne Anoushka. Du bist meine Frau. Es ist mein Recht, dich zu disziplinieren, wie ich es für richtig halte. So steht es im Koran. Aber vorerst werde ich deine Leidenschaft und deinen Kampfwillen etwas dämpfen. Wir müssen verreisen und ich möchte mir lieber keine Sorgen machen, dass du ungewollt auf uns aufmerksam machst. Manche Männer mögen es, wenn ihre Frauen völlig bewusstlos sind, wenn sie sie nehmen, aber ich nicht. Ich möchte, dass du weißt, dass ich es bin, dein Mann, der dich nimmt. Ich möchte, dass du dich daran erinnerst, wie du nichts tun konntest, außer alles zu nehmen, was ich dir zu geben hatte. Ich werde dich mit meinem Samen füllen, bis er von deinen Lippen tropft. Und dann werde ich es immer wieder tun. Ich werde dich ficken, wann immer mir danach ist. Vor Ende des Monats wirst du schwanger sein, auch wenn ich dich die ganze Zeit unter Drogen setzen muss. Oh ja, Anoushka, du gehörst mir. Für immer ... oder bis ich dich satthabe. Aber ...« Er strich mit den Fingerknöcheln über ihre verletzte Wange und verschmierte dabei das Blut aus ihrer Nase und ihrer blutenden Lippe. »Merke dir meine Worte, meine Braut. Du wirst mir nie entkommen, niemals!«

Dakota versuchte, sich von Aziz wegzudrücken, aber die Männer, die sie zuvor festgehalten hatten, waren wieder da, um sie zu ergreifen. Sie wehrte sich schwach, als ein anderer Mann mit einer Spritze auf sie zukam. Sie kreischte vor Schmerzen, als er ihren Arm grob auf den Boden drückte. Der Mann injizierte ihr das Medikament, das sich in der Spritze befand.

Sie warf einen Blick hinüber zu Caroline und sah, wie ein anderer Mann dasselbe mit ihr tat. Dakota keuchte vor Schmerzen und Entsetzen, als sie spürte, wie eine unnatürliche Mattigkeit ihren Körper überkam. Sie sackte auf dem Boden zusammen.

»Siehst du, das ist viel besser«, sagte Aziz mit einem Schmunzeln. »Du bist bei Bewusstsein. Du hörst, was ich sage, und du merkst, was passiert, aber du kannst dich nicht wehren. Genau so mag ich meine Frauen.« Er wandte sich an die anderen. »Es ist Zeit zu gehen. Hinter der Grenze warten weitere Ansar al-Scharia-Anhänger auf uns. Wir werden die Boote nehmen. Geht und macht sie bereit.«

Die meisten Männer verließen wortlos den Raum, um Aziz' Befehle zu befolgen. Caroline und sie stellten keine Bedrohung mehr dar. Dakota fühlte sich, als würde sie schweben. Das Gute an der Injektion war, dass sie keine Schmerzen mehr hatte. Der Schmerz in ihrem Knie war jetzt nur noch ein dumpfes Pochen und die Verletzungen in ihrem Gesicht und auf dem Oberkörper konnte sie nicht einmal mehr spüren.

Aziz war damit beschäftigt, mit einem Mann an der Tür zu sprechen. Wahrscheinlich darüber, wie sie unentdeckt von hier verschwinden konnten. Als sie aus dem Fenster geschaut hatte, hatte Caroline gesagt, dass sie das Meer und den Strand sehen konnte. Es war ihr so vorgekommen, als wären sie in einem Wohnhaus.

Dakota rollte den Kopf zur Seite und sah Caroline neben sich auf dem Boden liegen. Ihre Robe war offen und ihr Körper zur Schau gestellt, aber sie machte keine Anstalten, sich zu bedecken. Ihre Blicke trafen sich und beide Frauen blinzelten. Caroline drehte den Kopf weg und starrte direkt an die Decke. Dann hob sie die Hände vor die Brust und machte das Zeichen zum Weglaufen. Dann schlug sie sich zweimal auf die Brust.

Dakota verstand, was die andere Frau sagen wollte. Sie würde immer noch versuchen davonzulaufen. Sie wollte ihr glauben. Sie wollte glauben, dass Caroline in der Lage sein würde zu entkommen, wenn sie zu den Booten gebracht wurden, aber sie war sich nicht sicher, ob sie es schaffen würde, auch wenn es inzwischen dunkel sein sollte. Nach dem zu urteilen, wie sie sich selbst fühlte, bezweifelte Dakota, dass Caroline sich befreien und weglaufen könnte.

Dakota fühlte sich, als würde sie neben sich stehen und auf sich selbst herabblicken. Sie schloss die Augen und gab sich dem Rausch hin. Im Moment war es ihr egal, was mit ihr geschah. Solange sie nicht mehr die Schmerzen ertragen musste, die sie vor fünf Minuten gespürt hatte, ging es ihr gut. Alles war super.

Die SEALs bewegten sich lautlos. Sie teilten sich auf und umstellten das große, schöne Haus. Wolf blieb neben einem Fenster stehen und hob die Hand, um Slade zu signalisieren, stehen zu bleiben. Während sie warteten und lauschten, erregte ein Tumult ihre Aufmerksamkeit.

Beide sahen ungläubig zu, wie eine Gruppe von Männern in übergroßen schwarzen Gewändern durch eine Tür herauskam, die unter einer großen Holzterrasse im hinteren Teil des Hauses verborgen war. Zusammengedrängt gingen sie zum Strand. Slade wusste nicht, wohin sie wollten, war aber froh, dass sie sich um weniger Männer kümmern mussten, wenn sie das Haus stürmten, um Caroline und Dakota zu befreien.

In diesem Augenblick begann jemand zu rufen und eine Gestalt in einem langen schwarzen Gewand löste sich von der Gruppe und stolperte den Strand hinunter in die dunkle Nacht.

Eine weibliche Stimme, die Slade überall erkennen würde, rief: »Los, lauf, lauf!«

Er sah Wolf an. Ohne zu zögern, wechselten die fünf

SEALs zu Plan B und liefen gleichzeitig auf die Gruppe zu.

Als einer der Männer die SEALs bemerkte, die auf sie zukamen, schrie er: »Lasst sie! Steigt in die Boote!« Die Gruppe sprintete den Strand hinunter, auf dem Slade nun vier Schlauchboote liegen sah.

»Verdammt, wir müssen sie aufhalten!«, stieß Slade aus und zwang sich, schneller zu laufen.

Die Gestalt, die sich von der Gruppe gelöst hatte, fiel hin, stand aber sofort wieder auf und lief weiter den Strand hinunter. Slade nahm an, dass es höchstwahrscheinlich Caroline war, nach Dakotas Rufen und ihrem schwankenden Gang zu urteilen. Sie drehte sich zu der Gruppe um, die das Haus verlassen hatte, und jetzt erst realisierte Slade, was sie anhatte.

Es handelte sich definitiv um eine Frau und es war auf jeden Fall Caroline. Sie war fast nackt. Die Robe, die sie trug, war riesig und wehte beim Laufen um ihren Körper. Sie war vorne offen und ihr blasser Körper war im Mondlicht leicht zu erkennen.

»Scheiße, Wolf!«, rief Slade.

»Ich sehe sie. Es ist Ice«, gab der andere SEAL zurück.

»Geh!« Slade brauchte die Hilfe des Mannes, aber wenn Dakota panisch und halb nackt in offensichtlicher Not davongelaufen wäre, hätte ihn nichts davon abhalten können, ihr nachzulaufen.

Wortlos bog Wolf nach links ab und sprintete auf seine Frau zu.

Slade wandte den Blick wieder der Gruppe von Männern zu und fluchte. Sie würden sie nicht einholen, bevor sie auf dem Meer verschwanden. Sie stiegen bereits in die vier Boote und stießen sich gleichzeitig vom Strand ab. Er schaute in jedes der Boote, um herauszufinden, in welchem Zach saß.

Schließlich sah Slade das blonde Haar des Mannes, das unter seinen dunkelhaarigen Freunden und Anhängern leicht zu erkennen war.

Dude und Cookie erreichten zur gleichen Zeit wie Slade und Abe das Wasser.

»Sie haben eine der Frauen«, sagte Cookie, ohne außer Atem zu sein.

»Bist du sicher?«, fragte Slade.

»Ja, ich habe gesehen, wie einer von ihnen sie über seine Schulter gehoben und in eines der Boote geworfen hat.«

»Wohin fahren sie?«, fragte Slade, ohne die Boote aus den Augen zu lassen, die sich schnell vom Strand entfernten.

»Mexiko?«, vermutete Abe. »Wo würden sie sonst hinfahren?«

»Wir müssen sie aufhalten«, sagte Slade frustriert.

Cookie hielt sich sein Handy ans Ohr und sagte: »Rocco und sein Team sind zwei Minuten entfernt. Sie werden uns mit zwei Booten abholen und zwei weitere nehmen die Verfolgung auf. Sie werden uns die Koordinaten senden.«

Slade nickte und ging ungeduldig an der sandigen Küste entlang.

»Wo ist Wolf?«, fragte Dude.

»Caroline ist entkommen und davongelaufen. Er ist bei ihr«, antwortete Slade dem anderen SEAL kurz und bündig.

»Gott sei Dank«, hauchte Cookie.

»Ja«, sagte Slade mit zusammengebissenen Zähnen.

»Ich meinte nicht ...«

Slade hob die Hand und unterbrach seinen Freund. Er wusste, dass Cookie nicht damit meinte, glücklich zu sein, dass Caroline entkommen war anstatt seiner Frau.

Innerhalb von anderthalb Minuten sahen die vier Männer, wie zwei Boote mit hoher Geschwindigkeit auf sie zukamen. Die SEALs in den Schnellbooten verlangsamten ihre Fahrt, um nicht auf Grund zu laufen, während Abe, Cookie, Dude und Slade hineinsprangen.

Als hätten sie ihr Leben lang auf Missionen wie dieser zusammengearbeitet, bewegten sich die Männer aus drei verschiedenen SEAL-Teams in einer Art tödlicher Harmonie. Ihr Fokus lag darauf, die anderen Boote einzuholen und die Bedrohung auszuschalten.

Dakota lag auf dem Boden des Bootes, in das sie geworfen worden war, und versuchte zu begreifen, was vor sich ging. Sie hatte gesehen, wie Caroline sich von der Gruppe gelöst hatte. Sie hatte keine Ahnung, woher sie die Kraft genommen hatte, aber sie war beeindruckt. Niemand hatte ihr viel Aufmerksamkeit geschenkt. Vermutlich hatten sie angenommen, dass sie durch die Drogen keine Schwierigkeiten machen würde. Aber anstatt ihr nachzulaufen, waren die Männer zu den Booten gelaufen, die sie offensichtlich zuvor bereit gemacht hatten.

Jemand hatte sie über die Schulter geworfen und war mit ihr durch die Brandung zu den Booten gelaufen. Das kalte Wasser war ihr ins Gesicht gespritzt, wodurch sie etwas mehr zu Bewusstsein gekommen war. Sie war ins

Boot geworfen worden und Aziz schrie die Fahrer der anderen Boote an.

»Sobald wir vom Ufer weg sind, teilen wir uns auf. Sie dürfen nicht wissen, in welchem Boot ich bin. Der Anführer muss entkommen! Wir treffen uns hinter der Grenze. Es lebe Ansar al-Scharia!«

»Es lebe Ansar al-Scharia!«, erwiderten die anderen. Dann wurden die Stimmen durch das Dröhnen der Motoren übertönt.

Dakota dachte kurz, dass Aziz der größte Feigling war, den sie je getroffen hatte. Er hatte den anderen im Grunde befohlen, alles zu tun, damit er entkam. Was für ein Idiot.

Ihr schlaffer Körper wurde gegen das Heck des Bootes geschleudert, als der Fahrer beschleunigte und vom Ufer raste. Sie konzentrierte sich darauf herauszufinden, wer am Steuer saß, aber je weiter sie sich von Coronado entfernten, desto schwieriger war es, etwas zu sehen. Auf dem Boot gab es kein Licht und das Einzige, was sie deutlich sehen konnte, waren die Sterne, die am Himmel funkelten.

Während ihre Gedanken kreisten, starrte Dakota zu diesen Sternen hinauf. Sie konnte den Großen Wagen und den Nordstern sehen. Sie erinnerte sich daran, wie sie in Goldfield in Slades Armen dieselben Sterne gesehen hatte. Wie lange war das her? Gestern? Nein ... gestern war sie bei Wolf und Caroline zu Hause gewesen. Sie runzelte die Stirn und versuchte, sich zu erinnern. Nach einer Weile entschied sie, dass es keine Rolle spielte, und schloss die Augen.

Als das Boot heftig auf eine Welle aufschlug und der Schmerz durch den Aufprall durch ihren Körper raste, wurde sie in die Realität zurückgerissen. Dakota drückte sich langsam in eine sitzende Position und sah sich benommen um. Hinter sich sah sie die Lichter von Coronado, während sie in Richtung Süden rasten.

»Er wird mich niemals finden«, rief Aziz ihr vom Bug des Bootes zu. »Ich habe für uns beide neue Identitäten, Anoushka. Ich saß die ganze Zeit direkt vor seiner Nase und er hatte keine Ahnung.« Er lachte laut und Dakota zuckte zusammen.

»Ich habe alles, was ich brauche, um meine Terrororganisation weiter aufzubauen. Innerhalb eines Jahres werde ich den größten und tödlichsten Terroranschlag auf US-amerikanischem Boden organisieren, den du jemals gesehen hast. Und du warst meine Inspiration«, sagte Aziz zu ihr. Er machte einen Schritt auf sie zu, aber durch eine große Welle verlor er den Halt und musste sich an der Reling festhalten, um das Gleichgewicht zu halten.

Offensichtlich änderte er seine Meinung darüber, in den hinteren Teil des Bootes zu gehen, und sagte: »Ruh dich aus, meine Braut, und mach dir keine Sorgen. Ich werde dich in kürzester Zeit in einem warmen Zuhause und sicher in meinem Bett haben, wo wir unsere Ehe vollziehen können. Schließ die Augen, Anoushka, und schlaf.«

Dakota schloss die Augen, mehr aus Frustration und Entsetzen als aus Gehorsam. Sie durfte nicht zulassen, dass Aziz sie außer Landes brachte. Sie würde noch hilfloser sein, als sie es ohnehin schon war. Es wäre für Slade doppelt so schwer, sie zu finden.

Es war der Gedanke an Slade, der ihr die Kraft und Entschlossenheit gab, sowohl Aziz zu trotzen als auch den Rausch der Drogen zu überwinden, die durch ihre Adern strömten.

Als Dakota sah, dass ihr Entführer und der andere Mann damit beschäftigt waren, auf dem leicht beleuchteten Bedienfeld ihre Route zu bestimmen, zwang Dakota ihren schlaffen Körper langsam nach oben, bis sie mit dem Bauch auf der Kante des Schlauchbootes lag. Die Lichter an Land drehten sich schwindelerregend, aber sie ließ sich davon nicht aufhalten. Das Geräusch des Motors und der Wellen, die gegen das Boot krachten, wirkten sich zu ihren Gunsten aus. Ebenso wie die Tatsache, dass Aziz dachte, sie sei durch die Injektion, die er ihr verabreicht hatte, handlungsunfähig.

Dakota hielt den Atem an und beugte sich über die Kante des Bootes, bis sie kopfüber ins kalte Wasser des Pazifischen Ozeans rutschte. Das leise Klatschen ihres Körpers beim Eintauchen ins Wasser war nicht von den anderen Geräuschen zu unterscheiden, die das Boot machte, als es in Richtung Mexiko raste.

KAPITEL SECHZEHN

Slade stand breitbeinig auf dem Boot und spürte nicht einmal, wie ihm das kalte Wasser ins Gesicht spritzte, als der leistungsstarke Motor des Schlauchbootes sie ihrem Ziel immer näher brachte. Die vier Boote, die vom Strand abgelegt hatten, hatten sich aufgeteilt und waren in verschiedenen Richtungen unterwegs.

Er und Cookie waren in einem Boot zusammen mit einem anderen SEAL namens Rex. Er trug ein Headset, stand in Kontakt mit seinen Teamkameraden auf den anderen Schlauchbooten und gab die Informationen dann an die anderen weiter.

»Phantom und Gumby haben das Boot neutralisiert, das in Richtung Norden unterwegs war.«

»Waren Dakota und Zach auf dem Boot?«, schrie Slade, um das Motorengeräusch zu übertönen.

»Negativ«, antwortete Rex und schüttelte den Kopf.

Eins weniger, bleiben noch drei weitere.

»Rocco, Abe und Dude nähern sich einem der anderen ... sie befinden sich in einem Feuergefecht, aber es sah aus, als wären nur zwei Männer und keine Frau an Bord.«

»Komm schon«, flehte Slade mit sanfter Stimme, während sie dem Boot vor ihnen immer näher kamen. *Bitte sei das Boot, auf dem Zach ist. Ich will derjenige sein, der dieses Arschloch tötet.*

»Zweites Boot neutralisiert«, informierte Rex sie.

»Was ist mit dem dritten?«, rief Cookie.

»Ace und Bubba sind dran«, sagte Rex zu ihm.

Slade ließ das Boot vor ihnen nicht aus den Augen. Es war unbeleuchtet, aber Rex und Cookie trugen Nachtsichtbrillen und er selbst trug eine Wärmebildbrille, wodurch er die leuchtend roten und rosa Umrisse des Bootes und der Menschen an Bord deutlich sehen konnte.

Er konnte nur zwei Gestalten im vorderen Bereich des Bootes ausmachen, aber das bedeutete nicht, dass Dakota nicht auch dort war. Er hatte keine klare Sicht auf den Boden des Bootes. Wenn Zach an Bord war, wäre Dakota wahrscheinlich bei ihm. Die Alternative war undenkbar.

»Bubba sagt, dass auf dem dritten Boot ebenfalls keine Frau war. Ich wiederhole, sie ist nicht im dritten Boot.«

Was bedeutete, dass sie Zach auf den Fersen waren und Dakota bei ihm sein musste.

Slade konnte sehen, dass sich einer der beiden Männer mehrmals umschaute, aber ansonsten entfernte er sich nicht vom Steuer. Er hatte keine Ahnung, ob die Terroristen sie kommen sahen oder nicht, aber das spielte keine Rolle. Die Männer waren so gut wie tot.

Rex rief: »Festhalten!«, während er ihr Schlauchboot

direkt auf das Boot vor ihnen zusteuerte. Ohne lange zu zögern, rammte er es, wobei die beiden Gestalten den Halt verloren und zu Boden fielen.

Slade und Cookie hatten ihre Brillen abgenommen und sprangen in das andere Boot, während Rex mit hoher Geschwindigkeit nebenherfuhr.

Cookie war an dem Fahrer, bevor die Männer bemerkt hatten, dass sie an Bord gekommen waren. Er hatte ihm so schnell die Kehle durchgeschnitten, dass er keine Chance gehabt hatte, sich zu wehren.

Zach hatte nicht so viel Glück.

Slade packte den Mann und warf ihn so fest auf den Boden des Bootes, dass er nach Luft rang. Slade war augenblicklich über ihm und hielt ihm sein Armeemesser an die Kehle. Cookie brachte das Boot zum Stehen, aber Slades Aufmerksamkeit galt etwas anderem.

Er hielt das Messer an Zachs Halsschlagader und schaute sich auf dem Heck des Bootes um.

Es war leer.

Dakota war nicht da. Sie war nicht da! Wie konnte das sein?

Zum ersten Mal an diesem Abend erhöhte sich seine Herzfrequenz. Bis jetzt war er konzentriert gewesen. Cool und bereit, alles zu tun, um die Bedrohung für Dakota zu beenden. Aber sie war nicht auf dem Boot, wo sie sein sollte. Wo zum Teufel war sie?

Er drückte sein Knie auf Zachs Brust und brüllte den Terroristen an: »Wo ist sie?«

Zach verzog sein Gesicht zu einem hässlichen Lachen. »Wer? Meine Frau Anoushka Fourati? Ich habe sie versteckt. Du wirst sie niemals finden.«

»Schwachsinn«, sagte Slade und drückte das Messer

fester gegen seinen Hals, ohne sich darum zu kümmern, dass bereits Blut aus Zachs Kehle quoll. »Wo ist sie?«

Der Schmerz setzte Zach zu. Er zuckte zusammen und versuchte, sich erfolglos von dem Messer an seiner Kehle zu lösen. »Sie war ein toller Fick. Ich liebe es, wenn die Schlampen sich wehren«, prahlte Zach unklugerweise.

Slade war fertig. Er wollte, dass der Mann unter ihm langsam und schmerzhaft starb, aber Dakota brauchte ihn. Er hatte keine Zeit, Zach so zu töten, wie er es wollte. Er beugte sich hinunter, bis er Zach direkt ins Gesicht sah, und sagte leise: »Du bist nichts als ein Feigling.«

»Vielleicht, aber mein Name wird für immer in Erinnerung bleiben. Wie Timothy McVeigh und der Unabomber werden meine Taten unendlich weiterleben«, würgte Zach heraus.

»Falsch, denn ich werde es zu meinem Lebensziel machen, dass keine Nachrichtenagentur jemals deinen Namen veröffentlicht.« Und damit zog Slade sein Messer langsam und methodisch über Zachs Hals, ohne jede Spur eines schlechten Gewissens.

Er wandte sich von dem Mann ab, der auf dem Boden des Bootes lag und verblutete.

Slade hörte, wie Rex mit den Männern auf den anderen Booten sprach. Es klang, als käme seine Stimme aus großer Entfernung. »Ziel nicht hier. Ich wiederhole, Ziel nicht hier. Hat jemand Dakota gesichtet?«

Slade drehte sich wieder zu Zach um. Sein Blut floss langsam, aber stetig über den Boden. Die Hände um seinen Hals halfen nicht, die Blutung aus seiner Halsschlagader zu stoppen. Slade beugte sich hinunter und packte den Mann an seinen blonden Haaren. Er hob seinen Kopf hoch und schnitt ihm erneut die Kehle durch. Dann ein drittes Mal, bevor er den Mann angewidert fallen ließ. »Ich habe dich zu schnell getötet, Arschloch«, sagte Slade in einem kalten, tödlichen Tonfall.

Dann sah er zu Cookie auf. »Wo ist meine Frau?«

»Ich weiß es nicht. Aber wir werden sie finden, Cutter. Wir werden sie verdammt noch mal finden.«

Dakota trieb mit ausgestreckten Armen auf dem Rücken. Die Beine hatte sie gespreizt und starrte in den Nachthimmel. Die Sterne waren hier draußen genauso klar wie in Nevada. Sie hatte in ihrem ganzen Leben noch nie so viele gesehen.

Als sie über den Rand des Bootes geglitten war, war ihr bei der eisigen Temperatur des Wassers der Atem weggeblieben. Es war so kalt, dass es sie für eine Weile aus ihrer Benommenheit gerissen hatte. Sie hatte kurz auf der Stelle Wasser getreten und dabei zugesehen, wie das Boot von ihr weggerast war. Dieser blöde Aziz hatte nicht einmal bemerkt, dass sie weg war. Dummkopf.

Dann hatte sie begonnen, in Richtung Ufer zu schwimmen. Sie hatte keine Ahnung, wie weit es entfernt war, aber höchstwahrscheinlich waren es ein paar Kilometer. Es war schwer, nachts die Entfernung einzuschätzen, besonders in ihrem berauschten Zustand. Nach einer Weile war ihr nicht mehr so kalt, aber sie wurde müde, sehr müde.

Die Tatsache, dass sie in der Highschool und im College Wasserball gespielt und dabei gelernt hatte, wie man sich richtig treiben lässt, half ihr dabei, ihren natürlichen Auftrieb zu nutzen. Sie drehte sich auf den Rücken, um sich auszuruhen.

Bewegungslos trieb sie im Wasser auf und ab. Sie würde sich eine Weile ausruhen und dann weiterschwimmen. Die Nacht war wirklich wunderschön. Es war ruhig. Ihre Ohren waren unter Wasser und sie hörte nur das Rauschen der Wellen, die ihren Körper sanft auf und ab bewegten, und ihren eigenen langsamen Herzschlag.

Als sie zum Himmel hinaufsah, segelte eine Sternschnuppe über ihr vorbei. Dakota lächelte. Es war ewig her, dass sie eine gesehen hatte. Ein Wunsch, sie musste sich etwas wünschen. Dakota schloss die Augen und fühlte sich so wohl wie schon seit Stunden nicht mehr. Leise sprach sie ihren Wunsch aus.

»Wir wissen, dass sie auf einem der Boote war«, sagte Rex in sein Headset. »Wir haben gesehen, wie jemand sie in eines geworfen hat. Sie muss irgendwo hier draußen sein. Sie ist vielleicht über Bord gesprungen, als sie wussten, dass wir ihnen auf den Fersen waren.«

Slade blendete das Geplapper des SEALs am Steuer des Bootes aus. Er kniete an der Seite des Schlauchbootes und hielt sich mit einer Hand an dem Seil an der Seite fest, um das Gleichgewicht zu halten. Den Blick hatte er in die Dunkelheit vor ihm gerichtet.

Cookie trug eine Nachtsichtbrille, mit der er ungefähr sechs Meter weit sehen konnte, und Slade hatte seine Wärmebildbrille wieder aufgesetzt. Er konnte deutlich die Thermik von am Nachthimmel fliegenden Vögeln sehen. Er sah sogar ein paar fliegende Fische, die aus dem Wasser sprangen. Aber wonach er suchte, war Dakota. Er wusste, dass das Wasser kalt war und dass ihr Körper schnell auskühlen würde. Aber sie war noch nicht sehr lange da draußen. Er sollte noch in der Lage sein, ihren Körper im Wasser ausfindig zu machen. Irgendwo hier draußen musste sie sein.

Er weigerte sich, daran zu denken, was Caroline vor all den Jahren durchgemacht hatte, als ihre Entführer ihr Ketten um die Beine gebunden hatten, bevor sie sie ins Meer geworfen hatten. Er weigerte sich, daran zu denken, dass Dakota zu Boden sinken könnte, während sie gegen ihre Fesseln ankämpfte, bevor ihr die Luft ausging und sie instinktiv einatmen würde, wobei sich ihre Lunge mit Wasser anstatt mit lebensrettendem Sauerstoff füllen würde.

Nein, er würde sie nicht verlieren. Auf keinen Fall. Es war kaum eine Woche her, seit sie in sein Leben getreten war. Das war nicht genug. Das war bei Weitem nicht genug. Er wollte alles über sie wissen, wo sie die Gebärdensprache gelernt hatte, was ihre Lieblingsfarbe war, wie sie als kleines Kind gewesen war.

Tränen traten Slade ungebeten in die Augen und er zwang sie zurück. Er hatte keine Zeit, sie zu vergießen. Er brauchte eine klare Sicht. Er musste Dakota finden. Sie war hier draußen und die Zeit verging viel zu schnell.

»Komm schon, wo bist du, Liebling?«, fragte er leise, während er weiter den Horizont nach irgendetwas absuchte, das deplatziert aussah. Jede Spur von Rosa, die auf ihre Körperwärme hinweisen könnte. Es war wie die Suche nach der Stecknadel im Heuhaufen ... nein, einer Nadel in einem Haufen von Nadeln. Es war nahezu unmöglich, aber er würde nicht aufgeben, auf keinen Fall. Er würde sie finden.

»Zach war auf unserem Boot, sie ist höchstwahrscheinlich in dieser Gegend«, sagte Rex zu den anderen SEALs. »Steuert in unsere Richtung. Wir werden eine Rastersuche machen. Wir wissen nicht, wann sie ... äh ... aus dem Boot geworfen wurde. Sie könnte irgendwo zwischen hier und dem Strand sein.«

Wieder blendete Slade die Stimme des Mannes aus. Die Haare in seinem Nacken standen ihm zu Berge, als er das Wasser absuchte.

»Siehst du etwas?«, fragte Cookie von links.

»Noch nicht«, antwortete Slade. »Aber sie ist hier. Wir sind nahe dran. Ich kann es fühlen.«

»Ja, ich auch«, sagte Cookie. Keiner der beiden wendete den Blick vom Wasser ab, aber Cookie fuhr fort: »Ich habe das gleiche Gefühl wie bei der ersten Begegnung mit meiner Frau. Ich war kurz davor, dieses Scheißloch mitten im verdammten Nirgendwo in Mexiko zu verlassen, als mich etwas dazu bewegt hat, mich noch einmal umzusehen. Ich hatte Julie und wir mussten verdammt noch mal da raus, bevor ihre Entführer zurückkamen, aber ich habe gezögert und mich ein letztes Mal umgeschaut. Bevor ich wusste, was ich tat, bin ich in den hinteren Bereich der Hütte gegangen. Ich war mir sicher, dass mir etwas entgangen war.«

»Fiona«, sagte Slade mit Bestimmtheit.

»Ja, das gleiche Gefühl habe ich jetzt gerade.«

»Komm schon, Liebling, hilf mir, dich zu finden«, flüsterte Slade, während er auf die Wellen starrte.

Dakota würde sterben. Das wusste sie. Sie hatte keine Ahnung, warum sie noch am Leben war. Sie konnte ihre Arme und Beine nicht mehr spüren und wusste, dass sie es auf keinen Fall zum Ufer schaffen würde. Aziz war schon lange weg. Aber sie wollte sowieso nicht von ihm oder seinen Anhängern gerettet werden.

Die Sterne funkelten fröhlich über ihrem Kopf, während sie im Wasser trieb. Sie war traurig, aber nicht über sich selbst. Sobald sie weg war, würde sie keine Schmerzen mehr haben. Sie würde ihre Lieben nicht mehr vermissen. Sie glaubte fest daran, dass ihre Seele glücklich und frei fliegen würde, bis sie wiedergeboren und zur Erde zurückkehren würde.

Einen Moment lang fragte sie sich, was Slade über den Tod dachte. War er religiös? Glaubte er an Gott? Das war eine weitere Sache, die sie nie über ihn erfahren würde.

Dakota erinnerte sich, warum sie traurig war, und seufzte. Ihr Vater würde ihren Tod kaum ertragen können. Nachdem ihre Mutter gestorben war, hatte er lange gebraucht, um wieder zu seinem alten Selbst zurückzufinden. Und Caroline – hatte sie es in Sicherheit geschafft? Würde sie sich verzeihen können, wenn Dakota starb? Würde sie den Rest ihres Lebens damit verbringen, sich zu wünschen, sie hätte etwas anders gemacht?

Und Slade – sie kannte den Mann noch nicht einmal eine Woche, aber ihre Seele hatte seine sofort erkannt. Sie sprach nicht mit vielen Menschen über ihren Glauben, aber als sie ihn gesehen hatte, hatte sie sofort gewusst, dass sie sich aus einem anderen Leben kennen mussten. Sie wusste, dass sie dazu bestimmt gewesen waren, sich in diesem Leben wiederzufinden. Aber sie hatten weniger als eine Woche zusammen gehabt, weniger als eine verdammte Woche.

Dakota hob den Arm und bemerkte nicht einmal, wie sehr er zitterte. Sie griff nach einem der Sterne und wollte ihn berühren, um ihn zur Erde zu ziehen und mit Slade zu teilen. Aber er blieb außer Reichweite. Es sah aus, als könnte sie ihn berühren, aber als sie ihre Hand zu einer Faust schloss, blieb nichts als Luft übrig.

Dakota ließ frustriert den Arm sinken und spürte nicht, wie das Wasser auf ihre tauben Wangen spritzte. Sie schloss die Augen. Es ging ihr gut. Das Wasser war nicht einmal mehr kalt.

»Hast du das gesehen?«, fragte Slade Cookie plötzlich.

»Was? Wo?«

»Elf Uhr. Ein rosa Blitz auf meiner Brille.«

Rex steuerte das Boot in die Richtung, ohne dass man es ihm sagen musste. Slade und Cookie positionierten sich im Boot neu und richteten den Blick auf das Ziel.

Cookie und Rex fragten nicht einmal, ob Slade sich sicher war. Wenn Slade sagte, er glaubte, etwas gesehen zu haben, würden sie nachsehen. Alle wussten, wie schnell die Zeit verging. Kostbare Zeit, die Dakota nicht hatte.

Rex teilte den anderen SEALs mit, dass Slade glaubte, etwas gesehen zu haben, und dass sie das überprüfen würden.

Als sie der Position, die Slade ausgemacht hatte, immer näher kamen, hielt er den Atem an.

Bitte sei Dakota. Bitte sei Dakota. Ich brauche sie. Ich kann sie nicht verlieren.

»Zum Teufel, sie ist es«, murmelte Cookie.

Gleichzeitig sagte Rex in sein Headset: »Wir haben sie gefunden.«

Slade hatte seine Brille bereits abgenommen. Er brauchte sie nicht, um zu wissen, was er sah. Dakota trieb auf dem Rücken. Der beigefarbene Schal, den sie im Video getragen hatte, war irgendwie immer noch an ihr befestigt und trieb um sie herum. Die Seidenhose war komplett durchsichtig. Es sah fast ätherisch aus. Das Haar um ihren Kopf bildete etwas, das wie ein Heiligenschein aussah.

Sie hatte die Augen geschlossen und ihre Arme und Beine ausgestreckt. Sie sah aus, als würde sie ein Nickerchen machen, aber ihre Lippen waren blau und ihre Haut erschreckend blass. Was auch immer sie getan hatte, um seine Aufmerksamkeit zu erregen, hatte ihr wahrscheinlich die letzte Kraft geraubt.

Ohne nachzudenken, zog Slade seine Stiefel aus und sprang ins Wasser, wobei er darauf achtete, keine Wellen zu machen, die ihr möglicherweise das Gesicht überschwemmen könnten. Er bemerkte, dass Cookie direkt neben ihm im Wasser war, aber seine ganze Aufmerksamkeit galt Dakota. Atmete sie noch? War sie noch am Leben? Es sah nicht danach aus.

Mit zwei kräftigen Zügen war er an ihrer Seite. Er legte eine Hand in ihren Nacken, hielt sie fest und stellte sicher, dass ihr Kopf nicht unter Wasser tauchte. Die andere Hand schob er unter ihre Schulterblätter.

Slade wusste, dass Cookie zu ihrer anderen Seite schwamm und seine Hände unter ihre Wirbelsäule und ihren Hintern legte, aber er konnte den Blick nicht von Dakotas Gesicht lösen. Sie war geschlagen worden. Ihre Lippe war aufgeplatzt und aus einem ihrer Nasenlöcher sickerte immer noch Blut. Beide Augen waren geschwollen und sie hatte mehrere Schnittwunden im Gesicht. Den Rest ihres Körpers konnte er nicht sehen, um nach Verletzungen zu suchen, aber er hatte keinen Zweifel, dass es weitere gab.

Aber sie hatte ein halbes Lächeln im Gesicht und sah gelassen aus. Es war unglaublich, aber Slade hätte sie fast nicht stören wollen – fast.

»Dakota? Kannst du mich hören?«

Slade hatte keine Reaktion erwartet und war erschrocken, als sie die Augen zu Schlitzen öffnete und ihn ansah.

»Slade?«

»Ja, Liebling. Ich bin da.« Es war eine alberne Unterhaltung mitten im Meer, nachdem er gerade den Terroristen getötet hatte, der sie live auf Video geheiratet hatte, aber es war ihm egal.

»Du bist gekommen.« Sie sagte diese Worte mit absoluter Sicherheit. Ohne Verwunderung oder Überraschung.

Die Tränen, die er zuvor zurückgehalten hatte, füllten seine Augen und liefen über seine Wangen. In seiner gesamten Karriere als SEAL hatte er kein einziges Mal bei einer Rettung geweint. Aber diese war keine gewöhnliche Rettung.

»Bist du bereit, nach Hause zu gehen?«, fragte Cookie von der anderen Seite.

Dakota schaute von Slades Gesicht zu Cookies. Jetzt

sah sie überrascht aus. »Du hast wohl ein Faible dafür, Frauen aus dem Meer zu retten.«

Der andere SEAL lachte. »Wie ich sehe, hatten Ice und du Zeit zum Plaudern, hm?«

»Ja, geht es ihr gut?«

»Warum steigen wir nicht ins Boot und sehen nach?«, schlug Slade ruhig vor. Er hatte keine Ahnung, was mit Caroline passiert war, dachte sich aber, dass es ihr wahrscheinlich gut ging, da Wolf ihr nachgelaufen war und Rex nichts anderes berichtet hatte. Er und Cookie schwammen gleichzeitig mit Dakota in den Armen auf das Schlauchboot zu. Zwei weitere Boote waren mittlerweile eingetroffen, um zu helfen. Sie bildeten ein Dreieck um das Trio im Wasser und schützten es vor abtrünnigen Wellen.

Dakota schloss die Augen und nickte.

»Halt die Augen offen«, forderte Slade.

Gehorsam öffnete sie sie.

»So ist es gut, Liebling. Schau mich weiter an. Ich halte dich.«

Während der gesamten Aktion, sie aus dem Wasser zu holen, ihr die Kleider auszuziehen und sie mit Slade, der sich ebenfalls entkleidet hatte, in eine Rettungsdecke einzuwickeln, sah sie kein einziges Mal von ihm weg.

Slade lag auf dem Boden des Schlauchbootes, als sie zurück nach Coronado zum Marinestützpunkt rasten, wo Kommandant Hurt bereits mit medizinischem Personal auf sie wartete. Er war überglücklich, Dakota wieder in seinen Armen zu haben. Es war buchstäblich ein Wunder, dass sie sie gefunden hatten. Es gingen andauernd Leute über Bord und man hörte nie wieder von ihnen.

»Bist du außer im Gesicht noch irgendwo verletzt?«, fragte er in ihr Ohr, als sie über das Wasser rasten.

Sie nickte.

»Wo?«

Slade legte sein Ohr an ihre Lippen, während sie leise sprach.

»Mein Knie, meine Seite, meine Hüfte.«

»Tut es weh?«

»Ich kann nichts fühlen. Mir ist nicht einmal kalt. Vielleicht sind es die Drogen.«

»Welche Drogen?«, fragte Slade eindringlich und deutete mit dem Kopf auf Cookie. Der andere SEAL beugte sich herunter, damit er Dakota hören konnte.

»Er hat mir etwas gespritzt und Caroline auch. Er wollte, dass wir bei Bewusstsein sind, aber nicht in der Lage, gegen ihn zu kämpfen.«

»Hat er dich vergewaltigt, Liebling?«, fragte Slade widerstrebend. Er musste es wissen. Nicht um seinet-, sondern um ihretwillen. Wenn sie verletzt worden war, würde er ihr jede Hilfe besorgen, die sie brauchte. Sie gehörte ihm, und nichts könnte ihn jemals wieder von ihr trennen. Es war ihm egal, ob sie schwanger wäre. Er hatte nicht geplant, jemals Kinder zu haben, nicht in seinem Alter, aber wenn es Zach durch einen Zufall gelungen wäre, seine beschissene Vorstellung von einer Ehe zu verwirklichen und sie zu schwängern, würde er ihr Baby aufziehen, als ob ... als ob es sein eigenes wäre. Ein Kind, das halb ihres sein würde. Er liebte Dakota von ganzem Herzen. Ihr Baby würde von dem Hass niemals erfahren. Es würde von beiden Eltern nichts als Liebe bekommen.

»Nein.«

Slade wollte ihr glauben, war sich aber nicht sicher, ob er es konnte.

Er beugte sich hinunter und legte seine Lippen direkt an ihr Ohr, um sicherzustellen, dass sie ihn laut und deutlich hören konnte. »Nichts wird mich jemals dazu bringen, dir von der Seite zu weichen, Liebling, nichts! Hast du verstanden?«

Sie nickte und er zog sich zurück. Ihre Haut fühlte sich auf seiner wie Eis an. Er zitterte ununterbrochen, aber sie lag regungslos und still an ihm. Das war kein gutes Zeichen.

»Er wollte warten, bis wir in Mexiko sind. Er wollte sich Zeit lassen und mir mehr Drogen geben. Er wollte, dass ich handlungsunfähig bin ... unfähig ... etwas zu tun, während er und seine Leute mich vergewaltigen. Ich schwöre, er hat mich nicht berührt, Slade. Ich würde dich nicht anlügen.«

Er atmete erleichtert auf, schloss die Augen und legte seine Stirn auf ihre. »Gott sei Dank«, sagte er und seine Lippen berührten ihre.

Dakota regte sich für einen Moment und Slade lockerte seinen Griff, damit sie ihre Arme befreien konnte. Sie wickelte sie um ihn und vergrub ihre Nase zwischen seinem Hals und seiner Schulter. Cookie wickelte die silberne Rettungsdecke enger um sie und stellte sicher, dass sie vollständig zugedeckt war.

Slade legte einen Arm um ihre Taille und den anderen auf ihren Hinterkopf.

»Hast du ihn getötet?«, murmelte sie an seiner Haut.

»Ja.«

»Gut.«

Sie fragte nicht wie, sie fragte nicht, ob Slade sicher

war, dass Zach tot war, sie entspannte sich nur und ihr ganzer Körper wurde schlaff, als sie still in seiner Umarmung lag.

Slade blickte zu den Sternen auf, als sie zum Ufer rasten. Er staunte, wie hell und klar sie wirkten. Er hatte den Himmel schon oft von entlegenen Orten aus gesehen, aber er war ihm noch nie so schön vorgekommen wie in diesem Moment.

Als er Dakota in den Armen hielt und nach oben starrte, flog eine Sternschnuppe über ihm hinweg. Es war Ewigkeiten her, seit er eine gesehen hatte. Slade schloss die Augen und wünschte sich etwas, als wäre er ein kleiner Junge und kein hartgesottener ehemaliger Navy SEAL.

Bitte lass sie leben.

EPILOG

»Freust du dich auf unsere Reise?«, fragte Slade Dakota. Sie gingen am Strand in der Nähe seiner Wohnung entlang. Er hatte seinen Arm um ihre Taille gelegt und sie lehnte sich an ihn, da ihr Knie noch nicht hundertprozentig verheilt war.

»Mehr als du dir vorstellen kannst«, sagte sie und sah zu ihm auf. Ihre Liebe für ihn war leicht in ihren Augen zu sehen. »Ich kann nicht glauben, dass Patrick dich so schnell wieder gehen lässt.«

»Es ist drei Monate her, Liebling, es ist nicht schnell«, erwiderte Slade.

Sie warf ihm einen skeptischen Blick zu und zog die Augenbrauen hoch.

»Okay, einen einheimischen Terroristen direkt vor der Nase im Büro sitzen zu haben, würde jeden misstrauisch machen, eine neue Vertretung für meinen Posten einzustellen, und sei es auch nur vorübergehend«, stimmte Slade zu. Er beugte sich hinunter und küsste sie auf die Nasenspitze, als sie weitergingen. Die Physiotherapeutin hatte gesagt, sie müsse viel spazieren gehen, um Muskeln in ihrem Knie aufzubauen. Aufgrund einer gerissenen Patellasehne hatte sie sich einer Operation unterziehen müssen.

»Wen hat er schließlich eingestellt?«

»Es ist ein anderer SEAL im Ruhestand. Hurt sagte, er werde nie wieder mit jemandem zusammenarbeiten, der kein SEAL war.« Slade zuckte mit den Schultern. »Ich kann nicht behaupten, dass ich ihm das verdenke. Ich bin mir nicht sicher, ob er das wirklich beeinflussen kann, aber ich würde es ihm zutrauen. Ist dein Vater damit einverstanden, dass wir abreisen?«

Dakota nickte. »Ja, er war nicht glücklich nach allem, was mir passiert ist, aber er ist einer der stärksten Menschen, die ich kenne. Ich bin so froh, dass Jessyka ihn abgeholt und ins Krankenhaus gebracht hat, damit er bei mir sein konnte. Ich weiß, dass sie wegen Benny außer sich vor Sorge war. Aber sie hat sich trotzdem die Zeit dafür genommen. Die Frauen deiner Freunde sind unglaublich.«

»Das sind sie, nicht wahr?«, fragte Slade mit einem kleinen Lächeln. »Aber du bist genauso unglaublich, Liebling.«

Sie schüttelte den Kopf. »Nein, ich bin nicht wie sie.«

Slade stoppte ihren langsamen Spaziergang. »Bitte sag mir, dass du dir nicht immer noch die Schuld für das gibst, was Caroline zugestoßen ist.«

Dakota schüttelte langsam den Kopf. »Nein.« Als er sie weiterhin skeptisch ansah, seufzte sie und zuckte die Achseln. »Ich weiß, dass sie mir keine Vorwürfe macht und Wolf auch nicht, aber zu wissen, wie sauer er gewesen sein muss, als er gemerkt hat, dass sie praktisch nackt gewesen war und die anderen Männer und Zach sie so gesehen haben ... ich kann es nicht ändern.«

Slade nahm ihr Gesicht in seine Hände und küsste sie kurz auf die Lippen. »Sie ist viel glimpflicher davongekommen als du, Liebling. Wolf hat sie eingeholt und es ging ihr gut. Blaue Flecke und unter Drogen gesetzt, aber gut.«

»Schwörst du, dass Wolf mich nicht hasst?«, fragte Dakota leise. »Oder die anderen Männer? Ich weiß, dass sie behaupten, es nicht zu tun, aber ich kann nicht aufhören, daran zu denken, dass sie ohne mich nie in dieser Position gewesen wäre.«

»Sie lieben dich und sie haben Ehrfurcht vor dir. Niemand macht dir Vorwürfe. Du musst es loslassen.«

Sie seufzte. »Ich werde es versuchen, versprochen.«

»Apropos Männer, Benny will wissen, wann du wieder zu ihm kommst. Seine Kinder hatten viel Spaß mit dir und du hattest sie alle so gut im Griff, dass du jetzt wohl in Schwierigkeiten steckst.«

»Es sind tolle Kinder. Ich bin froh, dass es Benny gut geht. Ich hatte solche Angst, als er an diesem Tag auf dem Tisch zusammengesackt ist.«

»Zach hatte es gut geplant. Sie haben durchs Küchenfenster auf ihn geschossen. Danach war es ein Leichtes, im anderen Zimmer ein Fenster einzuschlagen und so das Haus zu betreten. Ich habe dir davon erzählt, wie er mein Telefon entschlüsselt und alle meine Gespräche mitgehört hat. Er hatte den Code für die Alarmanlage und konnte ihn eingeben, während zwei andere Männer dich und Caroline außer Gefecht gesetzt haben.«

Sie zitterte. »Ich bin froh, dass ich mich danach an nichts mehr erinnere.«

Slade dachte darüber nach, wie Zach und seine Männer die beiden Frauen ausgezogen haben mussten, und stimmte ihr schweigend zu. Er war auch froh, dass sie sich nicht daran erinnerte. »Es könnte dich interessieren, dass ich herausgefunden habe, dass das Haus der Johnsons vor Kurzem verkauft wurde.«

»Das ist scheiße.«

»Warum?«

»Nicht dass das Haus verkauft wurde, sondern dass Zach seine Eltern getötet hat. Ich meine, wer macht so etwas? Er hat sie zerkleinert in der Gefriertruhe aufbewahrt. Das ist einfach krank.«

»Liebling, das war derselbe Mann, der über den Bombenanschlag auf dem Flughafen von L.A. gelacht hat und das im ganzen Land wiederholen wollte.«

»Ich weiß, aber es waren seine Eltern. Wie konnte er das nur tun?«

Slade küsste Dakota auf die Schläfe und sie gingen weiter. »Manche Leute ticken einfach nicht richtig.«

»Vermutlich. Aber zu sagen, sie wären auf einer Kreuzfahrt um die ganze Welt, war wirklich klug. Niemand hat sie vermisst und er konnte sein Terroristenlager direkt am Strand aufschlagen.« Sie biss sich auf die Lippe und sagte dann: »Ich bin irgendwie froh, dass sie nicht da waren, um zu sehen, was für ein schrecklicher Mensch ihr Sohn war.« Dann sah Dakota zu Slade auf. »Und jemand hat das Haus gekauft? Ich könnte mir nicht vorstellen, dort zu leben. Vermutlich würde ich Geister sehen.« Ihr schauderte.

»Die Stadt Coronado hat es gekauft. Es wird abgerissen, um einen Parkplatz für den öffentlichen Strand in der Nähe zu bauen«, sagte Slade.

»Puh!« Dakota wischte sich pantomimisch den Schweiß von der Stirn, sagte dann aber ernüchtert: »Es ist trotzdem traurig.«

»Du bist einfach unglaublich, Liebling. Ich habe Ehrfurcht vor dir. Du hast Mitgefühl mit jedem, den du triffst. Darüber hinaus hast du etwas überlebt, worüber die Ärzte heute noch sprechen. Deine Körpertemperatur war bei deiner Ankunft im Krankenhaus auf knapp dreiunddreißig Grad gesunken. Die meisten Menschen verlieren bei dieser Temperatur das Bewusstsein und können nicht mehr sprechen oder sind extrem verwirrt. Du hast allen Widrigkeiten getrotzt. Du warst nicht nur klar bei Verstand und vollem Bewusstsein, du hast sogar sprechen können, als wir dich gefunden haben.«

»Das waren die Drogen«, protestierte Dakota. »Ich habe keine Ahnung, woher Zach über diese Art der Sedierung Bescheid wusste oder woher er das Propofol hatte, aber es war auf jeden Fall wirksam. Ich war hilflos, mich vor ihm zu schützen, und er hätte mit mir machen können, was er wollte. Ich hätte gewusst, was er tut, mich aber nicht wehren können.«

»Nein, Liebling, das warst du. Du wusstest, dass ich komme, und du hast durchgehalten. Für mich.«

»Das stimmt«, räumte sie ein. »Caroline hat mir immer wieder gesagt, dass ihr kommen würdet. Sie hat mir versichert, dass du meine Nachricht verstehen und dich auf den Weg machen würdest.«

»Sie hatte recht«, sagte Slade. »Aber wie dem auch sei, dass Caroline wieder entführt wurde, war nicht deine Schuld.«

Dakota seufzte, legte den Kopf auf Slades Brust und

vergrub sich in seiner warmen Stärke. »Was ist mit den Leichen von Zach und seinen Leuten passiert?«

Slade war mittlerweile an ihre schnellen Themenwechsel gewöhnt. »Rex' Teamkameraden Phantom, Gumby, Ace, Rocco und Bubba haben die Boote gesichert und sich um die Leichen gekümmert.«

»Und?«

»Und mehr brauchst du nicht zu wissen«, sagte Slade zu ihr.

»Aber sie sind wirklich alle tot, oder? Sie sitzen nicht in Guantanamo Bay und planen einen Rachefeldzug? Du würdest mich deswegen nicht anlügen, damit ich mir keine Sorgen mache, oder?«

»Sie sind alle tot. Du musst dir keine Sorgen machen«, sagte Slade in einem harten Tonfall. Er fühlte, wie Dakota ihn drückte, aber sie löste sich nicht aus seiner Umarmung.

»Glaubst du ... dieser Sturm am nächsten Morgen schien wie aus dem Nichts aufgezogen zu sein«, sagte sie. »Es sollte eigentlich ein schöner Tag werden. Vielleicht war es eine höhere Macht, die das gesamte Gebiet gereinigt hat, um die bösen Schwingungen zu beseitigen, die zurückgeblieben waren, oder so.«

»Hmmm.« Slade machte ein unverbindliches Geräusch tief in seiner Kehle.

»Wie auch immer. Ich bin froh, dass er weg ist.«

»Ich auch, Liebling. Und du musst dir keine Sorgen machen, dass jemand von Ansar al-Scharia jemals wieder hinter dir her sein wird. Tex hat auf der Webseite, die Zach benutzt hat, eine Nachricht veröffentlicht, dass ihr beide getötet wurdet. Seine Bewegung ist danach so gut wie ausgestorben, weil niemand da war, um die

Sache weiterzuverfolgen. Ich behaupte nicht, dass sie sich nicht neu gruppieren werden, aber wenn sie es tun, werden sie es wahrscheinlich mit einem echten Tunesier tun, nicht mit einem Amerikaner, der sich als einer ausgibt.«

Sie gingen eine Weile in Gedanken versunken weiter, bevor Slade wieder sprach. »Darf ich dich etwas fragen?«

»Natürlich«, sagte Dakota und sah zu ihm auf.

»Ist es wirklich okay für dich, nicht mehr zur Arbeit zu gehen? Du bist schon so lange dabei. Die Schulbehörde sagte, sie würden dich sofort zurücknehmen, wenn du wolltest.«

Sie zuckte mit den Schultern. »Ich weiß, aber ... es ist schwer zu erklären.«

»Versuch es.«

»Ganz schön herrisch«, sagte Dakota, aber sie lächelte dabei. »Slade, ich habe mein ganzes Leben damit verbracht zu arbeiten. Ich habe aus einem triftigen Grund gekündigt. Ich habe festgestellt, dass die Arbeit im A'Le'Inn mich auf eine ganz neue Art befriedigt hat. Ich brauchte keinen höheren Abschluss dafür. Es war befreiend. Ich musste mich nach meiner Schicht nicht um Papierkram kümmern. Wenn ich mit der Arbeit fertig war, war ich fertig. Keine Versammlungen, keine unzufriedenen Eltern, keine Sorgen um Testergebnisse oder Politik. Ich habe eine Menge wirklich netter Leute kennengelernt und ich habe die Freiheit genossen, tun und lassen zu können, was ich wollte und wann ich es wollte.« Sie zuckte mit den Schultern. »Es macht mich wahrscheinlich zu einem schlechten Menschen, aber ich mag es, nicht zu arbeiten.«

»Es macht dich nicht zu einem schlechten Menschen, Liebling. Es macht dich menschlich.«

»Vermutlich.« Dann lächelte sie ihn an und legte ihre Hand auf seine bärtige Wange. Sie streichelte ihn mit dem Daumen und sagte: »Ich hasse Zitronen, aber ich liebe Limonade.«

Slade vermerkte sich diese x-beliebige Tatsache über sie, genau wie all die anderen, die er im Laufe der Monate gelernt hatte. »In einem Karton im Haus meiner Mutter ist die allererste Uniform, die ich mir gekauft habe, als ich zur Navy kam. Sie hat mir nicht erlaubt, sie wegzuwerfen.«

Sie lächelten sich einen Moment lang an, bevor Slade sie in die Arme nahm und sie langsam zurück in Richtung seiner Wohnung gingen. Kurz nachdem sie nach ihrer Knieoperation aufgewacht war, hatten sie begonnen, kleine Fakten über sich selbst auszutauschen.

Beide hatten gemerkt, wie wenig sie voneinander wussten, und machten sich daran, das so schnell wie möglich zu beheben. Sie hatte Gebärdensprache gelernt, weil eines der Kinder in ihrer Schule taub war. Sie wollte in der Lage sein, direkt mit dem Kind zu kommunizieren, anstatt einen Dolmetscher dabei zu haben. Wenn er das vorher gewusst hätte, hätten sie ihre Botschaft schneller verstehen und die Frauen vielleicht retten können, bevor die Terroristen es zu den Booten geschafft hätten.

»Wenn ich mich entscheiden müsste, für den Rest meines Lebens nur Disney-Filme oder nur Action- oder Abenteuerfilme zu sehen, würde ich mich für Disney entscheiden«, sagte Dakota beim Gehen.

»Warum?«

»Weil es bei Disney immer ein glückliches Ende gibt.«

»Du würdest die Cartoons nicht irgendwann satthaben? Oder das viele Singen?«, fragte Slade lächelnd.

»Nein, du weißt, wie sehr ich es liebe, unter der Dusche zu singen.«

Das tat er. Als sie zum ersten Mal ohne die Pflegerin zu Hause duschen durfte, hatte er einen furchtbaren Krach aus seinem Badezimmer gehört. Er war nach oben gelaufen und mit einem Messer in der Hand in den Raum gestürzt, bereit, denjenigen zu töten, der seiner Frau wehtun wollte. Dann hatte er bemerkt, dass das Kreischen tatsächlich Dakotas Gesang war. Sie hatten darüber gelacht und sie hatte ihm versprochen, ihn nie wieder so zu erschrecken.

Überraschenderweise war ihr Liebesleben erstaunlich gut, so sehr er sich auch geweigert hatte, es zu überstürzen. Selbst mit ihrem angeschlagenen Knie hatten sie Wege gefunden, intim zu sein. Letzten Monat hatte sie ihn endlich davon überzeugt, dass sie keine Schmerzen mehr hatte und bereit war, in jeder Hinsicht die Seine zu werden.

Er hatte sich Zeit gelassen, jeden Zentimeter ihres Körpers mit seinen Fingern und seinem Mund kennengelernt, bevor er langsam in ihren heißen Tiefen versunken war. Es war für beide ein tolles Erlebnis. Sie hatten keine Eile, hatten sich Zeit gelassen und das Gefühl, zum ersten Mal eins zu sein, sehr genossen.

Morgen würden sie sich auf den Weg zu einer dreiwöchigen Reise durch Vegas, hinauf bis nach Rachel machen, wo sie eine ganze Woche verbringen wollten. Dann den Highway 95 entlang, wo sie sich Zeit nehmen und jedes Spukhotel und jede Mine besuchen wollten, die sie finden konnten. In seiner Tasche hatte er bereits eine Flasche Pfefferminzsirup. Ihr Morgenkaffee würde vielleicht nicht genau wie die Spezialität schmecken, die sie mochte, aber es würde dem sehr nahekommen ... hoffte er. Er hatte eine dieser schicken Kaffeemaschinen gekauft, damit sie jeden Morgen eine Tasse ihres Lieblings-Pfefferminzkaffees trinken konnte.

Er hatte geplant, dass sie gegen Ende ihrer Reise in einer der superteuren Suiten in Vegas übernachten würden, obwohl Dakota noch nichts davon wusste.

Slade lächelte, als er an den Ring dachte, den er für sie gekauft hatte. Er war ganz unten in seiner Tasche. An einem der Abende in Rachel würde er ihr einen Heiratsantrag machen. Es schien angemessen, sie an dem Ort zu fragen, ob sie den Rest ihres Lebens mit ihm verbringen wollte, an dem sie sich zum ersten Mal getroffen hatten. Er hatte vor, sie zu fragen, während sie auf seinem Wagen lagen und nach Sternschnuppen Ausschau hielten. Jedes Mal wenn er zum Nachthimmel aufsah, musste er an sie denken.

Dann wollte er versuchen, sie zu überreden, ihn auf dem Heimweg in Vegas zu heiraten. Er hatte bereits Vorkehrungen getroffen, ihren Vater einzufliegen, damit er dabei sein könnte, wenn sie zustimmte. Sie würde auf keinen Fall ohne ihren Vater heiraten wollen, und Slade würde sie niemals darum bitten.

Aber er war nicht bereit, auf andere zu warten. Es war unfair von ihm und egoistisch. Sie wollte wahrscheinlich eine weiße Hochzeit in einer Kirche, aber er wollte nicht warten. Er wollte seinen Ring an ihrem Finger sehen und seinen Namen hinter ihrem. Wenn sie eine große Feier wollte, würde er sie für sie ausrichten, wenn sie nach Hause kamen. Tatsächlich würden Wolf und die anderen

Männer auch danach verlangen, aber er wollte sie so schnell wie möglich offiziell zu der Seinen machen.

»Ich bin traurig, dass wir deine Harley nicht mitnehmen können«, sagte Dakota zu ihm, als sie sein Apartmentgebäude erreichten.

»Ich weiß, aber wir machen ein anderes Mal einen Ausflug damit«, beruhigte Slade sie. Sie konnte unmöglich lange Strecken mit dem Motorrad fahren, solange sich ihr Knie noch erholte. Er hatte ihr einen brandneuen Subaru Outback gekauft, um den Wagen zu ersetzen, den Fouratis Schläger in Rachel gestohlen hatten. Als sie herausgefunden hatten, dass ihr Freund von ihm dingfest gemacht worden war, hatten sie ihn dort seinem Schicksal mit der Polizei überlassen. Es war nicht schwer für sie gewesen, Dakotas Impreza zu stehlen, da der Schlüssel im Zündschloss steckte. Zumindest hatten sie in der kleinen Stadt niemanden getötet.

Sie hatten sie allerdings nicht verfolgen müssen, denn dank der Gespräche, die Zach mitgehört hatte, war Slades Plan, nach San Diego zu Wolfs Haus zurückzukehren, nicht gerade ein Geheimnis gewesen.

Später am Abend, nachdem Slade ihnen ein köstliches Steak mit Gemüse zubereitet hatte, duschten sie zusammen und schlüpften in sein großes Doppelbett.

Dakota lag von Kopf bis Fuß nackt auf ihm und spielte mit seinem Bart.

»Als ich da draußen war – im Meer –, habe ich an uns gedacht«, sagte sie leise.

Slade war hart und bereit, in ihren heißen, feuchten Körper zu gleiten, aber er wartete geduldig, während sie sagte, was sie ihm sagen wollte.

»Wir kannten uns erst seit kurzer Zeit, aber ich hatte das Gefühl, dich schon ewig zu kennen.«

»Du weißt, dass ich genauso fühle. Als ich dein Foto zum ersten Mal gesehen habe, wusste ich, dass ich dich finden muss.«

»Meinst du ... nein, das ist albern.«

»Was, Liebling? Nichts, was du denkst, ist albern.«

»Es ist nur so ... meinst du, wir waren in einem früheren Leben ein Liebespaar, dass wir uns irgendwie kannten?«

Slades Herz setzte für einen Schlag aus, dann schlug es mit seinem regelmäßigen Rhythmus weiter, wenn auch etwas schneller. Er hatte vorher nicht wirklich darüber nachgedacht, aber es machte Sinn. Sein ganzes Leben lang hatte er das Gefühl gehabt, etwas zu vermissen. Nach keiner der Frauen, mit denen er zusammen gewesen war, hatte er sich so gesehnt wie nach Dakota. Er hatte geglaubt, seine Ex-Frau geliebt zu haben, aber jetzt, wo er Dakota kennengelernt und erkannt hatte, was Liebe wirklich war, wurde ihm klar, dass er Cynthia vielleicht gemocht, sie aber nie wirklich geliebt hatte.

»Ich denke, alles ist möglich«, sagte er zu Dakota.

»Es gibt wirklich keinen Grund, warum ich hätte überleben sollen«, fuhr sie fort, ohne sich der Auswirkungen ihrer Worte auf den Mann bewusst zu sein, der unter ihr lag. »Ich meine, mit den Schlägen, den Drogen, die er mir gegeben hat, dass ich, ohne dass es Zach gemerkt hatte, aus dem Boot entkommen konnte und dann so unterkühlt war ... es ist einfach kaum möglich, dass ich so viel Glück hatte. Weißt du, was ich denke?«, fragte sie sanft, beugte sich hinunter und küsste Slade auf die Lippen.

»Was, Liebling?«

»Ich denke, wir sind dazu bestimmt, zusammen zu sein. Und obwohl wir ewig gebraucht haben, uns zu finden, hat eine höhere Macht entschieden, dass es nicht fair war, uns so schnell wieder zu trennen. Wir hatten uns gefunden, hatten aber keine Zeit, es wirklich zu genießen. Also haben wir eine zweite Chance bekommen.«

Slade war still, als er über ihre Worte nachdachte.

»Ich habe dir ja gesagt, dass es albern ist«, sagte sie mit gerümpfter Nase. »Hör nicht auf mich.«

»Das ist nicht albern«, beharrte Slade. »Ich bin in meiner Karriere ein paarmal nur knapp dem Tod entkommen. Missionen, auf denen ich wusste, dass ich hätte getötet werden sollen, aber irgendwie doch überlebt habe. Ich war direkt neben Tex, als die Sprengladung hochging. Er hat sein Bein verloren und ich habe nicht einmal einen Kratzer abbekommen. Ich habe nie verstanden warum, bis jetzt. Das liegt daran, dass ich dich noch nicht kennengelernt hatte.«

»Slade«, flüsterte Dakota und ihre Augen füllten sich mit Tränen.

Jetzt war er an der Reihe, ihr Gesicht in seine Hände zu nehmen. »Nenne es Gott, nenne es den Hüter der Seelen, nenne es, wie du willst. Bis wir alt und grau sind, werde ich daran glauben, dass es Schicksal war. Wir sollten uns finden und unser Leben zusammen verbringen. Und weißt du, was noch?«

»Was?«, fragte sie.

»Ich denke, wir werden uns auch in unserem nächsten Leben wiederfinden und in dem danach und danach auch. Eine Liebe wie die unsere kann nicht auf eine Lebenszeit beschränkt bleiben.«

»Hoffentlich.«

»Ich weiß es«, entgegnete er. Und damit küsste er sie. Ein langer Kuss, der schnell sinnlich wurde. Slade drehte sie vorsichtig um, bis Dakota unter ihm lag. Sie spreizte die Beine und er senkte seine Hüften dazwischen. Mit einer Hand wanderte er von ihrem Gesicht ihren Körper hinunter und verharrte an ihrer Brust, um mit ihren Nippeln zu spielen. Als sie beide Luft holen mussten, bewegte er auch seine Lippen von ihrem Mund zu ihrer Brust.

Er leckte und saugte an ihren Nippeln, während er seine Hand weiter nach unten bewegte. Er streichelte ihre Falten, während er an ihren Knospen knabberte. Es hatte eine Weile gedauert, bis sie sich nach ihrer Tortur wieder wohl im Bett mit ihm gefühlt hatte. Als er zum ersten Mal wieder ihre Brust berührt hatte, war sie fast ausgeflippt. Slade hatte sie in den Arm genommen, als sie ihm erzählt hatte, was Zach ihr angetan hatte.

Aber jetzt war sie gierig nach seinem Mund und genoss es nicht nur, sondern sehnte sich auch danach, dass er ihre Nippel härter berührte. Sie liebte es, wenn er sie kniff, während er mit ihr spielte. Slade wollte sie schmecken, leckte über ihren Körper und ließ sich zwischen ihren Beinen auf seinem Bauch nieder. Er schob sie hoch, bis sie auf seinen Schultern ruhten.

»Bequem?«, fragte er. Da er immer an ihr Knie dachte, wartete er, bis sie nickte.

Nachdem sie ihn beruhigt hatte, senkte er den Kopf und leckte leicht ihre angeschwollene Knospe, die bereits aus ihrer schützenden Haut hervorragte. Mit der Fingerspitze strich er über ihre Öffnung, während er an ihrer Klitoris leckte und saugte.

Erst als sie sich unter ihm regte, ihre Hüften gegen sein Gesicht drückte und ihn anflehte, mit dem Spiel aufzuhören, glitt er langsam mit seinen Fingern in sie. Sie war so heiß und eng. Es war, als wäre ihr Körper nur für ihn geschaffen worden. Er lächelte, als er spürte, wie feucht sie war. Sie wusste, was sie wollte, und schämte sich nicht dafür, wie ihr Körper nach ihm flehte.

Er leckte härter an ihrer Klitoris, als er mit dem Zeigefinger ihren G-Punkt fand. Dakota reagierte so schnell auf seine Berührungen wie keine andere Frau zuvor. Er wusste, dass es daran lag, dass sie zusammengehörten. Er lächelte, als sie sich an ihn presste und stöhnte, während er ihre besondere Stelle rhythmisch streichelte.

Er konnte die Signale ihres und seines eigenen Körpers erkennen und liebte es, wie Dakotas Oberschenkel zu zittern begannen und sie ihre Hüften nach oben drückte. Sie war kurz davor und er konnte es kaum erwarten, sie explodieren zu sehen. Er musste nicht in ihr sein, um ihren Orgasmus genießen zu können.

Er konzentrierte sich darauf, hart und schnell über ihre Klitoris zu lecken, während er gleichzeitig die Massage ihres G-Punkts mit seinem Finger intensivierte. Innerhalb von Sekunden zitterte sie unkontrolliert und Slade spürte, wie ihre Säfte über seine Hand flossen, als sie kam.

Er leckte weiter an ihrer Klitoris, bis er merkte, wie sie vor seiner Berührung zurückwich. Er nahm den Finger, der in ihr gewesen war, in den Mund und leckte ihn sauber. Dann schob er sich an ihrem erschöpften Körper nach oben und kniete sich über sie. Sein Schwanz tropfte und er konnte es kaum erwarten, in die Frau einzudringen, die er liebte.

»Ich liebe dich«, sagte er zu ihr.

»Ich liebe dich auch«, antwortete Dakota sofort. Sie ließ den Blick über sein Gesicht wandern, von seinem Bart, der von ihren Säften getränkt war, zu seinen Lippen, über die er sich leckte, während sie zusah. Er spürte, wie sie vor Verlangen unter ihm zitterte.

»Ich brauche dich«, sagte sie ohne Schüchternheit zu ihm.

»Ich werde dich immer brauchen«, gab Slade zurück. Dann griff er nach unten, nahm seinen steinharten Schwanz und fuhr damit über ihren durchnässten Schlitz. Sie hob ihre Hüften, als er dort ankam, wo sie ihn haben wollte, und packte seine Pobacken.

Slade sank langsam in ihren Körper. »Jedes Mal mit dir fühlt sich an wie das erste Mal«, sagte er ehrfürchtig. »Dein Körper packt meinen und saugt mich ein.«

»Ich liebe das Gefühl von dir in mir«, sagte Dakota zu ihm.

»Und ich liebe das Gefühl, in dir zu sein«, sagte Slade mit einem Lächeln. Es war ein immer wiederkehrender Scherz zwischen ihnen, eine Art Ritual. Er drückte sich in sie hinein, soweit er konnte, legte dann er eine Hand unter ihren Hintern und zog sie an sich, um weitere wertvolle Millimeter zu gewinnen. Als er spürte, wie seine Hoden gegen ihren Hintern prallten, benutzte sie ihre inneren Muskeln, um gegen ihn zu drücken.

Slade holte tief Luft und drückte als Antwort ihren Hintern. »So gierig«, sagte er mit einem Lächeln.

»Immer! Ich will alles, was du mir geben kannst.«

Er zog sich langsam heraus, sah zwischen ihnen hinunter und beobachtete, wie sein Schwanz aus ihrem Körper herauskam, getränkt in ihre Erregung. »Ich werde davon nie genug haben«, sagte er zu ihr, ohne den Blick von der Stelle zu lösen, an der sie verbunden waren, als er wieder hineinsank. »Ich liebe es, dich überall auf meinem Schwanz zu sehen.«

Dann richtete er den Blick wieder auf ihren, stützte sich mit beiden Händen auf die Matratze neben ihr und begann ihr Liebesspiel.

Rein und raus.

Rein und raus.

Er drückte sich langsam hinein und zog sich dann schnell wieder heraus.

Er gab ihr ein paar schnelle Schläge, dann wurde er langsamer und bewegte sich gemächlicher. Sie liebten sich, als könnte er die ganze Nacht durchhalten.

Aber Dakota war heute Abend nicht in der Stimmung für langsam. Sie zog beide Beine an und schlang ihre Schenkel um seinen Rücken. »Fick mich, Slade. Ich brauche es. Ich brauche dich.«

Er wusste, dass er die Kontrolle zu verlieren drohte, die er mit aller Macht versucht hatte zu behalten. Slade setzte sich halb auf und packte ihre Knöchel mit seinen Händen. Er legte sie sanft auf seine Schultern und beugte sich wieder über sie.

Dakota war ihm jetzt völlig ausgeliefert. Sie hob eine Hand an ihren Kopf und schnappte sich das Kissen neben sich. Slade half ihr, es unter ihren Hintern zu stopfen. Dann hob sie beide Arme über den Kopf und hielt sich an den Latten seines Bettes fest.

Sie sah ihm in die Augen und sagte leise: »Fick mich, Slade. Fick mich hart.«

Bei ihren Worten verlor er endgültig die Kontrolle. Er rammte hart in sie hinein. An ihrem Stöhnen erkannte er, dass sie es liebte. Dann tat er es wieder, dann noch einmal. Jedes Mal packte sie ihn und streckte ihm ihr Becken entgegen.

Slade wusste, dass er das nicht länger durchstehen würde. Bei jedem Stoß fühlte es sich an, als würde er gleich kommen. Sie war so eng und so feucht, dass die Geräusche, die sein Schwanz machte, als er sich in sie bohrte, fast obszön waren. Aber es war ihm egal, und Dakota anscheinend auch.

»Komm in mich, Slade. Füll mich mit deinem Samen.«

Nach einem weiteren Gespräch über Kinder hatte Slade sich einer Vasektomie unterzogen. Er hatte sich die Freiheit gewünscht, in Dakota kommen zu können, und wollte nicht, dass sie ihren Körper mit Hormonen abfüllen musste, um eine ungewollte Schwangerschaft zu verhindern. Es war die beste Entscheidung, die er je getroffen hatte, denn jetzt konnte er sie ohne etwas zwischen ihnen ficken. Es war ein bisschen schmutzig, sicher, aber auch intim und aufregend.

Als wären ihre Worte das gewesen, worauf er gewartet hatte, ergoss er eine Monsterladung. Er griff zwischen sie und drückte fest auf Dakotas Klitoris, als er kam. Er fühlte, wie sie ein zweites Mal kam. Sie zitterten und stießen gegeneinander, verloren in der Freude und dem Vergnügen ihrer Körper.

Slade kam vor Dakota wieder zu sich. Er nahm ihre Beine sanft von seinen Schultern und küsste ihre Waden, bevor er sie vorsichtig wieder auf die Matratze legte, um nicht an ihr noch heilendes Knie zu stoßen. Er blieb mit ihr verbunden und drehte sie herum, bis Dakota wieder auf ihm lag.

»Mmmmm«, murmelte sie und streckte sich wie ein zufriedenes Kätzchen auf ihm aus.

»Bist du okay? Tut etwas weh?«, fragte Slade.

»Nein, mir geht es großartig«, sagte sie schläfrig.

»Ich liebe dich«, sagte Slade zu ihr.

»Ich liebe dich auch.«

Ein kurzer Moment verging, dann sagte Dakota: »Mein zweiter Zeh ist länger als mein großer Zeh.«

Slade lächelte. Es würde nie langweilig werden, dumme Fakten über sie hören. »Ich habe keine Tattoos, weil ich Angst vor Nadeln habe.«

Sie hob den Kopf und sah ihn ungläubig an. »Wirklich?«

»Ja, wirklich.«

»Hmmm. Als ich entführt wurde, habe ich mich furchtbar gefühlt, weil ich nicht mehr über dich wusste, aber mir wurde klar, dass ich das Wichtigste bereits kannte. Alles andere sind nur Flusen. Flusen, die ich mag, versteh mich nicht falsch, aber wir könnten den Rest unseres Lebens miteinander verbringen und trotzdem nicht alles übereinander wissen.«

»Was war das Wichtigste, Liebling?«, fragte Slade.

»Ich wusste tief in meiner Seele, dass du alles tun würdest, um mich zu retten.«

»Das stimmt, verdammt«, sagte Slade und küsste sie fest. Es war ein feuchter und langer Kuss und er hoffte, dass er alles ausdrückte, was er fühlte.

Das tat er.

»Ich liebe dich«, sagte Dakota, als sie ihren Kopf auf seine Brust legte und sich an ihn kuschelte.

»Und ich liebe dich, Liebling.«

Greg Lambert konnte nicht schlafen. Er hatte den Abschlussbericht, den Slade Cutsinger ihm geschickt hatte, noch einmal durchgelesen. Er war gründlich und vollständig gewesen und er konnte nicht anders, als einen Anflug von Stolz zu empfinden, dass er dazu beigetragen hatte, die terroristische Bedrohung zu beseitigen, die die Vereinigten Staaten lahmgelegt hätte, wenn sie nicht neutralisiert worden wäre.

Aber das bedeutete nicht, dass es nicht noch weitere Bedrohungen gab. Slade und seine Freunde hatten diese eine vielleicht beseitigt, aber es gab noch viele mehr.

Zu wissen, dass es da draußen noch mehr Terroristen gab, die unschuldige amerikanische Bürger umbringen wollten, raubte Greg den Schlaf. Er setzte sich auf und warf die Füße über die Bettkante. Da er nicht schlafen konnte, beschloss er, dass er genauso gut aufstehen und den nächsten Einsatz planen konnte.

Er schlurfte in sein Arbeitszimmer. Er küsste seine Finger und drückte sie auf die Scheibe des Bilderrahmens mit dem Foto seiner verstorbenen Frau. Dann setzte er sich auf den Stuhl hinter seinem Schreibtisch. Er zog die Liste der ehemaligen Navy SEALs heraus, die als Kandidaten für die Solo-Missionen identifiziert worden waren, und versuchte zu entscheiden, wen er anrufen und welchen Terroristen er als Nächstes ausschalten wollte.

Mit dem Finger fuhr er über die Seite und blieb bei einem Namen stehen. Bingo! Er hatte über diesen Mann Nachforschungen angestellt und wusste ohne Zweifel, dass er das erreichen würde, was Greg von ihm verlangen würde. Der ehemalige Kommandant warf einen Blick auf die Uhr. Es war noch zu früh, um anzurufen, aber in der Zwischenzeit würde er sich Notizen machen.

Ein Terrorist war vielleicht erledigt, aber es warteten weitere in den Startlöchern.

Greg nahm die Tasse mit kaltem Tee, die noch auf seinem Schreibtisch stand, und gab einen Schuss Whisky hinzu. Dann hielt er sie zu einem stummen Toast hoch. *Auf Slade ... und Dakota. Mögen sie den Rest ihres Lebens frei von den Sorgen des Terrorismus leben. Mögen sie sich lieben, als gäbe es kein Morgen, denn man weiß nie, ob es ein Morgen geben wird.*

Damit kippte Greg das Gebräu herunter und holte tief Luft. Zeit, wieder an die Arbeit zu gehen.

Ich danke Ihnen allen, dass Sie das letzte Buch der Reihe »SEALs of Protection« gelesen haben. Die Serie musste einfach genauso enden, wie sie begonnen hat: mit der Entführung von Caroline. :) Und doch wird sie in beiden Büchern durch diese Tortur nur noch stärker. Aber in diesem Fall brauchte Dakota ihren Zuspruch und ihre Besonnenheit.

Die Schläfer-SEALs sind ein Gemeinschaftsprojekt mehrerer Autorinnen, doch leider wurden die anderen

Bücher bisher noch nicht ins Deutsche übersetzt. Vielleicht irgendwann mal.

Die Reihe »SEALs of Protection« wird mit dem Team, das Sie in diesem Buch kennengelernt haben, fortgesetzt. Gumby, Rocco und alle anderen bekommen ihre eigene Serie: »SEALs of Protection: Legacy«. Das erste Buch »Ein Beschützer für Caite« wird in Kürze erhältlich sein.

BÜCHER VON SUSAN STOKER

SEALs of Protection:
Schutz für Caroline
Schutz für Alabama
Schutz für Fiona
Die Hochzeit von Caroline
Schutz für Summer
Schutz für Cheyenne
Schutz für Jessyka
Schutz für Julie
Schutz für Melody
Schutz für die Zukunft
Schutz für Kiera
Schutz für Alabamas Kinder
Schutz für Dakota

Die Delta Force Heroes:
Die Rettung von Rayne
Die Rettung von Emily
Die Rettung von Harley

Die Hochzeit von Emily
Die Rettung von Kassie
Die Rettung von Bryn
Die Rettung von Casey
Die Rettung von Wendy
Die Rettung von Sadie
Die Rettung von Mary
Die Rettung von Macie
Die Rettung von Annie (Feb 2022)

Delta Team Zwei
Ein Held für Gillian (1 Dec 2021)
Ein Held für Kinley (1 Jan 2022)
Ein Held für Aspen
Ein Held für Jayme
Ein Held für Riley
Ein Held für Devyn
Ein Held für Ember
Ein Held für Sierra

Ace Security Reihe:
Anspruch auf Grace
Anspruch auf Alexis
Anspruch auf Bailey
Anspruch auf Felicity
Anspruch auf Sarah

Mountain Mercenaries:
Die Befreiung von Allye
Die Befreiung von Chloe
Die Befreiung von Morgan
Die Befreiung von Harlow

Die Befreiung von Everly
Die Befreiung von Zara
Die Befreiung von Raven

Die SEALs von Hawaii:
Die Suche nach Elodie
Die Suche nach Lexie (10 Aug 2021)
Die Suche nach Kenna (19. Oktober 2021)
Die Suche nach Monica
Die Suche nach Carly
Die Suche nach Ashlyn
Die Suche nach Jodelle

Hier ist außerdem eine Liste mit Susans englischen Büchern:

SEAL of Protection Series
Protecting Caroline
Protecting Alabama
Protecting Fiona
Marrying Caroline (novella)
Protecting Summer
Protecting Cheyenne
Protecting Jessyka
Protecting Julie (novella)
Protecting Melody
Protecting the Future
Protecting Kiera (novella)
Protecting Alabama's Kids (novella)
Protecting Dakota

SEAL of Protection: Legacy Series

Securing Caite
Securing Brenae (novella)
Securing Sidney
Securing Piper
Securing Zoey
Securing Avery
Securing Kalee
Securing Jane

SEAL Team Hawaii Series
Finding Elodie
Finding Lexie (Aug 2021)
Finding Kenna (Oct 2021)
Finding Monica (May 2022)
Finding Carly (TBA)
Finding Ashlyn (TBA)
Finding Jodelle (TBA)

Eagle Point Search & Rescue
Searching for Lilly (Mar 2022)
Searching for Elsie (Jun 2022)
Searching for Bristol (Nov 2022)
Searching for Caryn (TBA)
Searching for Finley (TBA)
Searching for Heather (TBA)
Searching for Khloe (TBA)

Ace Security Series
Claiming Grace
Claiming Alexis
Claiming Bailey
Claiming Felicity

Claiming Sarah

Mountain Mercenaries Series
Defending Allye
Defending Chloe
Defending Morgan
Defending Harlow
Defending Everly
Defending Zara
Defending Raven

Delta Force Heroes Series
Rescuing Rayne
Rescuing Aimee (novella)
Rescuing Emily
Rescuing Harley
Marrying Emily (novella)
Rescuing Kassie
Rescuing Bryn
Rescuing Casey
Rescuing Sadie (novella)
Rescuing Wendy
Rescuing Mary
Rescuing Macie (novella)
Rescuing Annie (Feb 2022)

Delta Team Two Series
Shielding Gillian
Shielding Kinley
Shielding Aspen
Shielding Jayme (novella)
Shielding Riley

Shielding Devyn
Shielding Ember (Sep 2021)
Shielding Sierra (Jan 2022)

Badge of Honor: Texas Heroes Series

Justice for Mackenzie
Justice for Mickie
Justice for Corrie
Justice for Laine (novella)
Shelter for Elizabeth
Justice for Boone
Shelter for Adeline
Shelter for Sophie
Justice for Erin
Justice for Milena
Shelter for Blythe
Justice for Hope
Shelter for Quinn
Shelter for Koren
Shelter for Penelope

Silverstone Series

Trusting Skylar
Trusting Taylor
Trusting Molly
Trusting Cassidy (Nov 2021)

BIOGRAFIE

Susan Stoker ist die New York Times, USA Today und Wall Street Journal Bestsellerautorin der Buchreihen »Badge of Honor: Texas Heroes«, »SEALs of Protection«, »Die Delta Force Heroes« und einigen mehr. Stoker ist mit einem pensionierten Unteroffizier der US-Armee verheiratet und hat in ihrem Leben schon überall in den Vereinigten Staaten gelebt – von Missouri über Kalifornien bis hin zu Colorado. Zurzeit nennt sie die Region unter dem großen Himmel von Tennessee ihr Zuhause. Sie glaubt ganz und gar an Happy Ends und hat großen Spaß daran, Geschichten zu schreiben, in denen Romantik zu Liebe wird.

Besuchen Sie Susan im Netz!
www.stokeraces.com
facebook.com/authorsusanstoker
twitter.com/Susan_Stoker

SUSAN STOKER

bookbub.com/authors/susan-stoker
instagram.com/authorsusanstoker
Email: Susan@StokerAces.com

www.ingramcontent.com/pod-product-compliance
Lightning Source LLC
La Vergne TN
LVHW021651060526
838200LV00050B/2307